Tantôt nouvelliste, romancier humoristique ou historique, Pierre Bussière, avant tout humaniste, a publié *Sur le fil* (Publibook, 2012), *Les Rocambolesques Journées de l'île de Nantes* (Vent des Lettres, 2016) et *Le Destin brisé d'un village français* (TDO Éditions, 2016). Il est en outre membre de l'association des Romanciers Nantais pour laquelle il écrit également quelques nouvelles.

LE DESTIN BRISÉ
D'UN VILLAGE FRANÇAIS

PIERRE BUSSIÈRE

LE DESTIN BRISÉ D'UN VILLAGE FRANÇAIS

TDO Éditions

Pocket, une marque d'Univers Poche, est un éditeur qui s'engage pour la préservation de l'environnement et qui utilise du papier fabriqué à partir de bois provenant de forêts gérées de manière responsable.

Le Code de la propriété intellectuelle n'autorisant, aux termes des paragraphes 2 et 3 de l'article L. 122-5, d'une part, que les « copies ou reproductions strictement réservées à l'usage privé du copiste et non destinées à une utilisation collective » et, d'autre part, que les analyses et les courtes citations dans un but d'exemple ou d'illustration, « toute représentation ou reproduction intégrale ou partielle faite sans le consentement de l'auteur ou de ses ayants droit ou ayants cause est illicite » (article L. 122-4). Cette représentation ou reproduction, par quelque procédé que ce soit, constituerait donc une contrefaçon sanctionnée par les articles L. 335-2 et suivants du Code de la propriété intellectuelle.

© 2016, TDO ÉDITIONS, SARL

ISBN : 978-2-266-29047-0

Dépôt légal : mai 2019

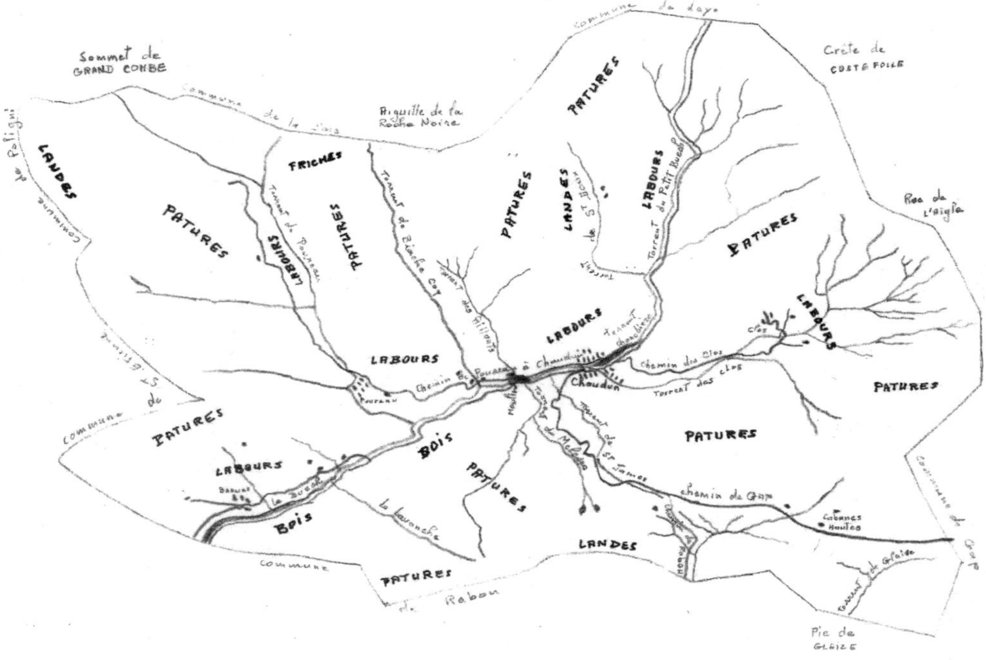
Sommet de GRAND COMBE
Commune de la Saix
Aiguille de la Roche Noire
Commune de Laye
Crête de COSTE FOLLE
Roc de l'Aigle
Commune de Gap
Pic de GLEIZE
de Rabou
Commune
Commune de St Étienne
Commune de Poligny
LANDES
PATURES
FRICHES
LABOURS
Torrent de Pourreau
Torrent de Blanche Cot
Torrent des Aillouts
Torrent de St Boux
Torrent du Petit Buech
Torrent Chaudière
Chemin de Pourreau à Chaudun
Pourreau
Chaudun
Moulin
Chemin des Clos
Torrent des Clos
Clos
Torrent de St James
Torrent du Mélézes
Chemin de Gap
Cabanes Hautes
Chemin de Rabou
Torrent de Glaize
BOIS
La Lavanche
La Buech
Baume

« *Notre destin, quand nous voulons l'isoler, ressemble à ces plantes qu'il est impossible d'arracher avec toutes leurs racines.* »

François MAURIAC

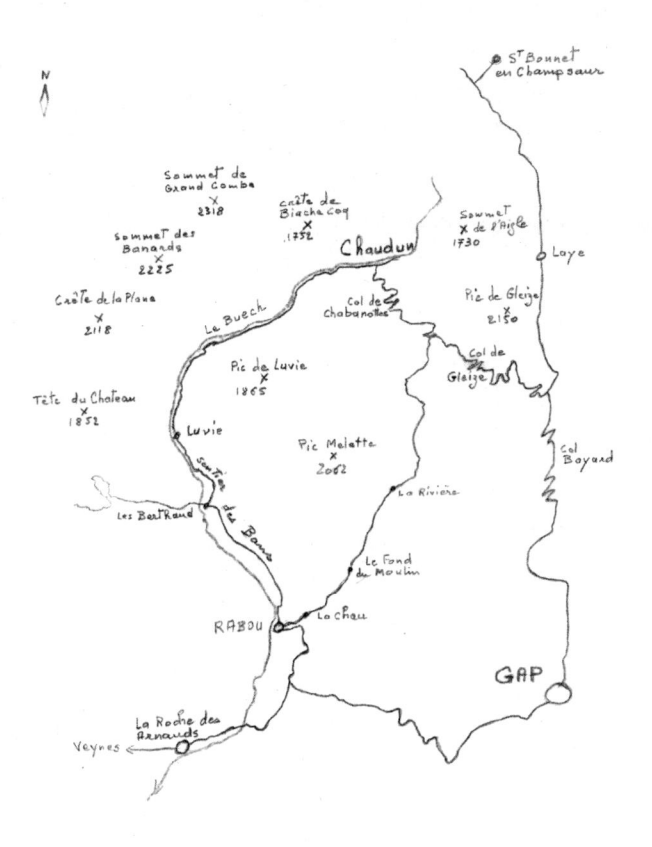

Première période

LE VILLAGE ET SON MAIRE

Ce qu'il faut savoir

L'histoire que je vais vous raconter se déroule de 1888 à 1896 dans le village de Chaudun, un cirque montagneux des Hautes-Alpes, à 1 300 mètres d'altitude, au sud-est du massif du Dévoluy et à l'ouest du Champsaur. Il est traversé par le petit Buëch, une rivière alimentée par cinq torrents, régulièrement asséchée l'été, et trop fréquemment en crue lors de la fonte des neiges ou des orages de printemps et d'automne.

Trente-cinq maisons et corps de ferme se tenaient serrés sur le vallon supérieur, tous orientés vers l'est pour profiter du maigre soleil, plus une quinzaine répartie dans les hameaux des Clôts, Brouas et Poureau, le tout pour un peu plus de cent quatre-vingts habitants.

En pierraille de la région, ces maisons étaient le plus souvent constituées d'une unique pièce, que l'on gagnait par un escalier extérieur, servant tout à la fois de cuisine, salle à manger et chambre pour toute la famille, située au-dessus de l'étable pour récupérer la chaleur des bêtes et parfois en dessous de la grange, pour en faciliter l'accès, compte tenu de la pente du terrain.

Des ruelles très étroites rejoignaient le chemin vicinal traversant le village, lequel était séparé des communes voisines par des côtes rocheuses et escarpées dont l'altitude variait de 1 900 mètres à plus de 2 200.

À cette époque, comme partout, pas d'électricité, on s'éclairait à la bougie ; pas encore de pétrole, on se chauffait au bois ; pas de mécanisation, les charrues étaient tirées par les bœufs, les mulets et parfois les paysans eux-mêmes ; pas de téléphone et ici plus qu'ailleurs, pas de vétérinaire pour les bêtes, pas davantage de médecin pour les hommes, pas de commerce hors quelques colporteurs à la belle saison, un curé, mais pas de vicaire, et, depuis que l'école était obligatoire jusqu'au brevet élémentaire, un instituteur, mais pas diplômé. Le courrier, tous les jours même le dimanche, quand parvenir à Chaudun était possible.

Le glissement des terres et leur érosion progressive faisaient de la conquête de chaque pouce de terrain une lutte permanente. De cette agriculture, très morcelée et limitée encore par la pratique de la jachère, et d'un élevage de quelques vaches, cochons, chèvres et surtout moutons, il fallait tirer tout à la fois des subsides aux marchés des villages voisins et les réserves suffisantes à la consommation familiale, pour six à huit mois d'hiver en autarcie.

Tout le monde travaillait : hommes, femmes et enfants. Chacun, individuellement dans son jardin ou collectivement en plein champ, cultivait avec soin et énergie un potager plus ou moins grand selon ses moyens et les bras disponibles.

On vivait donc chichement, sans hiérarchie sociale et solidairement, même si on se chamaillait beaucoup et si on chicanait pour un rien. L'argent ne circulait presque pas, le coup de main était la monnaie d'échange.

Outre les propriétaires, il y avait une vingtaine d'ouvriers agricoles, des « sans-terre », ne possédant rien d'autre que leur petite maison construite de leurs mains. Ils se louaient le plus souvent à la saison, émigrant l'hiver dans des régions plus nourricières, laissant au village femmes et enfants.

Il se disait que les paysans du Champsaur étaient les plus pauvres de la nation. Selon les statistiques de l'époque, l'existence y était si rude que l'espérance moyenne de vie ne dépassait pas trente ans (en tenant compte de la mortalité infantile). Les jeunes se mariaient vers quinze ans et à dix-huit une fille était déjà une « vieille fille ». Évidemment à quarante ans on était un « vieux », un vieux respecté et écouté dans un système de patriarcat très strict. Le père était vouvoyé et son autorité ne se discutait pas, y compris dans l'arrangement des unions, organisées essentiellement entre familles de la région.

L'habitat austère et rudimentaire rendait encore plus difficile la cohabitation des enfants avec leurs parents, si bien que beaucoup d'entre eux ne pensaient qu'à partir. Devant chercher pour l'hiver une place de journaliers dans des communes plus hospitalières, il arrivait souvent qu'ils ne reviennent pas avec le printemps, une fois trouvé un emploi plus assuré, des conditions de vie moins rudes et parfois une jeune fille à épouser. À cette forme régionale d'émigration s'en ajoutait une autre depuis quelques années. Des « passeurs » de la compagnie transatlantique proposaient des engagements de départ vers des pays comme le Canada, l'Amérique ou encore l'Algérie ; parties du monde où se développaient à cette époque de grandes exploitations agricoles nécessitant une main-d'œuvre nombreuse, travailleuse et solide, quand bien même analphabète. Ainsi, peu à peu, et malgré une forte natalité, le Champsaur se dépeuplait sous l'effet de ce qui était déjà un début de mondialisation.

Une fois dit que la trame de ce roman est historique, que certains personnages ont existé et que mon imagination n'a fait que combler des vides, le village peut commencer à s'animer pour vous, ce matin du 22 février 1888.

22 février 1888

Fonction de maire oblige, Philippe Marelier doit se rendre à cette cérémonie. Oui, mais de laquelle s'agit-il ? Un mariage ? La journée de saint Antoine, le patron de Chaudun ? La fête nationale ? Il ne le sait pas ! Comment peut-il l'ignorer ?

Il s'est habillé en tenue officielle, celle qui lui fait gagner de la prestance. Ne lui reste qu'à mettre son chapeau. Un feutre gris, à large calotte, entouré d'un ruban et orné d'une jolie boucle brillante. Il l'aime bien son chapeau. Non seulement il lui donne de l'allure, mais il a aussi pour mérite, au moins à ses yeux, de cacher sa calvitie naissante. Bon, où est-il ? Pourquoi n'est-il pas à sa place habituelle, derrière la porte ? Il appelle Julie, son épouse. Pas de réponse. Elle doit être déjà partie. Pourquoi ne l'a-t-elle pas attendu ? Philippe s'agace. C'est qu'à Chaudun rien ne commence sans lui. Mais il y est, son couvre-chef, à sa place, sur la patère, derrière la porte ! Pas le temps de comprendre, il faut filer.

Son petit discours est-il bien dans la poche ? Pas un orateur-né, le Philippe ! Aussi prépare-t-il soigneusement ses interventions, fussent-elles les plus courtes. Une feuille de papier se trouve bien dans sa veste.

Pourquoi est-elle froissée ? Il la déplie hâtivement. Elle est blanche ! Incompréhensible ! Pas le temps de chercher ailleurs. Il sort, ferme la porte et se presse vers la place du village. Il n'est pas grand, ce village de Chaudun ; on en fait le tour en moins d'un quart d'heure. Il va pouvoir ouvrir les festivités. Oui… mais lesquelles ? Il ne sait toujours pas. D'ailleurs s'agit-il vraiment de festivités ? Marchant vite, Philippe devrait maintenant approcher. Mais pourquoi est-il au col de Gleize ? Pourquoi ce détour ? Que fait-il donc sur cette corniche enneigée ? Au printemps ? C'est absurde ! Essoufflé, agacé, oppressé de ne pas comprendre ce qui lui arrive, il redescend rapidement le coteau, emprunte le chemin des Clôts, traverse le pont sur le petit Buëch, entrevoit enfin la place du village et même, distinctement, une silhouette qui gesticule, debout sur une table. Elle s'adresse probablement à ses concitoyens déjà rassemblés. Elle semble très en colère, pointant l'index droit vers le ciel comme pour le prendre à témoin ou en appeler les foudres.

De là où il est, Philippe devrait déjà l'entendre mais, ce matin, rien ne tourne rond. Son estomac est taraudé par l'étrange impression que tout lui échappe. C'est à lui de parler. Qui ose ainsi prendre sa place ? De quel droit cet homme harangue-t-il ses Chauduniers ? Il va le faire descendre de là vite fait ! Il va apprendre qui est le maire ici !

À quelques mètres de la tribune improvisée, il s'arrête net. Il a reconnu l'orateur. Naturellement, puisqu'il s'agit de son père : Georges Marelier, décédé voilà trois ans, précisément le 4 mai 1885, terrassé par une crise cardiaque en plein conseil municipal qu'il présidait. Pourtant Philippe trouve sa présence tout à fait normale. C'est qu'il a toujours eu beaucoup de respect et d'admiration pour lui. Qu'il soit présent aujourd'hui pour cet événement, certainement important, voilà qui est bien.

Pourquoi fait-il subitement si sombre ? Presque nuit ! Quatre quinquets suspendus dans les arbres. *Pas assez*, note Philippe. *J'ai répété cent fois au garde champêtre d'en mettre le double.* Il est presque arrivé et découvre avec stupéfaction que la place est déserte. Seul, son père continue à s'agiter, sans qu'aucun son ne sorte de sa bouche. Alentour, silence total. Même pas un pépiement d'oiseau, même pas un frôlement du vent. Silence froid. Monte en lui une énorme colère. C'est son père, monsieur le maire, un homme que l'on écoute, un homme que l'on respecte et pour lequel les villageois ne se sont même pas dérangés ! Impensable ! Injurieux ! Hors de lui, Philippe se précipite vers la maison la plus proche, celle des Bouchan. *Je vais les sortir de chez eux, mes administrés, par le col s'il le faut, ça va chercler*[1] *!* La porte étant grande ouverte, il s'engouffre dans la maison, mais il n'y trouve personne. La maison est vide, vide de meubles, vide d'animaux, vide de gens, vide de tout ! Il ressort sur-le-champ, court vers la maison voisine, celle des Bonnaril. Porte grande ouverte, elle est vide, vide de meubles, vide d'animaux, vide de gens, vide de tout. Il s'essouffle à vouloir ainsi visiter toutes les maisons. À chacune d'elle, il trouve porte grande ouverte, intérieur vide, vide de meubles, vide d'animaux, vide de gens, vide de tout. Il veut absolument trouver quelqu'un pour écouter son père. Au moins une personne, UNE, ne serait-ce qu'une seule ! Il ouvre une étable, pas une bête. Dans les ruelles, pas un bruit, pas une âme, pas même un chien errant. Chaudun est vide de vie.

1. Chercler : dérouiller.

Pendant ce temps, son père, toujours debout sur sa table, continue de haranguer, avec une énergique et vaine colère, un auditoire imaginaire. Maintenant, Philippe en est persuadé, c'est lui – en personne – qu'il accuse du doigt. Oui, il le désigne, sans doute pour lui reprocher l'absence des villageois. C'est de sa faute. Bien évidemment que c'est de sa faute ! En tant que fils et en tant que maire, il est bien LE responsable. *Piètre successeur de ton père ! C'est ça que je t'ai appris ? Honte sur toi.* Une idée lui vient : si le village est désert, c'est sans doute que les Chauduniers sont encore à l'église. Oui, voilà, on doit être dimanche et l'abbé Albert a pris du retard dans son office. Un sermon qui n'en finit pas ! Il reprend donc sa course, trouve les deux battants grands ouverts et l'église vide, vide de meubles, vide de gens, vide de tout !

S'entêtant, il décide alors que, s'il ne doit y avoir qu'une seule personne à écouter Georges Marelier, monsieur le maire, ce sera lui ! Pour la circonstance, il sera tout Chaudun à lui tout seul. Son père n'était pas homme à parler pour parler. C'était même plutôt un taiseux. Encore plus taiseux que lui, c'est dire ! Donc s'il parlait, c'est qu'il avait des choses importantes à dire. De celles qu'on se doit d'écouter attentivement et respectueusement.

Philippe est maintenant sur la place. Elle est à son tour vide de tout. Plus de table, plus de chaises, plus de lampes. Même son père a disparu ! Dans l'obscurité crépusculaire, là où quelques instants auparavant celui-ci s'était installé, il distingue un grand saule pleureur dont les feuilles se balancent doucement. En dépit de l'absence du moindre souffle de vent ! Il hèle les habitants, il s'époumone : *Alphonse Barin, Denis Bonnaril, Jean-Pierre Daille, François Varalin, Joseph Bouchan*... Aucune réponse. Il continue avec obstination et incompréhension à égrener sa litanie *Victor Taix, Élie Pauras, Julien Blaix, Antoine Parini...* Le village reste muré dans un silence obstiné. Arrêt sur image. Et si, chez lui, il trouvait aussi porte ouverte et maison vide ? Il file par le chemin de Poureau puis celui des Brauas. *Julie, Cyril, Séraphine, Agnès, répondez ! Je vous en supplie...* son cœur tambourine, sa vie lui échappe.

Le café est chaud, Philippe, entend-il de très loin.

Mon homme, le café est chaud, répéta doucement Julie.

Philippe se réveilla, en sueur, le cœur battant, l'esprit encore nourri de la dernière image de son cauchemar, étrangement précis et pénétrant.

Les Marelier

Julie était déjà levée depuis un bon moment. Ce petit matin de février, à 1 300 mètres d'altitude, il faisait frisquet dans la maison. Il perdurait certes un peu de la chaleur du poêle à bois, mais au-dehors il gelait encore : des températures avoisinant les moins dix. Tablier noué à la ceinture, elle avait mis à chauffer la bouilloire à café avant de réveiller son mari, trop agité dans son sommeil.

Philippe se lève, encore tout angoissé. Il embrasse sa femme qui précise calmement :

— Je laisse Séraphine dormir encore un peu et profiter de la chaleur du haut. Elle a tout le temps de se préparer et je ne la veux pas aujourd'hui dans mes pattes.

Le lit parental, en bois de mélèze, se trouve dans l'unique pièce du rez-de-chaussée. Un grand sac de toile rempli de feuilles de hêtre sert de paillasse, les draps sont en bourras, la couverture en laine du pays.

À l'étage, une chambre, mieux aérée, avec deux matelas. Au-dessus, un vaste grenier pour engranger foin et pailles.

Madame Julie Marelier est une forte femme de trente-sept ans (comme son époux) dont la poitrine, aussi généreuse que son cœur, enserre immuablement une modeste croix, asservie par un ruban de velours noir. Elle est toujours très soignée de sa personne, tenant à faire, mais sans ostentation, honneur au nom qu'elle porte. Arborant le plus souvent des fichus de laine à couleurs vives, elle ne quitte son tablier que pour recevoir. Née Eymerin, une famille de commerçants de Gap, elle était devenue Marelier voilà maintenant dix-huit ans. Un mariage arrangé dont elle s'était parfaitement « arrangée ». Avant Philippe, elle n'avait connu que quelques flirts sans frissons, son sexe restant sans émoi. Son époux, aussi fougueux en amour que dans la vie, avait su être patient, attentif et lui avait laissé le temps de s'épanouir. De ce fait, vingt ans après, elle l'aimait toujours avec tendresse. Elle admirait aussi son courage, sa volonté et son dévouement, notamment pour son village. Il y avait bien quelques désaccords, elle s'en accordait… pour l'heure.

En buvant son café, Philippe lui raconte son rêve… tout du moins ce qu'il veut bien lui en dire. Elle lui trouve immédiatement une explication simple et logique, tenant à la journée très particulière qu'ils s'apprêtent à vivre et qui ne peut que tracasser le maire qu'il est. Un baptême et un enterrement. Dans cet ordre et dans la même famille ! Étrange croisée des destins.

De sa voix un peu rauque, elle plaisante :

— Contrairement à ce que disait ton mauvais rêve, c'est bien au bras de monsieur le maire que je compte me rendre à l'église.

— Et j'en serai flatté, s'empresse-t-il de répondre tout sourire.

C'est vrai qu'il est fier de sa femme.

— Je devrais avoir le temps de passer me changer entre les deux cérémonies. Pour ce matin, je pense à ma robe vert bouteille. Elle est à la fois sobre et vive. Qu'en penses-tu?

— Elle me plaît bien. Sa taille haute te met bien en valeur et ses manches avec ses grands revers sont jolies. Sachant que tout te va, se dépêche-t-il d'ajouter. (Il hésite quelques secondes.) J'ai quand même peur que beaucoup s'habillent en noir en prévision de l'après-midi.

— Raison de plus. Ce baptême ne doit pas être vécu comme un deuil. En dépit des circonstances, il doit être un moment de joie... Dans ton rêve, j'étais habillée comment?

Philippe poursuit sur son idée :

— Et pour l'enterrement?

— Ma robe noire, bien sûr, et mon gros châle en laine car il va faire froid. Sinon, je garderai la même coiffe que le matin. Quand on est la femme du maire on se doit de respecter les traditions, n'est-ce pas?

Philippe n'a pas mordu à l'hameçon. Il ne veut plus parler de sa nuit. Pas la peine d'insister : *c'est comme à confesse, il faut que ça vienne au bon moment*, pense-t-elle.

Il faut maintenant se préparer. Philippe enfile d'abord son pantalon en coton gris foncé, tenu par des bretelles de la même couleur, passe une chemise en toile de lin, avec une légère dentelle au col, fermée par le protocolaire cordonnet noir. Comme dans son rêve, vient le tour du gilet. Sans boutonner le haut qui l'emprisonne trop à son goût. Il endosse enfin sa grande veste en drap marron à larges basques qui lui va si bien. Il ne peut s'empêcher de rouler les épaules comme pour faire craquer les coutures, pour lui toujours trop étroites. Les souliers de circonstance, bien nettoyés, remplacent les sabots du quotidien. Devant la glace, il lisse soigneusement du pouce et de l'index sa fine moustache, sa coquetterie comme s'amuse à l'appeler Julie. Il est persuadé qu'elle a le mérite, tout à la fois, d'atténuer l'épaisseur de ses sourcils, de gommer l'impétuosité d'un nez droit et fier, d'adoucir un visage trop carré à l'image de son corps trapu et enfin de compenser un front largement dégarni. Voilà pourquoi il prend tant soin de ses bacchantes, se tenant devant la glace légèrement sur la pointe des pieds. Faut dire qu'elle est fixée à la bonne hauteur pour Julie, qui n'est pas la sienne. Il lui arrive à peine à l'épaule, et encore... quand elle est en chaussures basses !

Tout en s'habillant Philippe pense qu'un baptême et un enterrement, ça s'équilibre. Décidément le compte n'y est pas. Pour faire grandir le village, il lui faudrait plus de naissances. Chaque année, la population baisse de quelques âmes. Il connaît les causes de ce dépeuplement et n'est pas sans projets pour y remédier. Il a d'ailleurs œuvré tout cet hiver, avec obstination, à convaincre ses concitoyens de leur bien-fondé. Il sortira Chaudun de sa pauvreté et de sa léthargie. Il n'y a pas de fatalité. Pas tant qu'il sera maire. Or, il sait qu'il le sera encore après les élections municipales de mai suivant.

Maire de sa commune, Philippe en est aussi le principal cultivateur, son père lui ayant légué soixante-dix hectares. Une part des labours – situés entre le torrent des Brauas et celui de Biacha-Coq – est essentiellement consacrée au méteil et à la luzerne, l'autre – à la source du torrent des Clôts – à la pomme de terre et à l'avoine. Sans compter quelques hectares de pâture en haut de celui de Saint-Doux pour ses trois vaches et sa dizaine de moutons.

Pendant ce temps, Julie a passé sa belle robe par-dessus un large jupon donnant à l'ensemble une amplitude qui lui sied bien. Son corps a gardé des formes déliées et fermes. Si la maternité a développé et mûri ses seins, autrefois petits et vifs, elle sait que, bien corsetés, ils restent attirants au regard des hommes et appellent leur tendresse. Et quand ses jolis yeux verts, « qui mènent en enfer » selon Philippe, brillent de désir, celui-ci n'y résiste guère. Elle enroule sous la coiffe ses cheveux blonds qu'elle laisse, dans l'intimité de sa maison et pour le plaisir de son mari, flotter autour de son visage. De jeune adolescente réservée, elle est devenue une femme sûre d'elle-même ; de fille de la ville, elle s'est muée aisément en paysanne, se plaisant dans ce contact rude mais vrai, tant avec la nature qu'avec les hommes.

À son arrivée à Chaudun, c'était encore son beau-père, Georges Marelier, qui en était le maire et ce depuis bien longtemps. D'abord nommé, puis élu, les variations de législations ne changeant rien aux affaires d'hommes.

Elle avait eu à cœur de participer à l'effort collectif et de se montrer entreprenante. Elle avait ainsi créé de ses mains un potager derrière la maison, qu'elle n'eut de cesse de développer, contribuant de façon non négligeable au produit de la ferme familiale. Comme toutes les femmes du village, elle avait en charge de s'occuper des enfants, des travaux ménagers, mais aussi d'apporter le manger dans les champs, de diriger l'élevage des animaux de la basse-cour et de gérer les finances. Au fond, le seul moment de presque repos était celui de la veillée, lorsque, le repas terminé, la table débarrassée, la vaisselle lavée, elle pouvait broder, tisser, filer ou coudre en bavardant un peu. Aussi avait-elle apprécié qu'à la naissance de son fils son mari ait voulu embaucher une domestique. Ce fut Alphonsine, une orpheline de Rabou, qui épousa plus tard Robert, devenu par la suite le vacher de Jean-Pierre Daille. Elle aida à élever les enfants, participa au ménage, à la cuisine et au potager. Au bout d'un certain temps, les Marelier finirent par lui confier un petit terrain pour lui permettre de produire ses propres légumes.

Quand ses parents décidèrent qu'elle épouserait Philippe, Julie s'était considérée comme chanceuse de ce parti et avait fait sa part d'efforts pour que cette union soit une réussite. Elle n'aurait pas osé discuter la décision du père qui, de son côté, avait trop d'affection pour sa fille pour la marier au premier prétendant venu. Julie était croyante et pratiquante, mais pas bigote. Avant de faire l'amour, elle retournait l'image de Marie, au-dessus du lit. Elle avait fait ça le premier jour par réflexe. Depuis, c'était devenu un jeu, un signal de désir. Rien de bien blasphématoire par la pensée ! Influente sur Philippe et appréciée par les gens du village, elle servait souvent d'agent de liaison pour lui faire passer des messages qu'il n'entendait pas toujours directement. Si nécessaire, elle savait lui tenir tête, mais jamais frontalement, évitant prudemment de le buter ; il était têtu et sanguin et elle avait appris à faire avec.

Ce qui inquiétait Julie, et l'opposait un peu à son mari, c'était ce carnet gris dans le tiroir du bahut. Il contenait la liste des prêts consentis à ses administrés. Consentis et parfois proposés. Déjà plus de trente-six noms inscrits. Le problème n'était pas celui de la confiance dans l'honnêteté des emprunteurs ; on topait et la parole valait tout, pas besoin de signer un papier ! Si quelques-uns avaient effectué des remboursements, le vrai souci était l'insolvabilité notable de la plupart des autres, même pour les petites sommes. Sommes qui allaient de cent francs à plus de mille francs dans déjà deux cas. Or, si les Marelier avaient la chance d'être un peu mieux lotis que la majorité, ils n'en étaient pas pour autant bien riches.

Elle savait que l'obstination de son époux venait d'une sorte de destinée qu'il s'était assignée au décès de son père. Cette mort brutale, en plein conseil, avait renforcé son image d'homme dévoué à son village. Aussi Philippe, sitôt élu, s'était-il donné pour mission de poursuivre son œuvre. Dans sa tête, Chaudun était devenu le village Marelier. *Par devoir*, disait-il. *Jusqu'à une certaine forme de déraison*, répondait-elle. Elle essayait vainement de le refréner, lui faisant observer qu'à l'époque de son père, déjà, le village perdait des habitants. Des commentaires qui tombaient dans l'oreille d'un sourd, d'autant plus depuis qu'il avait visité la ferme modèle de Gap et s'était persuadé, non sans quelques bons arguments, d'y avoir trouvé des solutions pour produire plus et mieux. Solutions qui demandaient d'abord des sous pour investir. Étant les seuls, avec leurs amis Daille, à posséder un pécule, ils devenaient, peu à peu, les banquiers de Chaudun… surtout lui, Marelier. Seulement, pour Julie, le mariage de ses enfants était la priorité des priorités et la dot accordée par ses parents n'avait certainement pas pour destination de sortir de la famille. Comme l'exploitation rapportait tout juste de quoi vivre, il fallait économiser, comme on le lui avait appris, et non distribuer. Même au nom d'un bel idéal. D'abord protéger les siens, aider Chaudun après ! Cette question étant un des rares sujets qui les opposaient, il avait choisi de ne plus la tenir systématiquement au courant des nouveaux prêts qu'il accordait. C'est pourquoi elle sortait, de temps en temps et discrètement, le petit carnet du tiroir. Pour surveiller, mais sans rien dire… pour l'heure !

Elle avait donné un garçon à son mari, Cyril, âgé maintenant de dix-huit ans, puis deux jumelles, Agnès et Séraphine, qui avaient fêté leurs quinze ans. Elle aurait bien aimé lui offrir d'autres enfants, mais le Seigneur ne l'avait pas voulu. Il devait avoir ses raisons. Ses filles étaient autant physiquement jumelles que différentes en caractères : la première était volontaire, active et pratique, l'autre rêveuse, un peu indolente et sujette à des sautes d'humeur imprévisibles.

Cet hiver-là, Cyril avait été embauché pour un travail saisonnier à Gap et Agnès éloignée chez une cousine, pour essayer de décourager un garçon trop assidu. Séraphine était donc la seule des trois enfants à être restée à la maison. Tout comme sa sœur jumelle quand elle était présente, elle dormait dans la chambre à l'étage. Le fils se contentait de la grange. À cette époque, c'est ainsi qu'on vivait en haute montagne.

En ce matin-là de février, Séraphine était descendue prendre son petit déjeuner en ronchonnant, comme le plus souvent. Elle fila ensuite à l'église pour aider à organiser le baptême. Il fallait d'abord nettoyer un peu partout, en particulier les fonts baptismaux placés près de la porte, puis habiller l'autel. Elle ferait office d'enfant de chœur et assurerait la quête dans sa soutane rouge et surplis blanc. Après, elle se rendrait probablement à la ferme de la famille Bonnaril, pour aider à préparer et à servir les collations. Elle n'entendait pas assister à l'autre cérémonie. Celle de l'après-midi. Elle n'aimait pas les enterrements et préférait donner un coup de main à l'instituteur… enfin peut-être ! Séraphine était une adolescente qui ne savait jamais ce qu'elle voulait exactement, ou pas encore. Tantôt elle désirait devenir institutrice, tantôt elle prétendait que

Dieu l'avait appelée. Son seul vrai rêve était de voir la mer, cette mer dont les livres parlaient à elle qui n'avait jamais quitté son village.

En fait, il était plus facile de la définir par ce qu'elle ne voulait pas :

– Vivre chez ses parents. Elle ne supportait pas l'autorité de son père et pestait contre sa mère, qu'elle adorait pourtant, de toujours lui donner raison.

– Vivre à la ferme. Elle s'estimait trop délicate.

– Vivre à Chaudun. Les garçons étaient décidément trop idiots et trop gamins.

D'ailleurs, elle n'en fréquentait aucun, allant jusqu'à affirmer, lors des fêtes, que la danse était un rite ancien et primitif. Elle restait dans son coin ou se proposait pour aider de-ci de-là, façon de mieux disparaître aux yeux des autres. Elle n'avait donc aucun prétendant, tenant à distance tous « les mâles », comme elle disait. Au grand regret de ses parents. Raison de plus ! Pour tout dire, Séraphine s'ennuyait. Elle ne se sentait bien qu'avec trois personnes :

– Louis Barin, le berger, vingt ans, muet de naissance, avec qui elle pouvait passer des journées entières à rêvasser en gardant les troupeaux de moutons. Au moins, lui, la laissait tranquille, se contentant de lui sourire gentiment.

– Le curé, l'abbé Albert, qui savait l'écouter et la comprendre. Il lui parlait de temps en temps de la mission qu'il avait eue au Québec, pays qui la faisait rêver, malgré le froid hivernal qu'il décrivait.

– Pierre Truchet, l'instituteur. Vingt-quatre ans. Plus âgé qu'elle, il était un homme instruit avec qui elle disait apprendre beaucoup. Après son certificat d'études, elle envisageait d'ailleurs parfois de faire ce métier. Il lui suffirait, pour cela, de s'inscrire à l'école normale de Gap. Elle savait que ses parents lui paieraient volontiers de telles études. Pourtant elle n'avait encore entrepris aucune démarche, se contentant d'y réfléchir et d'y réfléchir encore. Elle venait souvent aider Pierre à ranger l'école, à surveiller les plus petits pendant qu'il travaillait avec les aînés. Surtout, en alternance avec madame Mouchet, elle assurait les cours de couture pour les filles. Ça, c'était une responsabilité qui lui plaisait bien !

Bien sûr, elle aimait aussi son frère et sa sœur ! Mais Cyril était un coureur de jupons, même pas à Chaudun l'hiver. Quant à Agnès, sa jumelle, voilà que le père l'avait éloignée du village parce qu'elle était courtisée par Célestin et qu'il ne voulait pas de ce garçon. Encore de la faute du père qui voulait toujours décider de tout !

Séraphine s'ennuyait beaucoup. Elle se sentait bien seule et ne s'occupait finalement que… à passer le temps. Ici, personne ne la comprenait. C'était un village de rustres dont elle rêvait de partir, tout en attendant que les choses changent d'elles-mêmes. Il fallait qu'elles changent et donc elles changeraient… et même de manière importante, se persuadait-elle. Une intuition féminine, expliquait-elle à qui voulait l'écouter. Quant à ce qui allait ou pouvait changer ? Alors, ça, aucune idée ! Simplement, comme elle ne prenait pas son sort en main, le sort la conduirait par la main. Ce qu'il fit. Hélas !

Les Bonnaril

Élie Bonnaril est né au petit matin du 20 février.

Mis au monde avec l'aide d'Henriette Varalin. Chez les Varalin on est accoucheuse de mère en fille depuis des générations. Alors on a toute confiance en Henriette. Si ça se passe mal, ça se passe mal et personne n'aura l'idée de dire que c'est de sa faute ! Elle avait été aidée cette fois par sa fille Irène qui voulait apprendre et par Henriette Villard, elle-même mère de cinq enfants.

L'accouchement de Mariette s'était déroulé normalement. Heureusement, car l'hiver il est impossible de faire appel à un médecin ou même seulement à une sage-femme. Non seulement il n'y en a pas dans le village mais ce dernier est coupé de tout accès raisonnable, ne fût-ce qu'à pied. Alors on se débrouille, solidairement, comme pour mettre bas les bêtes pour lesquelles il n'y a pas plus de vétérinaire ; on a l'habitude, il faut bien. C'est comme ça la vie à Chaudun, depuis aussi longtemps qu'on s'en souvienne.

Les Bonnaril ont une quinzaine d'hectares de pâturages, pour l'essentiel en amont du Buëch et le reste le long du torrent de Chanebière. Deux vaches, trois bœufs, une vingtaine de chèvres, autant de moutons, une dizaine de porcs et enfin quelques ruches qui passent pour les meilleures du village. Elles produisent un miel non seulement très apprécié dans les marchés de Saint-Bonnet, du Pont-du-Fossé ou de Saint-Julien mais qui sert aussi de sucre pour la consommation familiale. Denis a quarante-et-un ans. Corps trapu et vigoureux, lèvres épaisses et cheveux courts lui donnent un petit air bourrin qui colle bien, il faut le reconnaître, avec son caractère coléreux. Ils ont déjà une fille, Louise, âgée de cinq ans passés. Quand sa femme lui avait annoncé attendre un second bébé, Denis avait espéré, sans trop le dire tout en le disant tout de même, que ce serait un garçon, pour assurer sa descendance. Le ciel l'a exaucé ; il est fou de joie.

Les premiers cris d'Élie ont à peine retenti dans la maison que l'heureux papa veut courir annoncer à Jean qu'il est, cette fois, grand-père d'un petit garçon. Il aurait aimé lui montrer le bébé pour mieux partager son émotion et sa fierté paternelle. Les femmes s'y sont opposées fermement. Trop tôt, bien sûr. De plus, il fait trop froid dehors. En ces occasions, les hommes obéissent aux femmes. Alors, il y va seul.

La maison de Jean Bonnaril est en bas du village. Une unique pièce au-dessus de la grange. Il s'y débrouille seul depuis le décès de sa pauvre femme. À soixante-sept ans, il fait encore du blé sur une petite propriété de six hectares. L'hiver, une fois le bois coupé, les outils réparés et rangés, il donne un coup de main à son fils. Dans l'élevage, il y a du travail 365 jours par an. Il vient surtout aider à la traite du soir et reste à manger la soupe, profitant ainsi de sa petite-fille. Il est farceur à souhait, toujours de bonne humeur avec elle, et il adore lui raconter des histoires. Parfois Mariette, sa bru, le rabroue un peu. *Allons, c'est pas à raconter à une gamine de cinq ans, ça, papé !* Il prend alors un air contrit qui fait rire Louise et continue tout bas, *juste pour elle* lui chuchote-t-il dans l'oreille, gagnant aussitôt un gros bisou de l'enfant, même si sa joue pique un peu.

Denis, tout radieux, frappe donc à sa porte. N'obtenant pas de réponse, il recommence plus fort. C'est qu'avec le temps le papé est devenu un peu sourd. Toujours rien. Il décide d'entrer. Jean ne ferme jamais à clef. Que pourrait-il craindre ? Certainement pas un voleur puisque aucun visiteur ne peut accéder au village !

La tête légèrement penchée en avant, il dort tranquillement dans son fauteuil. Il n'est pas allé jusqu'à son lit. Depuis quelques semaines, il se plaint d'être plus fatigué que d'habitude et trouve cet hiver bien long.

Quand Denis lui donne une petite tape sur l'épaule pour le réveiller, il comprend immédiatement que son père est mort. Mort. Mort comme ça, sans tralala, seul, sans doute en dormant. Usé par une vie trop rude, son cœur s'est arrêté comme le pendule d'une horloge dont le ressort est en bout de course.

En une fraction de seconde le bonheur contenu de Denis se transforme dans sa gorge en une boule de sanglots, son cœur s'arrête, écartelé entre l'euphorie de cette naissance et ce chagrin, immense et brutal. Tombé à genoux, Denis reste ainsi de longues minutes, prostré, submergé par cette trop grande douleur. Par la naissance d'Élie, le ciel avait exaucé son souhait, mais Jean, le grand-père, ne le saurait jamais.

Voilà pourquoi, ce jour du 22 février 1888, allaient être célébrés pour la même famille un baptême à 11 heures et un enterrement à 15 heures.

L'usage voulait que le nouveau-né soit présenté à l'église dans les vingt-quatre heures. Un ordre immuable – été comme hiver – afin de préserver son âme, s'il venait à mourir. C'est qu'à cette époque, les enfants ne survivaient pas plus d'une fois sur deux. Quelques mauvaises langues disaient aussi tout bas qu'en pareil cas le curé touchait à la fois le tarif du baptême et celui de l'enterrement ; évidemment des langues de mauvais plaisantins !

L'abbé Albert suggéra bien de décaler l'enterrement, mais non. Denis refusa tout net, affirmant sèchement qu'il fallait procéder aux deux cérémonies le même jour et dans l'ordre voulu par Dieu. Et puis voilà ! Mariette essaya, à son tour, de le raisonner, mais rien n'y fit, il s'obstina. Rien n'aurait pu atténuer son désarroi. La seule concession qu'elle obtint fut de reporter les deux cérémonies au surlendemain, le temps pour elle de tout préparer et d'aviser tout le monde. Le petit Élie semblant tout à fait robuste, *trois kilos cinq* précisait fièrement sa mère. Le baptême pouvait attendre un jour de plus sans grand risque pour son âme.

Dans l'après-midi, le décès fut annoncé par le glas des cloches. La grosse un temps long, la petite un temps court, quatre fois. Pour les cérémonies importantes, comme les mariages et les enterrements, c'était Antoine Parini qui faisait usage de bedeau. La soixantaine dépassée, il avait laissé son fils et ses cinq petits-fils s'occuper de la ferme. Il continuait certes à donner un coup de main, mais, trop handicapé, il ne pouvait plus prétendre faire ce qu'il faisait autrefois. Une mauvaise chute d'une charrette de foin, une fracture du tibia mal remise par une attelle bricolée : il boitait bas et sa jambe le faisait souffrir. Surtout l'hiver. Alors il avait désormais plus de temps qu'il en voulait pour aider la paroisse ! S'il avait bien le gosier toujours sec, d'autant plus quand il était accompagné du garde champêtre, ce penchant n'avait jamais occasionné – jusqu'ici – d'incident notable. Il avait commencé à assurer ce service pour le père Michaux. Quand celui-ci avait pris sa retraite, il avait tout naturellement continué avec l'abbé Albert.

Il fit le tour du village ; les habitants sur le seuil de leur porte lui demandèrent le nom du trépassé. D'une voix puissante, il annonça en même temps naissance et décès, baptême et enterrement. Deux événements pour une seule volée de cloches, le glas. Denis passa une nuit dévastatrice, tantôt souriant des cris de son fils affamé, tantôt pleurant son père. Déchirement d'un clown triste, incompréhension, coexistence arythmique de sentiments contradictoires, écartèlement du cœur. Là, dans l'instant, se préparant puisqu'il le fallait bien, tout en maronnant, la colère l'emportait. Certes, la vie doit s'arrêter. En temps normal, peu importe plus tôt ou plus tard. Ça change quoi ? Un peu plus ou un peu moins, c'est dérisoire. Ça, Denis le comprenait et l'acceptait. Sauf que justement, là, ça pouvait attendre ! Oui, Dieu aurait dû attendre. Attendre ne serait-ce qu'un jour, un seul petit jour ! Il ressassait sans arrêt l'idée que, tout à l'heure, on baptiserait Élie et que son grand-père n'assisterait pas à ce spectacle. Il avait un petit-fils et ne l'avait pas su, un descendant qu'il ne connaîtrait jamais. Tristesse et indignation chez cet homme trop combatif par nature pour se résigner devant le sort ; colère rageuse à en être injurieuse contre ce Dieu à qui on allait pourtant confier, ce matin-là, l'âme de son petit garçon. C'était décidément trop injuste. Le Seigneur avait le droit de reprendre l'âme de son père, mais il aurait dû attendre. Rien ne pouvait justifier cet empressement, qui confirmait ce dicton selon lequel Dieu reprend une âme quand une autre naît. Non, Jean n'avait pas mérité cela. Il avait travaillé dur toute sa vie, s'était montré charitable avec les plus pauvres que lui, était respecté et aimé de tous et fréquentait l'église comme il le fallait. Non, son père n'avait pas mérité ça !

À ce moment de la matinée, sa femme ne pouvait le soutenir, le consoler ou l'adoucir. Tenant à peine debout, secondée par deux voisines et amies, elle préparait Louise et le bébé pour la cérémonie. D'ailleurs comment aurait-elle pu l'aider ? Quels mots auraient pu avoir un sens ? Il n'y a pas de sens à l'absurde ! Puisque Dieu avait voulu unir les deux événements, Denis irait aux deux vêtu de noir. *Ce n'est pas moi qui ai voulu ça*, grommelait-il. Il consentit, pour Élie, à remplacer pour le baptême le cordonnet noir lui servant de cravate par un autre de couleur gris clair, mit son chapeau de feutre, enfila ses souliers à tiges, solidement ferrés, et attendit, taiseux, les coudes appuyés sur la table, que femme et enfants soient prêts. Louise grimpa un instant sur ses genoux pour lui montrer ses habits :

— Regarde papa, elle est belle, ma robe ?

— Très belle, ma chérie, la félicita-t-il en lui caressant la tête. Le cœur n'y était pas et les enfants sentent ces choses-là.

— Tu sais, papa, il ne faut pas être trop triste. Papé, il était très vieux… et puis du ciel il assistera au baptême d'Élie et il sera content.

— T'as raison, Louise. Oui, t'as raison, c'est bien, lui répondit-il en l'embrassant dans le cou et en se forçant à lui sourire.

Pourtant il ne fit rien pour la retenir quand la fillette descendit de ses genoux, sa poupée de tissu dans les bras. Elle retourna, en sautillant, vers sa maman qui finissait d'emmailloter le bébé dans cet épais châle de laine blanc écru qu'elle avait elle-même revêtu le jour de son mariage.

Il n'était pas question un seul instant pour Mariette de ne pas respecter l'usage, même dans ces circonstances exceptionnelles. D'autant que ce châle était bien chaud et qu'à cette heure il gelait encore. Si l'église n'était pas loin, il y faisait presque aussi froid qu'au-dehors. Peu avant de partir, elle prit soin d'allaiter le petit pour qu'il se tienne tranquille. Il semblait repu et satisfait. Que pouvait-il penser ? Deux jours à peine dans ce monde. Regrettait-il déjà l'univers douillet du ventre dans lequel il s'était développé pendant de longs mois ? Ressentait-il le mélange de joie et de tristesse qui habitait sa maison ?

L'abbé Albert

L'abbé Albert se préparait également. Depuis la veille, il ne cessait de réfléchir, Bible en main, aux homélies pour ce jour si exceptionnel. Il se devait d'expliquer l'inexplicable : d'exposer la logique divine qui avait prévalu pour qu'au sein de la même famille un baptême ait lieu le matin et un enterrement l'aprèsmidi. On attendait de lui une réponse, une réponse avec des mots clairs. Une réponse que lui, modeste curé, n'avait pas !

Dire que Dieu, devant rappeler Jean, avait voulu compenser sa disparition par la joie de la présence d'Élie ? Un peu tiré par les cheveux ! Les Chauduniers sont certes des gens simples, mais pas idiots. Et puis ce serait valider cette croyance qu'un mort annonce une naissance, déjà confortée par les ressemblances que parents et proches ne manqueraient pas de trouver entre le bébé et son grand-père. Évidemment qu'une naissance n'est pas une réincarnation ! Comment expliquer sans heurter que la mort n'est que l'accomplissement de la vie ?

Voilà à peine un an que l'abbé Albert est arrivé à Chaudun en remplacement de Jean Michaux. Ordonné en 1855, il avait d'abord suivi l'évêque de Gap en mission à Ottawa. Un travail passionnant, une mission de croisé de Dieu, d'homme d'action et de conviction. Seulement, il avait commis une grave erreur, l'éloignement de son église lui faisant, au fil des années, oublier certaines règles de son engagement. Pour que l'affaire ne soit pas ébruitée, sa hiérarchie l'avait rappelé précipitamment en France et nommé à Chaudun. À cinquante-neuf ans, il aspirait à plus de confort dans une fonction diocésaine en rapport avec ses capacités, ce qui ne l'empêchait pas d'exercer au mieux son ministère.

À son arrivée, le conseil municipal avait voulu récupérer une partie du presbytère pour en faire la Maison du peuple. Il fallait en effet transformer l'ancienne mairie en école puisque la grange aménagée ne suffisait plus, la loi exigeant désormais un local spécifique. Il s'était empressé d'accepter, y voyant l'occasion d'exprimer sa bonne volonté et sa solidarité avec ses paroissiens. En contrepartie, il avait demandé simplement que soient réalisés les travaux de remise en état de la toiture de l'église, qui laissait passer eau et froid. La construction n'avait qu'une vingtaine d'années, mais le gel avait provoqué des fissures sur certaines ardoises, le vent en avait arraché d'autres et la neige s'infiltrait ainsi en pourrissant les bardeaux, et des champignons commençaient à apparaître ici et là.

Le budget de la municipalité étant déjà déficitaire, on s'était contenté d'une réparation provisoire, pour une amélioration tout aussi provisoire. C'est pourquoi, à la fin de l'automne passé, estimant que c'était insuffisant, l'abbé Albert avait écrit à ce propos à l'évêché. Sans obtenir, jusque-là, la moindre réponse.

Une démarche maladroite qu'il regretterait plus tard.

L'abbé Albert était le rasclon[1] d'une famille de sept enfants et, pour cette raison, avait été dédié à l'église dès sa naissance. Il était grand, fort, large d'épaules et en imposait par sa présence. Son épaisse chevelure châtain clair dépassait toujours en désordre de sa calotte. Sa voix de ténor et ses yeux perçants brun foncé impressionnaient et lui conféraient une autorité naturelle affermie par des gestes amples et démonstratifs.

Son empathie fonctionna tout de suite auprès des villageois, tous fidèles pratiquants. Tous… sauf l'instituteur, Pierre Truchet, un laïc convaincu. Les deux se respectaient et évitaient d'empiéter sur le domaine de l'autre, tel que le définissait la loi. Il y avait bien eu, au début, quelques frottements pour délimiter la frontière entre l'instruction civique, obligatoire, et le catéchisme, facultatif mais suivi par tous les enfants. Vivant désormais en bonne intelligence sur ce sujet,

---

1. Rasclon : benjamin.

ils se complétaient plus qu'ils ne rivalisaient. Après tout, les valeurs morales enseignées restaient les mêmes.

En y réfléchissant, il n'y avait que monsieur le maire qui lui battait froid, bien qu'il accompagnât régulièrement sa femme à la messe dominicale de 10 h 30. Il y communiait même parfois. Une dissension qui remontait à peu de temps après son arrivée, quand monsieur Marelier lui avait commandé un office en mémoire de son père. L'abbé avait cru bon de demander que la famille y communie. Dans son esprit, ce n'était qu'un simple rappel de l'usage, puisque l'eucharistie est au cœur même de la liturgie catholique. Mais la formulation, ou l'exigence, avait fortement déplu : on ne pose pas de condition à Philippe Marelier. Si celui-ci avait accepté, sans faire de commentaire, il n'était pas venu à confesse avant. D'ailleurs, depuis, il n'y était pas venu non plus. Il allait leur falloir en parler un jour ou l'autre. Ce n'était pas tout : à la fin de cette messe, l'abbé avait prononcé quelques mots à propos de Georges Marelier. Ne l'ayant pas connu, il avait souhaité simplement exprimer sa sympathie en commençant par la formule habituelle : *Dieu l'a appelé…* Il voulait, avec un brin d'emphase, comparer Georges Marelier guidant les Chauduniers à Moïse conduisant son peuple. Rien que ça ! Toujours est-il qu'à la sortie de l'église Philippe lui avait fait remarquer : *vous savez, monsieur l'abbé, mon père, ici, tout le monde le respectait, et même Dieu ne l'aurait pas sifflé*. C'était comme ça qu'il avait interprété, Dieu l'a appelé. Un malentendu, mais un malentendu tenace, à l'image de l'homme.

Ce n'est que plus tard que l'abbé découvrit l'importance de Georges Marelier et la façon dont il comptait dans la mémoire collective. Sans sa persévérance, son courage, son entrain, Chaudun aurait été déserté.

Les familles étaient restées pour lui. Un village de combattants, ou plutôt de résistants. C'est tout naturellement que son fils, déjà au conseil municipal, avait été choisi pour le remplacer. Les lois de la Troisième République ne changeaient rien à l'affaire. Sous forme officielle d'élection par le conseil municipal, il s'agissait en fait d'une véritable succession.

Avec le temps, l'abbé Albert avait appris sa paroisse. Il avait de l'affection et de la considération pour les Chauduniers. Des gens humbles, travailleurs, solidaires et courageux, simples et francs, dont il partageait la vie, les difficultés et les joies. Il connaissait maintenant les âmes de chacun, sauf celle de Philippe et assez peu celle de sa femme. Il se sentait accepté dans le village, sans être, pour autant, définitivement adopté. Il ne le serait qu'en obtenant la bénédiction de monsieur le maire, image qui l'amusait.

Il recentra sa réflexion sur son problème du jour. Si le matin il s'agissait d'une cérémonie simple et rapide, devant les fonts baptismaux, l'après-midi il dirait une messe complète et devrait prononcer une vraie homélie de circonstance. Et quelle circonstance ! Il mit son manteau et son chapeau et partit vers l'église à quelques mètres du presbytère. Il décida que, pour le baptême, il savait ce qu'il dirait et que d'ici l'après-midi, Dieu l'inspirerait en lui apportant les mots appropriés.

Quelques années plus tard, un autre curé allait être appelé à célébrer une autre messe, à prononcer une autre homélie pour une occasion plus exceptionnelle encore... Dieu, lui-même, le savait-il déjà ?

L'instituteur

À 11 h 30, les douze enfants de l'école, tous en pèlerine noire, sabots sur chaussettes tricotées et béret sur la tête, accompagnés de leur instituteur, attendent sagement sur le parvis de l'église la distribution traditionnelle de dragées, à la sortie du baptême. Comme d'habitude, ils sont arrivés dès 8 heures, du plus petit de six ans aux deux aînés de treize ans, car Pierre Truchet tient à faire classe comme les autres jours, en dépit des événements. Même pour une matinée tronquée. D'ailleurs, il y aura aussi école l'après-midi. L'hiver, il faut rattraper les absences de l'été, quand les champs ont besoin de bras.

Pierre, pupille de la nation, s'était présenté à l'âge de dix-sept ans, pourvu de son certificat d'étude primaire, à l'école normale de Gap. En contrepartie de la gratuité de sa formation, il s'était engagé à servir dix ans dans l'enseignement public selon les affectations décidées par l'administration. Il s'était ainsi retrouvé à Chaudun, après avoir commencé par quelques remplacements dans le département. N'ayant pu décrocher son brevet de capacité, il était envoyé là où les diplômés ne voulaient pas aller. Il savait qu'il lui faudrait construire sa carrière à la seule force du mérite. Il espérait être, un jour, nommé dans un bourg comme Saint-Bonnet et – pourquoi pas – beaucoup plus tard, dans un collège de Gap !

Par obligation, le conseil municipal avait fait de l'ancienne mairie la nouvelle école, en remplacement de la grange qui en tenait lieu précédemment. Sachant que : ce n'était pas vraiment un bâtiment, l'école ! Simplement un local d'environ 25 m^2. En mitoyen il y avait son logement, assuré comme son traitement par Chaudun. Une unique pièce faisait office de cuisine, salle à manger et de chambre, éclairée par une étroite fenêtre pour ne pas laisser passer trop de froid et accessoirement pour ne payer qu'un seul impôt sur les portes et fenêtres. Il se chauffait grâce à une petite cheminée en utilisant le reste des bûches que les enfants apportaient chaque matin pour le poêle de la classe. Pierre se contentait de ce qu'il avait, sachant bien que la commune ne pouvait faire mieux et que beaucoup d'habitants vivaient dans plus d'inconfort que lui. Et puis, il n'oubliait pas qu'on avait construit ce logement exprès pour lui, un acte important qu'il appréciait à sa juste valeur ! Sans compter que le fait de mettre l'école dans l'ancienne mairie avait eu pour conséquence que la « maison des citoyens », puisqu'il en fallait une, fut installée sur une partie du presbytère. En bon laïc qu'il était, il en souriait encore !

Quant à son salaire, constitué d'une subvention du département et d'une imposition des habitants, il était d'autant plus maigre que la commune ne parvenait à lui verser que 200 francs, soit la moitié de ce qu'elle lui devait, provisionnant chaque année à son budget le règlement du solde. Son travail aurait relevé du sacerdoce si l'enseignement avait été son seul emploi, comme l'obligation légale lui en était pourtant faite. Heureusement, et comme beaucoup d'autres, il touchait quelques sous supplémentaires en faisant le secrétaire de mairie ainsi qu'en s'occupant des réparations de toiture, ici et là. En la matière, il avait hérité du savoir-faire de son père auquel il aurait pu succéder comme charpentier pour gagner beaucoup mieux sa vie. On lui avait aussi proposé de faire le bedeau, mais là il avait refusé tout net ! Il n'allait pas à la messe. Point. D'ailleurs, il assurait avec beaucoup de sérieux les cours d'instruction civique et ne manquait pas de les distinguer du catéchisme de monsieur le curé. L'école n'était obligatoire, gratuite (même si les parents devaient fournir cahiers, crayons, livres et vêtements) et laïque que depuis 1881. Une loi trop récente encore pour ne pas veiller scrupuleusement à son respect, dans la forme et l'esprit. Pierre s'entendait bien avec les Chauduniers. Son savoir était respecté, ses avis recherchés et sa simplicité appréciée. Il avait participé à l'élaboration des projets du maire pour sa commune et utilisait volontiers son crédit moral pour les soutenir, persuadé qu'il était que leur mise en œuvre était indispensable.

Douze élèves, en soi, ce n'était pas trop, mais la difficulté était de faire classe en même temps du primaire au certificat d'études. Les deux grands allaient, à la fierté de tout le village, le présenter cette année, raison supplémentaire pour terminer le programme à temps. Il y tenait, pour les enfants, pour leurs parents et pour lui-même, tant par amour-propre que pour un possible et futur avancement. Outre les appréciations de l'inspecteur quand il passerait au printemps – s'il passait, car il ne venait pas tous les ans – le nombre de candidats à cet examen était, dans son dossier, un élément aussi important que le taux de réussite.

Pierre Truchet, personne au village ne lui connaissait d'aventure. Quelques malicieux prétendaient qu'il était encore puceau et d'autres, pas mieux intentionnés, qu'il faisait son affaire quand il se rendait à Gap, autant dire rarement. En fait, ce dont personne ne se doutait, même pas l'intéressée, c'est qu'il était amoureux, éperdument amoureux, d'un amour platonique se persuadait-il malgré la nature de ses rêves nocturnes. Une flamme qu'il n'osait pas déclarer, sa timidité trouvant mille justifications : elle était trop jeune, il ne fallait pas troubler leur belle amitié ; elle lui faisait trop confiance ; elle quitterait bientôt Chaudun pour faire l'école normale. Mais surtout, Séraphine était la fille du maire !

Maire qu'il craignait, comme tout un chacun, pour ses colères réputées. Un maire qui pourrait lui supprimer ses revenus, accessoires mais essentiels, ou même lui faire perdre son poste, et sans doute ainsi sa carrière, s'il ne voulait pas de lui pour gendre. Il suffisait de voir comment il avait réagi avec Agnès, la sœur jumelle, courtisée par le pauvre Célestin, pour se montrer pour soi-même excessivement prudent! Il remettait donc toujours les choses à plus tard, pensant que le temps jouait pour lui. Au rythme lent des saisons, il ne pouvait pas savoir que l'horloge allait se dérégler.

Baptême et enterrement

En prévision de l'inhumation de l'après-midi, la plupart des femmes arrivèrent au baptême avec des châles noirs et les hommes avec d'amples pèlerines tout aussi sombres descendant jusqu'aux talons. Le petit Élie était accueilli dans ce monde dans une ambiance singulière et lugubre que même les moins superstitieux ne pouvaient s'empêcher d'interpréter. Avant d'être la bru du défunt, Mariette voulait être d'abord la mère de son bébé. Elle avait donc décidé de revêtir sa plus jolie robe, d'un bleu clair contrastant fortement avec le reste de l'assistance. (Elle sut gré à Julie de s'être également habillée de couleurs vives et de la soutenir ainsi dans son choix.) Il serait temps ensuite, seulement ensuite, de penser au grand-père, même si elle partageait le chagrin de son mari.

Seuls la famille, parrain, marraine, le maire, son épouse ainsi que les trois femmes qui participèrent à l'accouchement furent invités à entrer dans l'église. Ils se regroupèrent autour des fonts baptismaux dans le bas-côté gauche. Près du transept on pouvait voir distinctement le long du mur des taches d'humidité et, de temps en temps, une goutte d'eau s'effilocher, dégageant une odeur de salpêtre mal dissimulée par le parfum des bougies. L'abbé Albert se plaça à côté de Mariette et du nouveau-né et commença la cérémonie en déclarant d'une voix douce :

— Le jour du baptême de Jésus, la voix du père dit : *celui-ci est mon fils bien-aimé.* Aujourd'hui je t'appelle et je t'envoie. Aujourd'hui Élie va devenir à son tour le fils bien-aimé de Dieu.

Ses paroles résonnaient dans le lourd silence, troublées seulement de temps en temps par quelques pépiements du bébé bercé dans les bras de sa mère. Se tournant, avec un sourire encourageant, vers Mariette et Denis, il poursuivit :

— Souhaitez-vous le baptême pour votre fils ?

Si le *oui* de Mariette fut prononcé très clairement, celui de Denis fut grommelé de manière presque inaudible. La maman dégagea le buste d'Élie pour permettre l'onction d'huile sur le torse et les épaules. Puis, l'abbé fit un signe de croix sur le cœur et le front, après avoir déposé un grain de sel sur les lèvres du bébé, à défaut de la langue qu'il ne put atteindre. Il expliqua que le sel donne du goût à la vie et préserve de la corruption. La maman tendit son fils, la tête légèrement penchée en arrière, sur les fonts baptismaux, et l'abbé versa par trois fois l'eau bénite sur le front d'Élie, provoquant d'ailleurs de sa part un début de colère qui suscita – enfin ! – un sourire de la petite assemblée. Il prononça la phrase rituelle : *je te baptise au nom du Père, du Fils et du Saint-Esprit*, et à nouveau commenta : *l'eau n'est pas seulement le symbole de la pureté, mais aussi tout simplement celui de la vie. Par le baptême nous sommes donc désignés comme étant à notre tour les enfants du Seigneur.* Il vit alors Denis murmurer quelque chose, le regard fixe, le front plissé. Heureusement, seule Mariette l'entendit dire : *et Jean, il n'était pas de ses enfants ?* Il eut la sagesse de poursuivre en s'adressant plutôt à Mariette : *ce baptême d'Élie est donc un point de départ. À vous, ses parents, parrain et marraine de l'éveiller progressivement à la foi. Amen.* Après avoir déposé un léger baiser sur le front du bébé, il entama un *Je vous salue Marie* que reprirent en chœur Mariette et l'assistance, tous sauf Denis obstinément silencieux. La prière fut brusquement couverte par les cris de l'enfant qui protestait sans doute d'une gêne passagère et commençait à se débattre. C'était son baptême et il y était bien présent.

Cette première cérémonie s'acheva avec la signature du registre dans la minuscule sacristie. Pour la première fois de la journée, la cloche, suspendue dans le petit campanile, carillonna. La grosse cloche puisqu'il s'agissait d'un garçon. Mais les cinq coups annonçant le baptême ne sonnèrent pas joyeusement et chacun nota que le son grave était atténué, le timbre dur et sec. Chacun le remarqua seulement ce jour-là… bien qu'il en fût ainsi, en réalité, durant tout l'hiver par l'effet du gel sur le bourdon.

À la sortie de l'église, dragées et sous furent distribués aux enfants qui avaient eu instruction de ne pas piailler contrairement à la coutume. Quelques personnes vinrent embrasser Mariette, glisser un petit compliment et faire une risette à ce joli petit garçon. Voyant que Denis se tenait obstinément à l'écart, sa femme lui mit le bébé dans les bras, obtenant enfin un pâle sourire. Il finirait par faire la part des choses, pour l'instant c'était trop tôt et trop fort.

Exceptionnellement, il n'y eut pas de repas de baptême. Une seule collation serait organisée à la fin de la journée, après l'enterrement. Fut seulement servie à la ferme Bonnaril, pour les proches et quelques personnes venues de loin, une abondante soupe, à base de pommes de terre et de raves. Mariette aurait eu honte qu'il en soit autrement. On se dispersa donc par petits groupes, y compris les enfants qui retourneraient ensuite à l'école. Il était midi. Le calme retomba sur le village, souligné par quelques aboiements et meuglements dans les cours de fermes et les étables.

Un peu avant 15 heures, les Chauduniers commencèrent à converger vers l'église pour l'enterrement de Jean Bonnaril. Le craquement assourdi des pas dans l'épaisseur de la neige donnait déjà le ton de la tristesse du moment. À l'exception des malades, de quelques invalides et de l'instituteur, retenu par obligation professionnelle, tout le village rendrait hommage à Jean Bonnaril l'après-midi. La vie de Chaudun s'arrêtait quelques instants parce que ses habitants étaient solidaires entre eux, au-delà de cette existence qu'ils savaient n'être qu'un passage. C'était d'ailleurs cette croyance qui leur faisait mettre un point d'honneur, malgré leur pauvreté, à bien entretenir les tombes familiales, mémoires de leur histoire, et à souhaiter y être placé après leur mort. Le cimetière faisait partie intégrante du village.

Par délégation du maire à qui « sont soumises l'autorité, la police et la surveillance des administrations municipales » et si, à l'intérieur de l'église c'était son ami Parini qui faisait le bedeau, c'était le garde champêtre, Julien Blaix, qui orchestrait les événements à l'extérieur. Il se faisait ainsi un petit bonus de revenu qui n'était pas de trop. Pour ces occasions, sa fierté personnelle était d'être sobre… enfin assez sobre pour mener convenablement la cérémonie, par ailleurs toujours très simple. Albert et lui étaient bien décidés à se rattraper ensemble un peu plus tard.

Le cercueil de Jean Bonnaril avait été fabriqué par son plus proche voisin, chaque famille gardant en réserve quelques planches pour cet usage. Il était arrivé à l'église porté sur l'épaule par quatre volontaires et précédé de deux pleureuses, choisies parmi les amies, têtes couvertes d'un châle noir et tenant chacune un cierge allumé. Denis et Louise, qui se tenaient la main, déposèrent le leur de chaque côté du cercueil, placé dans la travée. Sur les marches de l'autel, Antoine avait réparti des gerbes de fleurs séchées et de graminées apportées par les paroissiennes. Blé jaune-brun, adénostyles roses, chardons bleus, entourés de statices blancs donnant une apparence de papier crépon. Dans chaque offrande, beaucoup de lavande violette dont le parfum dominait heureusement l'odeur d'humidité des murs. Chaque famille avait eu à cœur de faire de son mieux pour témoigner de sa sympathie, de son amitié, et surtout de sa solidarité avec les Bonnaril.

Après avoir béni le cercueil une première fois, l'abbé Albert demanda à ses paroissiens de s'asseoir, tout au moins pour ceux qui avaient trouvé place sur les bancs. Nombre des hommes avaient dû rester debout dans le narthex et même sur le parvis. Après avoir lu l'évangile du jour, il commença son homélie par une autre citation de la Bible qu'il jugea plus adaptée : *heureux le serviteur que le Maître trouvera à son arrivée en train de veiller.* Il la commenta ainsi :

— Cette phrase, mes amis, doit nous aider à nous consoler et nous inviter à être les serviteurs de Dieu, disons tout simplement des chrétiens. En s'endormant subitement dans la mort, Jean Bonnaril n'a pas été pris au dépourvu, contrairement à nous. Non, il n'a pas été surpris parce que, je le sais, il s'était préparé à cette rencontre avec le Seigneur. Et donc, aujourd'hui, il est doublement heureux d'être reçu par le Christ et de partager avec lui cette grande joie de la naissance du petit Élie que nous avons eu le bonheur d'accueillir parmi nous ce matin.

Voilà, le lien était fait. Il avait égrené ses mots lentement pour qu'ils cheminent dans l'esprit de ses paroissiens ; il ne fallait pas pour autant s'y appesantir. Pour dire quoi de plus ? Il continua :

— Il est vrai que nous sommes tristes. Nous sommes touchés par le départ d'un homme avec qui nous avons vécu et que nous avons aimé. Je ne suis parmi vous que depuis peu, mais assez pour ne pas ignorer que Jean a conduit sa vie au service des autres. Il se fait que j'avais bavardé avec lui, il y a à peine quelques jours sur le parvis de notre maison, et je sais qu'il s'est toujours efforcé d'être dans le chemin de l'évangile. Il a maintenant rejoint son épouse et de là-haut porte son regard protecteur sur Élie. Je vous l'assure avec sérénité, toute la famille doit trouver le réconfort dans la continuité apportée par cette naissance. Par elle, le travail de Jean se poursuivra et sa terre sera encore cultivée dans la génération suivante. Alors nous allons, tous ensemble, prier pour lui, prier avec tendresse, prier en silence.

Les uns se mirent à genoux tandis que les autres, y compris à l'extérieur de l'église, chapeaux ôtés, inclinèrent profondément la tête. Mariette glissa un mot à l'oreille de son mari, dont le visage restait toujours aussi fermé, puis à Louise. Agenouillés, ils se tinrent par la main le temps du recueillement.

Quand, quelques instants plus tard, l'abbé demanda à chacun de s'avancer à tour de rôle pour bénir le cercueil, le bruit des souliers résonna sur les dalles, quelques chuchotements au fond de l'église s'élevèrent, quelques gorges toussèrent. L'assemblée s'ébrouait, la cérémonie s'achevait.

S'il y eut cérémonie, il ne pouvait pas y avoir réelle inhumation, la neige et les gelées empêchant de creuser le sol. Le cortège qui se reforma à la sortie de l'église conduisit donc le cercueil dans la grange de la ferme du défunt. Le froid de l'hiver suffirait à conserver le corps et, au retour du printemps, on procéderait à la mise en terre. C'était ainsi.

Cette fois, pas de curé, pas de pleureuses, un accompagnement tranquille en bavardant, les uns partageant des souvenirs de Jean, d'autres commentant les phrases de l'abbé. *N'empêche*, disaient plus d'un, *il a beau faire notre curé, ça ne peut pas être une coïncidence, tout de même!* Laissant Denis entouré de ses amis, Mariette partit rapidement de son côté, avec Louise. Élie devait commencer à se plaindre d'avoir faim!

L'enfance de Philippe

Sans qu'aucun ne s'en aperçoive, Philippe fit un détour par la tombe de ses parents. Une croix de fer au-dessus d'une sépulture toute simple. Témoignage de l'affection familiale ; volonté de repérer le caveau dans un champ des morts trop rapprochés ; cimetière trop exigu où la fosse commune était encore, il n'y avait pas si longtemps, la règle habituelle.

Il venait souvent s'y recueillir et demander conseil à son père. Converser avec lui était sa façon de poursuivre un deuil jamais achevé. Il lui parlait particulièrement de ce qu'il avait vu à la ferme modèle de Gap. *Père, si vous avez insisté à l'époque pour que j'y aille, c'est bien parce que vous aviez une idée de ce que j'allais y trouver, n'est-ce pas? Vous vouliez que nous apprenions à travailler la terre autrement plutôt que de vouloir la quitter. Partir! Une absurdité, un dévoiement du travail, une perte des valeurs essentielles. N'aurons-nous pas toujours besoin des produits de la terre et la terre n'aura-t-elle pas toujours besoin des soins de l'homme ?* Il réfléchissait et reprenait : *père, par vous je sais que rien n'est fatalité. Oui, j'ai compris à Gap ce que nous devions faire : augmenter le cheptel pour avoir plus de produits à vendre, plus de viande pour notre consommation et plus de fumier pour nos cultures. Remplacer la jachère par de la luzerne et autres plantes fourragères pour mieux recharger le sol et donner plus à nourrir à nos bêtes. Culture et élevage se compléteront ainsi pour un meilleur rendement. C'est ce que vous auriez fait, n'est-ce pas ? Oui, je le sais, mais il faut que j'arrive à convaincre chacun et ce n'est pas facile tant ils s'accrochent tous à leurs habitudes et ne voient pas pourquoi les changer. Je suis sûr que vous les auriez autrement secoués – vous – et qu'ils vous auraient suivi ! Mais j'ai bon espoir. Oui, j'ai bon espoir. Vous savez que j'ai hérité de votre ténacité.* Ses pensées allèrent également quelques instants à sa mère, Antoinette, morte en couche et qu'il ne connaissait qu'à travers les souvenirs de son père.

Georges avait voulu combler au maximum ce manque en étant très proche de son fils, lui transmettant une certaine image de sa mère et de l'amour qu'il lui avait porté. Il lui en avait tant parlé que Philippe devenu adulte avait même parfois l'impression d'avoir vécu certains souvenirs.

Le soir, son père lui racontait des histoires pour l'endormir, retrouvant même quelques chansons de sa propre enfance. Autant il racontait bien, autant il chantait faux, se limitant souvent à fredonner. Bricoleur, comme tous les gens du pays, il lui avait fabriqué tous ses jouets. Un cheval à bascule avec une selle en peau de mouton, une marionnette en papier mâché avec des yeux en verre, des soldats en bois soigneusement peints. Dès que Philippe fut en âge, son père lui apprit à compter ainsi que les rudiments de la lecture. Il voulait que son fils soit instruit pour être un homme libre, disait-il. Quand il commença à l'emmener aux travaux des champs, il ne se contenta pas de lui montrer le maniement des outils, il lui expliqua patiemment les cycles de la nature, l'attention qu'elle réclamait et le respect qu'il fallait lui témoigner. Il lui transmit ainsi peu à peu son savoir-faire et son goût du savoir.

Il fut tout autant attentif à son développement affectif à l'âge de la puberté, l'éduquant à sa manière. Quand vint le temps des premiers émois sexuels, il lui expliqua la sève de l'homme par analogie avec celle des plantes. Il le fit simplement, tranquillement, lui précisant que, selon lui, le mieux à faire quand la tension était trop forte était de vider le trop-plein de ses mains et que ce n'était pas péché à son âge s'il n'en abusait pas. *Pas sûr que ta mère aurait approuvé ce que je te dis*, précisa-t-il ce jour-là en souriant, *mais c'est une affaire d'hommes. En suivant mon conseil, tu t'éviteras des complications inutiles, des drames futiles et la confusion entre désir et sentiment. Plus tard, quand tu seras vraiment amoureux d'une jeune fille, tout sera différent et ça, tu t'en apercevras tout seul.* Aussi, grâce à ce conseil et avant de se découvrir un véritable sentiment pour sa femme, Philippe ne se sentit-il jamais amoureux, ce qui ne l'empêcha pas de profiter de la gaudriole dans les foins avec quelques jeunettes délurées. Sans histoires et sans complications.

Pour ses huit ans, Georges lui avait offert une petite chienne griffon qu'il adora. Il l'appela Grinoux et la dressa plus tard pour la chasse. (Philippe garda ensuite le mâle le plus ressemblant de sa descendance et lui donna le même nom.) Certains soirs, Georges les emmenait, le soleil couché, en lisière d'un bois et là, sans bruit, ils attendaient le lièvre qui partait dans le champ voisin. Reconnaissant la passe, le chien, au lever du jour, viendrait se mettre à l'affût. Son père lui apprit encore la pêche en fabriquant une ligne en crins, à les teindre à la bière mêlée de jus de feuilles de noyer et d'un peu d'alun. Ils attrapèrent ensemble truites et carpes, amorcées le plus souvent au pain ou au ver de terre.

Le plus beau souvenir se situait vers ses neuf ans. Un jour de début d'été, le père décida de l'emmener dormir à la belle étoile en haut du pic de Gleize, à 2 160 mètres. Ils commencèrent à grimper en début d'après-midi, sacs sur le dos. *Comme les escargots*, avait remarqué l'enfant qu'il était. Ils montèrent tranquillement, faisant de nombreuses haltes pour se désaltérer, se reposer et regarder le paysage. Marchant au pas de son fils, Georges lui montrait un oiseau qui s'envolait, un animal sauvage qui passait, une fleur qui s'ouvrait. Il lui apprit à nommer la grande gentiane qui n'offre ses premiers boutons qu'après dix ans, la prestigieuse bérardie laineuse d'un joli jaune paille qui ne pousse qu'en haute montagne, la campanule bleue ou violette ou encore la nigritelle au parfum de vanille. Sur le sentier, ils firent même un léger détour pour ne pas perturber une famille de marmottes dont l'éclaireur les fixait avec une attention inquiète. Il lui montra la piste d'un sanglier et ils aperçurent de loin un loup aux aguets. L'objectif était d'arriver avant le coucher du soleil pour le regarder disparaître derrière les cimes rougeoyantes. Ce ne fut qu'au crépuscule qu'ils s'installèrent et pique-niquèrent. La nuit venue, devant le ciel étoilé, le père lui expliqua, avec un plaisir évident, les constellations. Puis il lui parla de sa mère, avec laquelle il avait partagé beaucoup de belles balades comme celle-ci. Il ne put s'empêcher d'avoir la larme à l'œil, une des rares occasions où il se laissa aller devant son fils, en pensant tout haut combien elle aurait aimé être avec eux ce soir-là. Ils s'endormirent ensuite rapidement. Si Philippe se souvenait d'avoir ronchonné un peu quand son père l'avait secoué vers 4 heures du matin pour le réveiller, le spectacle qui l'attendait valait mille fois ce petit effort. Au fond de la scène, sur la crête du pic de l'Aiguille puis de celui de Bure, s'alluma progressivement un fil rouge incandescent. L'aube, d'un joli rose tournant à l'ocre en se développant, arriva à son tour, éclairant toute la montagne, les alpages de Chaudun, enfin l'ensemble de la vallée jusqu'à Gap. Alors seulement surgirent les premiers éclats d'un soleil théâtral qui s'éleva majestueusement dans un ciel tout acquis à sa cause.

Ce moment, Philippe le porte encore dans son cœur. Pour son père, pour sa mère dont il ressentit la présence, et pour cette nature dont il se sait faire partie. Un souvenir magique de son enfance.

En redescendant, son père lui avait dit : *quand tu ne sais plus qui tu es, grimpe ici une nuit et ta vie retrouvera son sens*. Il n'avait pas vraiment compris ces paroles d'adulte, il les avait pourtant retenues, les devinant importantes. S'il retourna plusieurs fois au pic de Gleize, avec ses enfants, il n'y retrouva jamais complètement l'émotion de ce jour-là.

Philippe se secoua et revint au présent. Il devait rejoindre le convoi, déjà presque arrivé à la ferme du défunt. En repartant, il nota que, par endroits, le mur d'enceinte ouest se dégradait. Des pierres se désagrégeaient et d'autres étaient tombées. L'entretien du cimetière paroissial incombait à la commune. Or, celle-ci n'avait, cette année-là, pas plus que la précédente, les moyens financiers d'entreprendre des travaux. Il faudrait encore bricoler, consolider avec la bonne volonté de quelques concitoyens. À mettre à l'ordre du jour du prochain conseil municipal. Le cercueil déposé dans la grange, les Chauduniers se dispersèrent. Ce n'est qu'en fin d'après-midi qu'ils viendraient s'acamber[1] à la ferme de Denis. On dînerait et boirait abondamment à la santé du pauvre mort. Il faudrait même de vigoureuses interventions pour empêcher le garde champêtre et le bedeau de chanter. Ils s'enivreraient tant qu'ils finiraient par s'endormir dans la paille avec les moutons… qu'ils n'auraient pas besoin de compter ! Vraiment personne n'aurait voulu manquer ce banquet et l'on regretta l'absence des cousins de la région que l'hiver avait malheureusement empêché de prévenir. Chaudun l'isolée.

L'arrivée du facteur

Cinq mois et quatorze jours que personne ne pouvait accéder à Chaudun, aucun chemin n'étant praticable. Trois cols enneigés avant de redescendre au fond du vallon. Impossible. Cinq mois et quatorze jours que les 182 Chauduniers vivaient en totale autarcie sous trois mètres de neige.

Pourtant, mi-mars, l'hiver reculait. Des paquets poudreux commençaient à glisser des toits ruisselants, formant d'éphémères murets blanc-gris en avant des stères de bois rangés à l'abri des débords. Ici et là, des taches brunâtres de terre brûlée émergeaient du tapis ouaté couvrant la vallée. Chacun dégageait, à la pelle, un chemin devant sa porte.

Ce matin, le soleil perce timidement dans un ciel laiteux. Dans cet air pur qu'aucune brise ne trouble, résonne de temps en temps, en provenance d'une

---

1. S'acamber : s'assembler.

maison, un rire d'enfant, depuis une étable, un bêlement, d'une cour, un jappement. Seules les fumées grisâtres s'échappant des cheminées témoignent de l'activité domestique dans un village en apparence déserté.

Le dernier tintement des douze coups de midi s'estompe à peine quand Émile, le facteur, fait son entrée dans la cour des Marelier. Quelques gamins l'accompagnent, applaudissent, et piaillent à qui mieux mieux *le voilà, le voilà!* Grinoux, loin d'aboyer, se frotte à ses jambes en remuant la queue et en se tortillant le derrière.

L'homme porte son éternelle blouse bleu nuit au collet droit en drap rouge, sa casquette bleue à cocarde tricolore, son inusable pantalon gris fer tenu par un ceinturon en cuir noir. Et en bandoulière sa grande sacoche grassement ventrue. Oui, il aurait fière allure… s'il n'était crotté jusqu'aux oreilles. C'est qu'il est parti très tôt ce matin de Rabou. Il est déjà passé à Berthaud et à Luvie, en parcourant les sentiers boueux ou enneigés, muletiers ou le long du petit Buëch. Facteur rural, « piéton » comme on disait à l'époque, c'était un métier pour bon marcheur! Malgré ses trente-deux ans et sa légère bedaine, bon marcheur il l'était, l'Émile. Et pas feignant, avec ça!

Alertée par ce remue-ménage, Julie sort rapidement de la maison et l'accueille en levant les bras au ciel : *ça alors, l'Émile, posez donc votre sacoche et rentrez vite vous réchauffer!* À cette période de l'année, son arrivée est un événement, un soulagement, une renaissance, un cœur se remettant à battre. Le facteur passe la courroie de sa précieuse et lourde besace par-dessus sa tête.

— Bonjour, madame Marelier. Je suis bien content d'avoir réussi à monter jusqu'à Chaudun, bien content!

En fait, s'il est heureux d'avoir rendu service, trouvant qu'il fait un beau métier, il est aussi très fier de son petit exploit. Car, c'en est un, c'est certain !

Pendant que Julie lui prépare un bon bouillon bien chaud avec plein de morceaux de fromage, il raconte comment il est arrivé. Il est passé par le sentier des Bans, un chemin muletier se faufilant sur quatre kilomètres dans les falaises dominant les gorges du petit Buëch. Il s'y trouve encore, par endroits, d'épaisses plaques de verglas qu'il faut contourner prudemment. Julie et lui papotent d'autant plus facilement que la tournée du facteur lui permet d'être au fait de nombreuses informations sur la région. D'ailleurs, il se rend assez fréquemment à Gap pour ses parties de dominos. Julie en profite pour lui demander des nouvelles de Cyril, son fils :

— Est-ce qu'il parle de rentrer ?

L'Émile prend un peu de temps pour répondre, visiblement embarrassé.

— Je ne peux pas vous dire vraiment !... tout de même, ça ne va pas être facile de le faire revenir !

— Parce que ?

— Disons que je l'ai vu plusieurs fois en galante compagnie. Il serait amoureux que ça ne m'étonnerait pas. (Il se dépêche d'ajouter :) pour ce que j'en dis. D'ailleurs, j'ai rien dit, n'est-ce pas ?

Julie insiste :

— C'est qui, cette fille ?

Remettant sa sacoche en bandoulière, Émile se dérobe en concluant avec un gentil sourire :

— Bon, c'est pas tout ça, faut pas que je traîne ! C'est que j'ai aussi du courrier pour les Clôts. Pour finir ma tournée, je dois passer par le col de Chabanotte, La Chau, La Font du Moulin et je voudrais redescendre avant la nuit. Je vais donc me sauver dès que vous aurez émargé ma feuille de marche, madame Marelier. Merci pour cette soupe, ça m'a fait beaucoup de bien ! Je me sens tout ragaillardi.

Il lui reste une bonne vingtaine de kilomètres à parcourir et la descente, glissante, sera encore plus dangereuse que la montée. Julie sait qu'il ne faut pas insister et le laisse s'en aller, Grinoux l'accompagnant sur un bout de chemin.

Son courage et sa bonne humeur n'étaient pas les seules qualités notoires du facteur. Il avait également acquis une solide réputation aux dominos. Étant toujours célibataire (même si on lui connaissait bien quelques amourettes épisodiques), il leur consacrait une grande partie de ses soirées. Il se montrait aussi un bon tireur au jeu de boules et s'entraînait avec un autre facteur pour le tournoi annuel suivant de Saint-Bonnet.

S'il refusait le petit verre de pète[1] pendant le service, l'alcool étant incompatible avec son métier, on l'avait vu se rattraper dans des fêtes de villages où quelques bras amicaux et costauds avaient parfois dû le ramener chez lui. Tous les matins, il passait à 5 heures prendre le courrier à la boîte-relais et commençait sa tournée. Au total trente-cinq kilomètres par jour. Trente-cinq kilomètres de montées et de descentes. Certes, il connaissait les raccourcis. Seulement, tout en réduisant la distance, ils n'en diminuaient pas pour autant la fatigue. Trente-cinq kilomètres, dimanche comme les autres jours. Pareil l'hiver, avec une neige pouvant atteindre deux à trois mètres et un froid jusqu'à moins vingt. Quand il ne travaillait pas, il n'était pas payé et c'était un autre facteur qui assurait sa tournée. Un métier rude et assez mal rémunéré : deux francs par

---

1. Pète ou encore pétafoire : liqueur de baies de merisier.

jour. Pourtant il en était heureux et fier et, à Chaudun comme partout, on l'aimait bien, l'Émile. Un personnage essentiel, le balancier de l'horloge de la vie de Chaudun.

Il avait beau être bien entraîné et vouloir passer partout, quand il y avait trop de neige, c'était plus possible. Et quand c'était plus possible, c'était plus possible. S'il n'avait pas le temps de tout distribuer, il en laissait une partie à quelqu'un de confiance qui en profitait pour aller faire une partie de cartes au village voisin, quitte à y rester dormir. Et puis, heureusement, il n'y avait pas tous les jours du courrier pour chaque hameau de sa tournée !

Ce jour-là, sa besace était bien pleine. Pleine de bonnes et mauvaises nouvelles, attendues et inattendues. Trois exemplaires du *Courrier des Alpes*, des correspondances officielles, surtout pour le maire, d'autres plus confidentielles pour des jeunes gens ou jeunes filles, quelques faire-part de naissances et de décès, des lettres de ceux qui, à la tombée des premiers flocons, s'étaient fait embaucher dans la région pour un travail saisonnier, annonçant leur prochain retour ou qu'ils ne reviendraient pas, et, cette fois, en provenance du Canada, le courrier d'un jeune émigré à ses parents. Une lettre en apparence anodine… en apparence. Les journaux étaient destinés au maire, à l'instituteur et au curé, chacun les laissant à disposition de qui, du village, voulait les lire. Ce n'est pas qu'ici on s'intéressât vraiment à la politique : empire et république n'avaient pas changé grand-chose à la vie quotidienne des villages de montagne, les impôts ayant même augmenté au point que la paysannerie avait essayé de se révolter. En fait, on parlait peu de politique. Pourtant, ce numéro du *Courrier des Alpes* bouleverserait bientôt la vie de Chaudun.

Les courriers des Marelier

Quand Philippe rentra, Julie lui raconta la visite du facteur, tout en passant sous silence les confidences inquiétantes concernant Cyril. Après tout, il n'y avait pas d'urgence, il ne s'agissait peut-être que de racontars et on allait le voir arriver dès le lendemain. Pour l'instant, il fallait ouvrir la pile de courrier. Apercevant Célestin dans la cour qui poussait une brouette de fumier, Philippe lui demanda de déposer les journaux chez l'instituteur et le curé.

— Bien, monsieur, répondit-il en se grattant la tête. (Après une courte hésitation, il demanda :) sauf votre respect, vous n'avez pas de lettre de mademoiselle Agnès ?

— Non pas ! Mais tu sais ce qu'on dit : pas de nouvelles, bonnes nouvelles, commenta Philippe en souriant gentiment.

Le garçon était amoureux d'Agnès. Il tournait autour d'elle depuis longtemps, sans qu'elle le repousse.. Il en était même venu à faire sa demande en mariage au début de l'automne précédent. Philippe l'avait éconduit en lui expliquant, avec mille prudences pour ne pas le vexer inutilement, qu'il était certes un gentil garçon, mais qu'il ne pouvait pas être un bon parti pour sa fille. Ça ne pouvait pas coller entre eux : il était illettré alors qu'Agnès avait son brevet et, bien que travailleur, ne gagnait pas de quoi faire vivre une famille. Entêté, Célestin n'en démordait pourtant pas : il voulait épouser Agnès, un point c'est tout. Il s'était même mis très en colère, menaçant de tuer tout le monde si on ne la lui accordait pas. Une autre fois, il avait expliqué à Philippe, sur un ton rusé et en le regardant du coin de l'œil :

— C'est vrai, monsieur Marelier que je ne gagne pas beaucoup mais, comme vous l'avez dit, je ne rechigne pas au travail. Alors, si vous l'acceptez, en plus de ce que je fais déjà, je pourrais prendre en charge la traite de vos trois vaches. Comme ça, vous m'augmenterez un peu. (Il avait ajouté, très poliment :) et puis, sauf votre respect, si je ne sais pas lire c'est que je n'ai pas eu la chance d'avoir un père qui m'envoie à l'école, moi. Agnès m'apprendra et avec elle, sûr que je saurai vite, un point c'est tout.

Illettré, certes, mais pas sot ; emporté mais bosseur, voilà comment il était Augustin.

— Pour les vaches, mon garçon, je ne crois pas que tu aurais le temps de faire ça en plus, et pour ce qui est de t'augmenter, je ne peux guère en ce moment, répondit Philippe qui pensait en fait qu'il l'augmenterait bien un peu… pour qu'il renonce à Agnès et pas pour qu'il l'épouse !

Et c'est là que Célestin avait sorti, certainement pas de son seul chapeau :

— Monsieur, sauf le respect que je vous dois, voilà déjà bien longtemps qu'Agnès et moi on s'aime. Il faudra bien nous marier. Alors, si nous y sommes obligés, on quittera Chaudun et on ira s'installer ailleurs. Il paraît que notre gouvernement, il donne des terres en Algérie à qui veut les travailler… et je suis travailleur. Donc, oui, on partira là où je gagnerai assez pour avoir une famille, un point c'est tout.

Célestin était reparti en ressassant des *je veux l'épouser, un point c'est tout*. Il savait ce qu'il voulait et l'obtiendrait, fallût-il qu'il enlève son amoureuse. Quand le cœur s'installe, la raison déballe.

Voyant bien qu'ils ne pourraient pas faire changer d'avis le Célestin et qu'Agnès, aussi têtue que lui, voulait l'épouser, les Marelier avaient fait ce que font beaucoup de parents dans ce cas-là : ils avaient gagné du temps. Prenant prétexte d'une naissance, ils avaient envoyé Agnès aider une cousine à Grenoble. Elle pourrait y trouver un gentil fiancé et oublier Célestin, lequel, pendant ce temps, se fatiguerait d'attendre. Naïve espérance ! Depuis, le Célestin ne cessait de ronchonner de tout et de demander quand mademoiselle Agnès reviendrait. Comme on aurait voulu qu'il s'intéresse à d'autres filles, Julie lui conseillait souvent :

— Va donc t'amuser un peu ! Il y a plein de jolies filles dans le village et certaines te regardent avec beaucoup d'attention. Des filles pour toi et qui ne demandent qu'à t'aimer.

Il haussait les épaules et, les mains dans les poches, s'en allait, bougonnant toujours :

— Les autres filles, moi je m'en fous ! C'est Agnès que je veux, un point c'est tout.

On avait ainsi gagné un hiver et, à moins qu'Agnès n'ait changé d'avis, Julie estimait qu'il faudrait maintenant se résigner à les marier, soulignant que, par impatience, au retour prochain de leur fille, les amoureux risquaient de faire une bêtise.

Il y avait, justement, une lettre d'Agnès. En bonne santé, elle demandait l'autorisation de rentrer, s'ennuyant de sa famille. *Hélas, pas seulement de sa famille !* commenta Philippe en soupirant. Il y avait une lettre, aussi, des parents de Julie. À peine Julie avait-elle commencé à la lire qu'elle fut interrompue par un véritable rugissement de son mari. *C'est pas croyable, ça. Mais c'est qui, ce curé ? Il est tabalori*[1] *!*

— Allons bon, qu'est-ce qui se passe ? demanda Julie. Il lui tendit la lettre à en-tête de la sous-préfecture.

— Lis ça, tu vas être surprise !

À la suite d'un courrier de l'abbé Albert à l'évêché, se plaignant de l'état de l'église dont la couverture

---

1. Tabalori : Pas très net.

exigeait une prompte réparation, il était rappelé à monsieur le Maire que, conformément à la loi en vigueur, il était fait obligation à la commune d'entretenir à ses frais le lieu de culte et qu'il devait donc faire diligence pour remédier à cet état.

Or, justement, à l'automne dernier, le conseil municipal avait envoyé une lettre à monsieur le préfet pour solliciter un secours de l'État pour la réfection de cette toiture ! Était-ce là sa réponse ? Philippe ne savait pas si sa colère se tournait plus vers ces gens-là, confortablement assis dans leurs bureaux, ou vers l'abbé qui avait fait cette démarche dans le plus grand secret alors même qu'il n'ignorait pas les difficultés de la commune. Il avait bien raison de se méfier de ce curé ; ce n'est pas le père Michaux, son prédécesseur, qui aurait fait ça ! S'il n'était pas un homme d'Église, Philippe serait allé séance tenante lui dire, et pas qu'avec des mots, ce qu'il pensait de sa lettre. *Faux-cul, va!* pensa-t-il tout haut.

Pour Julie, l'urgence était de calmer son mari.

— Oui, cette démarche est curieuse ! Ça me surprend de lui. Il doit y avoir une explication. Laisse-moi lui en parler la première. Il ne faut pas envenimer les choses ! La guerre entre vous deux serait mauvaise pour tout le monde. Vous ne pouvez pas demander à chacun des habitants de choisir entre être bon citoyen et bon paroissien. À créer des camps, vous y perdriez tous les deux.

— Tout de même, j'ai reçu une lettre officielle, je ne peux pas l'ignorer, continua-t-il à gronder.

— Tu as raison, mais écoute-moi : laisse-moi d'abord aller aux renseignements. (Elle ajouta avec un petit sourire malin :) ton père ne prenait jamais ses décisions à chaud. La colère est mauvaise conseillère. (Et puis encore, en l'embrassant dans le cou :) même pour notre mariage, qu'il a pourtant lui-même arrangé, il a pris son temps !

Philippe ne pouvait que désarmer. Même s'il grogna encore un peu pour le principe, le plus fort de l'orage était passé : *en plus, il va falloir que je prenne le temps de lui répondre, à monsieur le préfet. Je demanderai à Pierre de m'aider.* Il ajouta tout de même pour lui-même, comme une dernière ruade : *tout de même, l'abbé, faudra qu'il m'explique pourquoi il a fait ça !*

Pendant ce temps, les Patorel avaient demandé à l'instituteur de leur lire la lettre de leur Jeannot. Ils la sauraient bientôt par cœur et elle ferait le tour du village, soit directement, soit racontée de voisin en voisin. Ils avaient une douzaine d'hectares, essentiellement de seigle et d'avoine dont ils vivaient chichement. L'oiseau s'était envolé à la fin de l'automne dernier. N'ayant pas de fiancée, il avait été une proie facile des « vautours ». C'est ainsi qu'on appelait ces agents d'émigration qui proposaient des emplois à ceux qui voulaient partir, essentiellement en Algérie, au Canada et aux États-Unis d'Amérique. La réputation des jeunes de la région d'être des gaillards travailleurs et costauds correspondait bien aux besoins des grandes exploitations agricoles qui se développaient dans ces contrées. Jeannot était un gentil garçon, analphabète, mais courageux, consciencieux et dur au mal. C'était en allant au marché de Saint-Bonnet qu'il avait rencontré monsieur Zubert, à l'auberge, en face du champ de foire. Il tenait une table avec une pancarte sur laquelle était peinte la proue d'un magnifique paquebot de la Compagnie Transatlantique. Il se disait agent transitaire et informait qui voulait prêter l'oreille sur les offres d'émigration vers l'Amérique du Nord et le Canada. Si Jeannot pensait épisodiquement à cette possibilité, d'autres avant lui étant déjà partis, cette vague idée devint une idée fixe en écoutant ce beau parleur. Oh! bien sûr que ce monsieur enjolivait la réalité, Jeannot n'était pas si naïf! Mais, après tout, que risquait-il? Que perdrait-il? Il ne travaillerait pas plus dur qu'alors et il mangerait à sa faim tous les jours. Peut-être même que plus tard, en économisant, il s'installerait à son compte, puisqu'on lui disait que là-bas la terre n'était pas chère et ne demandait qu'à être cultivée. Et puis, en partant maintenant, il ferait d'une pierre deux coups. Il échapperait à la fois au service militaire et à l'autorité paternelle qu'il supportait de moins en moins aisément malgré sa profonde affection pour ses parents. Quand, un peu plus tard, il leur avait raconté cet entretien avec monsieur Zubert, sa mère avait ardemment essayé de le dissuader de partir. C'était une folie : si ça ne marchait pas, avec quels sous il rentrerait au pays? Là-bas, comment trouverait-il une femme? Comment se ferait-il comprendre, lui qui déjà baragouinait sa propre langue? Qui prendrait la succession de la ferme de ses parents? Et la petite Paulette, mignonne, travailleuse et amoureuse de lui? Son père, lui, s'était contenté de hocher la tête. Quand ils s'étaient retrouvés seuls, il lui avait dit à sa grande surprise : *mon garçon, si tu décides de partir, nous aurons évidemment beaucoup de chagrin car nous t'aimons beaucoup, mais c'est vrai qu'ici on ne fait que survivre et je te comprendrais. Pour le travail à la ferme, je trouverais un journalier pour te remplacer. La principale difficulté, c'est que je n'ai pas de sous à te donner pour le voyage. Emprunter? Je ne pourrais jamais rembourser. Vendre un bout de ma terre? À qui?* Et puis, un ton plus bas, il avait ajouté : *surtout, tu ne répètes pas à ta mère ce que je t'ai dit, elle m'en voudrait beaucoup de ne pas t'empêcher de partir*. Ce que promit évidemment Jeannot en l'embrassant, une effusion rare entre eux.

C'est vrai que le projet se heurtait au prix du billet, même en aller simple. Il n'avait pas assez réfléchi et s'était laissé emporter par les belles paroles de monsieur Zubert. Désormais il était bien déçu! Quand il retourna à Saint-Bonnet, il voulut tout de même, par politesse, le prévenir que ce n'était pas possible. Il n'était pas le premier à rencontrer cet obstacle à l'émigration et la réponse de Zubert était prête.

— T'es solide, t'as la tête sur les épaules et je suis sûr que ton père t'a bien transmis le métier. Ce serait dommage que tu ne puisses pas partir. Reviens donc me voir dans deux semaines, je pourrais bien avoir une proposition qui fasse ton affaire. Mais ne t'emballe pas, mon garçon, c'est pas du certain.

Il lui avait trouvé un exploitant, non pas aux États-Unis d'Amérique, mais au Québec qui, non seulement, l'embauchait comme moutonnier, mais lui avançait le coût de la traversée, tant monsieur Zubert avait donné de bonnes appréciations (… enfin, c'est ce qu'il avait raconté!). Un bateau embarquait justement dix jours plus tard. Il ne fallait pas réfléchir cent sept ans. Jeannot avait dit oui. C'était comme ça qu'il était parti, huit mois auparavant. D'où le plaisir que cette lettre[1] procurait à ses parents :

« *Je suis sûr que vous pensez que je suis bien malheureux mais c'est tout le contraire. Jamais de ma vie je n'ai été aussi content. Je me porte très bien. Je suis beaucoup mieux portant que quand j'étais au pays. Je peux vous assurer que depuis que je suis ici je n'ai pas eu une minute de maladie. Et puis, ce n'est pas tout. Fini la galère. Ici c'est comme chez nous, tous les*

---

1. Cette lettre est authentique.

métiers sont bons. Mais quand chez nous on gagne 25 ou 30 francs par mois on se trouve bien contents. Ici on gagne plus dans trois mois que chez nous en un an et c'est pas plus pénible pour ça. »

Leur fils se portait donc bien, il semblait heureux, sans doute plus qu'avant, il avait des amis, du travail garanti douze mois sur douze et gagnait bien ses sous. Voilà ce qu'ils retenaient de ces nouvelles tant attendues. Puisque le Jeannot était heureux, ils l'étaient aussi et faisaient partager leur soulagement à leur entourage. Car à Chaudun on partageait tout ! Pour eux, c'était aussi simple que ça. Sachant aussi que cette lettre ne manquerait pas d'en conforter d'autres dans l'idée qu'il fallait prendre son baluchon pour ces pays lointains qui offraient du travail toute l'année, un vrai salaire et un avenir. Voilà ce qu'ils se disaient, les jeunes, sans qu'on puisse vraiment leur donner tort. D'ailleurs, certains adultes pensaient de même, au point parfois de regretter d'être trop vieux pour partir refaire leur vie. Il y avait de quoi réfléchir ! Bien sûr, monsieur le maire avait la volonté d'améliorer le sort du village, mais allait-il en être capable ? Était-ce même possible ? Si on n'y croyait qu'à moitié à ses idées, on l'aimait bien monsieur Marelier, et on ne voulait pas plus le décevoir que son père !

Cette lettre avait drôlement relancé les discussions dans les fermes où certains parents finissaient par se convaincre qu'après tout eux aussi pourraient partir exploiter des terres dans des régions plus hospitalières. Seulement, avec quel argent ? En vendant leur parcelle au voisin ? Il n'avait pas plus de sous qu'eux ! On rêvait et c'était tout.

Philippe Marelier, quand on lui parlait de la lettre du Jeannot, répondait brièvement que *tant mieux pour lui, s'il est heureux comme ça, mais la place des*

Chauduniers est à Chaudun. Là aussi il y a un avenir et abandonner sa famille n'est pas une bonne solution…
En fait, il voyait surtout là une raison de plus d'accélérer les réformes pour engager le village dans la bonne direction, celle montrée à la ferme modèle de Gap. C'était davantage de la conviction que de l'entêtement. Il suivait le chemin qu'il pensait être le plus salutaire, ainsi que l'aurait fait son père, dans le seul intérêt de ses concitoyens.

Le Jeannot s'appliqua par la suite à donner des nouvelles au moins deux fois par an. Si le premier courrier avait été écrit par un autre, sans doute son contremaître, il ajouta dans le suivant une courte phrase de sa main jusqu'au jour, un an plus tard, où il put rédiger toute la lettre. C'est justement dans celle-là, adressée à Marelier, qu'il parla d'une drôle de rencontre. Un hasard ou la main de Dieu ?

Arrangements entre amis

Dans les jours qui suivirent le passage du facteur, les émigrés de l'hiver rentrèrent un par un. Un mari, un fils, parfois les deux. L'ambiance dans les familles se réchauffait plus vite que la température extérieure. Ce fut d'abord le fils Parini, tout fier de raconter sa vie de garçon de café à Grenoble, livrant à qui voulait bien prendre le temps de l'écouter les nouvelles de la grande ville. Alain Varalin, lui, ne rentrait pas de si loin : depuis plus de cinq ans, il passait l'hiver chez un ébéniste du village de Montmaur. On y profitait de cette saison pour réparer tous les outils agricoles en bois et fabriquer quelques meubles rustiques. Il disait avoir beaucoup appris et qu'il pourrait bientôt en faire son métier. Hélas, pas à Chaudun, puisque personne ne pourrait lui payer son travail ! Robert, le mari d'Alphonsine, se souvint qu'encore peu de temps auparavant il faisait partie de ces journaliers qui revenaient avec les hirondelles et même que, ce jour-là, madame Marelier donnait congé à sa femme pour la journée. Ils avaient eu deux garçons qui, une fois en âge de travailler, étaient partis l'un après l'autre s'installer ailleurs. Quand ils étaient petits, Alphonsine les amenait avec elle dans la maison Marelier pour les garder tout en s'activant. À cette époque, n'ayant pas d'emploi sur place pour l'hiver, son mari devait quitter Chaudun la moitié de l'année. À chaque fois les retrouvailles étaient difficiles : les enfants, ne reconnaissant pas toujours leur père, étaient trop intimidés pour être affectueux. On peut dire qu'ils avaient eu en quelque sorte un demi-père. Robert avait bien envisagé de partir définitivement. Et puis, heureusement, vint le jour où Jean-Pierre Daille chercha un vacher et lui proposa le poste. En s'y mettant à plusieurs du village, on leur avait même construit un logement ; pas bien grand, mais suffisant pour la petite famille.

Oui, en ce début avril, les saisonniers retournaient au village. Les saisonniers… pas Cyril ! Julie se taisait toujours à son sujet. Aussi Philippe, ignorant les raisons de ce retard, commençait-il à ruminer qu'il irait le chercher, par la peau des fesses s'il le fallait. Il n'était pas question que Cyril ne revienne pas. Que diraient ses concitoyens si son propre fils était un mauvais exemple ? Pourrait-il prétendre faire leur bonheur s'il ne parvenait pas à faire celui de ses enfants ? D'autant que… Julie et lui n'avaient-ils pas un bon projet pour leur garçon ? À condition que les Daille donnent leur accord, ce à quoi il entendait s'employer sans l'attendre.

Les deux couples étaient amis depuis longtemps et passaient fréquemment les soirées les uns chez les autres. Pour cette fois, Julie s'était donné un peu plus de mal que d'habitude, préparant notamment un tourton cuit à la poêle, additionné d'œufs battus et d'un peu de viande de porc salé. Elle avait même envisagé de faire un poulet de sa basse-cour, mais c'était trop, avait jugé Philippe. Il ne fallait pas montrer ses arrière-pensées et d'ailleurs rien ne prouvait que la conversation aboutirait à ce qu'ils espéraient.

Jean-Pierre Daille était légèrement plus âgé que Philippe, puisqu'il venait d'avoir quarante et un ans. Il était, de loin, le principal éleveur de Chaudun, avec une trentaine de vaches, une vingtaine de brebis et autant de moutons, quelques chèvres et surtout un taureau. Le seul taureau du village, parce que ça coûte cher et ça ne rapporte pas directement. De même qu'il prêtait souvent ses bœufs aux autres paysans pour de gros labeurs tels qu'aller chercher un « char » de bois ou tirer la charrue, il rendait aussi volontiers service avec son taureau. Quand un Chaudunier voyait que sa vache était en chaleur, il la menait tranquillement à la ferme des Daille et l'affaire était faite. Il repartait sans payer la saillie, devant simplement un coup de main en retour. C'était comme ça que fonctionnait l'économie du village. Ses racines chaudunières n'étaient pas aussi anciennes que celles de Philippe. Son père, Jean, ayant débarqué à Chaudun à quatorze ans, avait été embauché à l'essai comme berger. Pourquoi et comment était-il arrivé là? Il y eut quelques rumeurs sur une bêtise qu'il aurait commise et qui l'aurait conduit à s'enfuir loin de chez lui. Comme il refusait d'en parler, on n'en sut jamais davantage : *à chacun son histoire*, se contentait-il de répondre avec le sourire, aux quelques curieux qui tentaient de l'interroger. Au bout d'un an, il avait acheté un premier lopin de terre et quelques moutons pour se mettre à son compte. Il profita par la suite de différentes opportunités pour acquérir d'autres herbages et étendre son élevage. D'où venait son argent ? Personne ne le lui demanda. Il payait bien et il payait comptant. C'était suffisamment exceptionnel ici pour s'en contenter. Comme il était travailleur et serviable, il fut assez vite adopté… sans être toutefois « chaudunisé ». Il faudrait au moins encore une génération ! À la naissance de Jean-Pierre, le secret du père était définitivement enterré. Il possédait maintenant un peu plus de cinquante hectares de pâturages, essentiellement situés au sud du petit Buëch, entre les bois de Brauas et les cabanes hautes. Il avait dû embaucher un vacher, Robert, sur recommandation de Philippe. Il se racontait aussi que Jean-Pierre avait été un sacré coureur de jupons et qu'il s'était rangé dès son mariage. Certains concédaient que c'était plus sûrement à la naissance de sa fille Léonie. Les « on-dit » alimentent les conversations des veillées !

Il était grand et bien charpenté. Des épaules larges, une tête assez ronde soutenue curieusement par un cou très court. Il dégageait un air jovial et ouvert que confortait une voix à la fois volumineuse et expressive. Lui aussi portait un chapeau, pour cacher sa calvitie, ourlée de deux touffes poivre et sel comme les trottoirs d'une avenue désertée. Sollicité pour entrer au conseil municipal, il avait gentiment décliné. Il voulait surtout éviter une source de conflit avec son ami Philippe. Ce refus ne l'empêchait d'ailleurs pas d'apporter son aide plus souvent qu'à son tour. Et puis, en tant que principal contributeur financier et officiellement à titre consultatif, il participait déjà aux réunions les plus importantes. Lui aussi se désolait de voir les jeunes s'en aller et chaque repas avec les Marelier, comme celui de ce soir-là, était l'occasion de passer en revue les solutions pour les retenir. Lui aussi avait accordé quelques prêts à des proches pour leur permettre de faire la jointure. Il convenait toutefois avec Julie qu'il fallait se montrer prudent en la matière.

Françoise, son épouse, qu'il avait rencontrée lors d'un voyage à la capitale, était une véritable histoire d'amour et de coup de foudre comme dans les romans. Quand elle était arrivée à Chaudun, elle était toute menue, toute fragile et toute timide et déclarait volontiers avoir besoin de l'air de la campagne. Là, elle prit très vite des forces et de la couleur ! Même sa voix avait changé, revêtant de la gravité. Conformément à la volonté de son mari, elle mit au monde Léonie à l'hôpital de Gap. Heureusement d'ailleurs, car l'accouchement fut si difficile que, sans médecin, le pire aurait pu arriver. Hélas, il lui fut interdit d'avoir un autre enfant.

Pendant les dîners, l'avenir de Chaudun était une conversation d'hommes. Au mieux, les femmes acquiesçaient, préférant surtout bavarder entre elles, en chuchotant, de leurs progénitures respectives. Françoise se faisait beaucoup de souci pour sa fille. Au train où allaient les choses, elle finirait vieille fille ! À l'instar de Séraphine, mais pour une autre raison, elle ne fréquentait aucun garçon et ne voulait pas sortir. Bien que ses malheurs soient connus de tout le village, Julie, ce soir-là, l'encouragea à continuer à en parler.

Léonie était une bonne fille, raisonnable, assez jolie, malgré une ossature un peu épaisse héritée de son père. Elle était en bonne santé et ses larges hanches lui permettraient aisément d'avoir de beaux et solides enfants. Si elle n'avait pas eu son certificat d'études et n'avait pas persisté, elle savait compter et gérer une maison. Elle avait été fiancée, mais voilà qu'un jour, sans prévenir, le garçon était parti. Comme ça ! Apparemment sur un coup de tête ! Probablement recruté comme ouvrier agricole par un passeur, peut-être pour l'Amérique. En fait, personne n'en sut jamais rien puisqu'il ne donna plus jamais de ses nouvelles ! Léonie en avait été infiniment blessée et, depuis, ne voulait plus « fréquenter ». Ses parents ne parvenaient pas à la raisonner.

— Oui, se désolait encore Françoise, ils semblaient très amoureux l'un de l'autre et il ne l'a même pas prévenue. Aucune explication. Rien ! Il est parti du jour au lendemain. Maintenant, elle va vers ses dix-huit ans, au village les possibilités se font rares et, surtout, elle refuse d'y mettre du sien ! (Puis, secouant la tête comme pour passer à autre chose, elle demanda :) et votre Cyril, il revient bientôt ?

— Je suppose. L'hiver se termine et Philippe va avoir besoin de lui. C'est un gentil garçon et dur au travail. Celle qui l'épousera aura un bon époux.

— Et vos jumelles, quand est-ce que vous les mariez ?

— Je me fais un peu de souci pour Séraphine. Elle est un peu comme Léonie. Intelligente, mais rêveuse, sans trop savoir ce qu'elle veut.

— Elle est souvent avec l'instituteur. Ça ne vous fait pas peur ?

— Non, c'est un homme bien et très honnête. Ce serait d'ailleurs un bon parti.

— Pas tant que ça ! D'abord, il n'est pas de chez nous, et ensuite on ne sait pas où il peut être nommé demain. (Françoise réfléchit un instant avant d'ajouter :) on ne lui connaît aucune fréquentation ici. C'est tout de même un peu curieux, vous ne trouvez pas ?

La conversation continua ainsi bon train, les femmes dessinant un avenir à leurs enfants et les hommes à leur village. Quand arriva la fin du repas, Philippe proposa une petite « pétafouère[1] » de sa production ou un sirop

---

1. Pétafouère : prune sauvage.

pour ces dames. Si on ne sortait pas les eaux-de-vie à chaque fois, les Marelier avaient leurs raisons de vouloir prolonger la soirée. D'ailleurs, ce fut Philippe qui relança :

— Dis-moi, Jean-Pierre, ton exploitation, tu comptes en faire quoi dans les années qui viennent ? Tu vas embaucher un métayer ?

Instinct féminin ? Toujours est-il que silence se fit. Le sujet concernait tout le monde. Jean-Pierre, un peu surpris de la question, mit quelques secondes avant de répondre :

— C'est une vraie question ! L'absence de fils – et sans doute de gendre au train où vont les choses – m'obligera, un jour ou l'autre, à prendre une décision. Sachant que je peux encore continuer un peu... j'ai toujours assez de forces pour travailler, même si je n'ai plus vingt ans ! (Après une petite hésitation, il concéda :) bien que, je dois le dire, je fatigue maintenant de plus en plus vite. Ce sont surtout les hanches qui me font mal. (Il ajouta en souriant :) jeune on prépare sa vie, adulte celle de ses enfants et vieux sa sortie.

Philippe saisit la balle au bond. Après tout, ils étaient assez amis pour se parler sans détour :

— Un gendre dis-tu ? Un gendre, j'en ai peut-être un pour toi. (Fixant Françoise, il précisa en souriant :) que diriez-vous tous les deux de Cyril ? Il serait un bon mari, non ?

Julie en riant ajouta rapidement, comme pour éviter un silence :

— Il est aussi têtu que son père, mais Léonie saurait, comme je l'ai fait, s'arranger du caractère Marelier !

Les Daille sourirent à peine, se regardant, totalement pris au dépourvu. Il fallut une bonne minute avant que

Françoise rompe le silence, en posant une première question, surtout destinée à Jean-Pierre :
— Mais l'âge ?
— Quoi, l'âge ! Ils ont tous les deux dix-huit ans. Si tu espères lui trouver un mari plus âgé qu'elle, ce sera vraiment un vieux maintenant ! lui répondit-il gentiment.
— Non, reprit-elle, c'est à Cyril que je pense. Ne voudra-t-il pas d'une femme plus jeune que lui ?
— Il fera comme nous avons fait. Il épousera qui on lui dira, intervint énergiquement Philippe, et comme nous il s'en trouvera bien. Et puis votre fille est un joli brin et son ex-fiancé un fieffé sot. (Après un court temps de réflexion, il ajouta :) soyons francs entre nous, leurs épousailles les fixeraient ici tous les deux, avec un travail et un avenir.
— C'est vrai, réfléchit à haute voix Jean-Pierre, que l'avenir de notre fille et de notre exploitation seraient garanties du même coup ! Ça pourrait être une bonne affaire pour tout le monde. T'en penses quoi, Françoise ?
— C'est sûr qu'un mariage trafié[1] vaut mieux qu'un mariage volage ! Mais Cyril n'est-il pas déjà engagé ailleurs ? Ne veut-il pas s'installer à Gap ? Il ne fricote pas la fille de son patron là-bas ?
Philippe fronça les sourcils.
— Mon fils est encore un gamin. Il faut bien qu'il s'amuse un peu, mais, croyez-moi, il ne va pas tarder à rentrer. (Il ajouta sèchement :) j'irai le chercher si nécessaire et je vous garantis qu'il rentrera !
— En supposant... on les installerait où ? demanda Françoise.

1. Trafier : négocier.

— On a la place pour leur construire une chambre en appentis de notre maison et plus tard nous agrandirions pour les petits à venir, répondit Jean-Pierre.

Julie, restée volontairement silencieuse jusque-là, ne put s'empêcher d'éclater de rire :

— Alors là, on va plus que vite ! On s'emballe ! En pas trois minutes, on a marié nos enfants, organisé la succession de nos exploitations et on a déjà des petits-enfants à chouchouter. Laissons-leur le loisir de les fabriquer tout de même, non ?

Le fou rire fut général et toute la tension retomba d'un coup.

— Ma femme a raison, conclut Philippe, estimant inutile de brusquer ses amis. Faut maintenant réfléchir et, si l'idée nous convient à tous les quatre, on discutera ensuite des arrangements. Après, si nous sommes d'accord, eh bien on prévoira les fiançailles… et plus tard, on anticipera les naissances, ajouta-t-il, toujours avec le sourire.

— Une dernière question, poursuivit Françoise, encore plongée dans sa pensée. Combien de temps souhaiteriez-vous que durent les fiançailles ?

— À mon sens, le moins longtemps possible, assura Philippe. Nous éviterons ainsi à Léonie de fêter la sainte Catherine !

— Et à Cyril de repartir, répondit du tac au tac Jean-Pierre, mi-blagueur, mi-sérieux. Léonie ne supportera pas deux fois la même mésaventure. Ils sont amis depuis si longtemps, qu'ont-ils à découvrir l'un de l'autre… hormis ce qui doit justement attendre le mariage ?

— Oh ! Jean-Pierre, tu exagères ! réagit Julie sur un ton faussement choqué. Aurais-tu abusé de la pétafouère ?

— Il y a surtout qu'il se fait tard et qu'on est tous fatigués, reprit Jean-Pierre, comme pour s'excuser. On va rentrer dormir. Ton repas était excellent, Julie. Ce fut une agréable soirée… et très constructive, ajouta-t-il avec un clin d'œil appuyé.

— C'est vrai, tint à compléter Françoise, qui s'était déjà levée. Je ne saurai jamais cuisiner aussi bien que toi. (Égale à elle-même, elle ne put s'empêcher de demander encore :) pour le reste, vous voudriez une réponse rapidement ?

Personne ne lui répondit. Les hommes savaient ce qu'ils avaient à faire. Une fois les Daille rentrés chez eux, les Marelier discutèrent encore un peu en se couchant des conséquences éventuelles de ce mariage. L'idée de Philippe était de fusionner les deux exploitations et de passer la main progressivement à son fils.

— Il faudra ensuite marier nos filles, avait souligné Julie.

— Avec des garçons convenables, avait acquiescé Philippe. Avant d'éteindre la lumière, Julie demanda encore :

— Tu t'es vanté de convaincre ton fils, mais es-tu aussi sûr que ça de le faire rentrer ? Tout le monde semble au courant de ses fréquentations à Gap.

— Ses fréquentations à Gap ne sont que des ragots, venant de je ne sais où.

Il était temps pour Julie de déballer ce qu'elle savait :

— Justement, l'Émile m'en avait parlé. Je ne te l'avais pas dit pour ne pas t'inquiéter inutilement, pensant comme toi qu'il débarquerait d'un jour à l'autre.

— Ah, ça oui, avec notre facteur, des nouvelles on en a ! L'ennui c'est que tout le monde les a aussi ! réagit Philippe un peu irrité avant d'ajouter : ne t'en fais pas, il ne s'agit que de galipettes d'un garçon dans la force de l'âge. S'il le faut je m'en occuperai.

Tout en parlant, ses mains défirent les boutons de la chemise de nuit de sa femme, à laquelle il murmura qu'il était peut-être temps de penser à autre chose. Volontiers consentante, Julie retourna l'image sainte de Marie.

Le Courrier des Alpes

Le comportement de Séraphine inquiétait plus Philippe qu'il ne le laissait paraître. Il ne savait trop quoi faire pour elle. Aussi profita-t-il d'un jeudi pour aller demander conseil à Pierre Truchet. Après tout, elle passait beaucoup de temps avec lui et il était quelqu'un d'avisé. L'instituteur lui parut étonnamment embarrassé. C'est même en rougissant qu'il lui suggéra de la marier avec un homme ayant de la maturité. Qu'il soit ou non de la vallée, précisa-t-il. Puis il s'empressa de changer de sujet :

— Monsieur le maire, pendant que j'y pense, avez-vous lu l'avant-dernier numéro du *Courrier des Alpes*, déposé par le facteur ?

— Non, je n'en ai pas eu le temps.

— Il le faudrait pourtant, insista Pierre. Dans les pages régionales, vous trouverez un article intéressant dont on parle déjà au village, même sans l'avoir lu.

— Il dit quoi cet article ?

— Vous vous souvenez du représentant des Forêts ?

— Avec sa hachette et sa chaîne d'arpenteur ? Il allait ensuite à Rabou. C'était en septembre dernier.

— C'est ça ! Il a visité toute la région.

Pierre expliqua qu'un journaliste avait fait un article soulignant deux choses importantes : d'abord la volonté de l'État de procéder au reboisement de certaines montagnes et ensuite que la loi d'avril 1882 lui permettait, si nécessaire, d'exproprier des villages entiers contre indemnisation.

— Très bien, et en quoi ça nous concerne ?

— C'est-à-dire, monsieur le maire, que certains – les plus endettés bien entendu – spéculent que ça pourrait devenir pour eux un bon moyen de s'en sortir.

— « S'en sortir » ça veut dire quoi ? Une fois touchés leurs trois sous, ils iraient où ?

— C'est aussi mon avis, seulement vous savez comment ça se passe : on parle, on parle et on se monte la tête.

— Quoi qu'il en soit, suite à la visite de ce monsieur, on ne nous a rien proposé. Donc, que je sache, on n'a rien à accepter ou à refuser ! s'exclama Philippe, sincèrement étonné.

— C'est vrai... mais vous devriez tout de même vous en mêler pour ramener tout le monde à la raison. Même monsieur le curé commence à donner son avis et...

Philippe l'interrompit sèchement :

— Dans quoi il vient encore fourrer son nez celui-là ? Ce n'est pas l'affaire de l'Église, ça ! Lui c'est la paroisse et moi la mairie !

Pierre poursuivit doucement :

— On l'écoute au village, vous le savez.

Philippe soupira, haussa les épaules avec fatalisme pour conclure :

— Encore une fois, n'ayant reçu aucun courrier officiel à ce sujet, nous ne sommes pas concernés. Je vais me dépêcher de lire cet article et merci de vos précieux conseils.

Cette discussion avait écorné l'optimisme du maire. À lui qui ne pensait que développement, voici qu'on parlait d'expropriation ! Une idée totalement contre nature... en tout cas « la nature » selon lui. Le cirque de Chaudun pour les pâturages, la vallée pour les cultures, le petit Buëch pour la vie, voilà le domaine confié par Dieu aux hommes. Certes une nature rude, mais qui était la destinée des Chauduniers, y compris la sienne. De retour chez lui, il s'empressa de lire ledit numéro du *Courrier des Alpes*. Il en retint d'abord qu'il existait déjà en 1860, du temps de Napoléon III, une loi un peu similaire et qu'elle avait été très peu appliquée par peur de la colère des paysans. Certes, celle de 1882 ajoutait une possibilité d'indemnisation. *En république*, pensa-t-il, *le fermier devenant électeur, la crainte de son mécontentement doit être encore plus grande. Ils réfléchiront à deux fois avant d'exproprier qui que ce soit!* Les mouvements précédents devaient d'ailleurs rester en mémoire des membres du gouvernement. Et puis, fit-il remarquer à Julie en soupant :

— Si l'État faisait partir ses paysans, il se priverait de leurs impôts, ce serait complètement turge[1] !

— Sans compter qu'il faudrait d'abord qu'il ait de quoi payer les indemnisations. Ne te soucine[2] pas. Encore une loi qui restera dans les tiroirs d'un ministère.

Elle ne fut effectivement guère appliquée... mais elle le fut tout de même.

La donation d'Angéline

En ce matin de début d'avril, il y aurait, à 10 heures, conseil municipal. L'un des points importants de l'ordre du jour serait la remise en état des biens communaux à la suite des dégâts provoqués par l'hiver. Tout le monde arriva à l'heure, sauf Jacques Barin. Comme à son habitude. Maire-adjoint, homme respecté

1. Turge : stérile.
2. Souciner : se faire de la bile, s'inquiéter.

et écouté, il savait qu'on ne commencerait pas sans lui. C'est que, à cinquante-sept ans, il était un peu la mémoire du village : il avait connu les changements de régime et il était déjà au conseil municipal du temps de Georges Marelier. S'il était apprécié de tous pour son savoir-faire de meunier, il était aussi un exploitant important, avec un peu plus de quarante-cinq hectares, moitié culture, moitié élevage. Avec son fils Alphonse, il faisait essentiellement du blé, des légumineuses, de l'avoine et un peu d'orge. Son dernier, Louis, sourd-muet de naissance, s'occupait de la dizaine de brebis, des deux vaches et des six chèvres. Il avait deux autres garçons plus âgés, avec lesquels il s'était fâché lorsqu'ils avaient décidé de s'expatrier. Sa femme, décédée cinq ans auparavant, reposait dans le cimetière du village à côté des autres Barin. Il affirmait qu'elle était morte du chagrin provoqué par le départ de ses aînés. C'était un homme bourru, estimé pour sa droiture et peu causant. Parler, c'était pour lui perdre son temps puisque, la plupart du temps, ça ne changeait rien. Il partageait la méfiance de Philippe à l'égard du nouveau curé : trop grande gueule et dont on ne sait pas tout. Ça ne l'empêchait pas d'aller à la messe dominicale, communiant de temps en temps. Il aurait préféré se confesser directement à Dieu sans intermédiaire. Surtout sans celui-là.

Sur le fronton de la mairie, le nom de « Maison du peuple » était peint dans un bleu franc et pompeux, souligné, en belles lettres italiques par la devise : *Liberté, Égalité, Fraternité*. Il s'agissait en fait d'une unique pièce, prise sur le presbytère, comprenant une grande table et un vieux bahut en mélèze sur lequel reposait un buste de Marianne dont Philippe se servait parfois, malicieusement, comme porte-chapeau, sans que personne n'ose protester. Ce meuble, où on rangeait documents administratifs et registres divers, disposait bien d'une clé, mais elle restait dans la serrure. Une dizaine de chaises autour de la table. C'était tout ! Le peuple était pauvre et sa maison à son image. Alphonsine avait eu beau allumer le poêle tôt le matin pour dégourdir l'air, chacun en arrivant garda précautionneusement son manteau tant il faisait froid.

Aux membres du conseil s'adjoignaient Pierre Truchet, qui faisait fonction de secrétaire de mairie, ainsi que Jean-Pierre Daille, à titre consultatif, en sa qualité de contribuable le plus imposé de la commune. On allait, en effet, parler gros sous.

Philippe commence par faire état des deux travaux majeurs à prévoir, c'est-à-dire la réfection de la toiture de l'église, ainsi que celle du mur du cimetière.

C'est Alphonse Barin, en charge des finances, qui lui répond :

— Nous sommes déjà en déficit de 249 francs : on ne peut plus couvrir de nouvelles dépenses. Déjà que nous ne payons que la moitié du salaire de l'instituteur, je ne vois pas comment nous pourrions faire.

Jacques, son père, ajoute en acquiesçant :

— C'est qu'en plus, il va falloir prévoir, comme après chaque hiver, de réempierrer les sentiers, notamment celui des Bans pour aller à Rabou, de repaver le chemin vicinal qui traverse le village, de consolider le pont pour qu'il ne soit pas arraché par la prochaine crue... et j'en passe. Alors si on doit aussi s'occuper de l'église ! L'évêché est riche, il n'a qu'à payer !

Et tous de hocher la tête en approuvant, sauf Jean-Pierre et l'instituteur qui n'ont pas voix au chapitre. Ce dernier perçoit une petite indemnité pour cette fonction de secrétaire et c'est tout. Il n'est pas un élu et il est aussi respectueux du droit qu'il veut qu'on le soit de la laïcité.

Philippe reprend tranquillement la parole :

— Vous avez raison de rappeler notre situation et j'ajoute que nous avons déjà sollicité l'aide de l'État à plusieurs reprises. Si nous avons bien reçu quelques sous, notamment pour l'installation de l'école, il s'agissait plus d'une aumône que d'un véritable soutien. Nous sommes négligés dans notre vallée inaccessible, sauf pour payer les impôts ! Seulement voilà, nous ne pouvons laisser ni la toiture de l'église en l'état ni le cimetière tomber en ruine. Pas seulement parce que nous avons l'obligation légale de les entretenir, c'est aussi une question d'amour-propre pour chacun de nous.

Il se tait pour que chacun s'exprime, dans un léger brouhaha coutumier. La sempiternelle rengaine : l'impôt foncier non seulement a triplé en dix ans, mais il est totalement injuste. Calculé sur l'ensemble des surfaces et non pas seulement sur celles exploitables, il ne tient pas compte du revenu réel qui, lui, diminue chaque année. Philippe recentre la discussion :

— Tout ça est bien vrai, mais il n'empêche qu'il faut trouver une solution ! Pierre, en tant que secrétaire, tu nous rédiges une requête au préfet. Tu demandes 500 francs en précisant que nous ferons nous-mêmes le travail. Tu ajoutes que tous ces impôts sont trop lourds et que la terre ne rapporte pas assez ici pour nourrir ses habitants. Cela dit, en attendant une éventuelle réponse, nous devons nous débrouiller par nous-mêmes.

Estimant que ce n'est pas le bon moment, il préfère passer sous silence la lettre reçue en réponse à la réclamation de l'abbé Albert.

Exceptionnellement, en levant le doigt comme il apprend à le faire à ses élèves, Pierre Truchet demande la parole.

— Pour l'église, et avec l'aide d'Alain Varalin, s'il veut bien, je peux m'en occuper... quand la neige aura fondu complètement, parce que, pour l'instant, pas question de monter sur les toits ! Monsieur le curé devra patienter un peu. Nous pourrons démousser, reclouer quelques ardoises et goudronner quelques bardeaux. Ça fera toujours l'affaire pour une saison. (Il ajoute après un léger temps de réflexion :) il faudrait défaire toute la couverture, mieux l'isoler, et reposer des ardoises plus serrées, mais ça coûterait beaucoup trop d'argent !

— Il te faut combien pour ce rhabillage ? demande Philippe.

— Je pense qu'avec 200 francs, fournitures comprises, nous pourrons nous débrouiller.

Alphonse grogne : *on ne les a pas !* Philippe enchaîne : *bon, et pour le mur, qui veut bien s'en charger ?* Victor Taix, le plus jeune conseiller municipal, tout juste vingt-six ans, éleveur d'une vingtaine de moutons, se propose :

— Avec l'aide d'Honoré Combes, je peux remplacer les pierres dégradées et mettre un coup de ciment là où il faut. Mais pareil que Pierre, quand il fera moins froid.

À peine a-t-il fini sa phrase qu'Élie Pauras s'esclaffe :

— Si tu fais un mur comme tu fais ton enclos pour tes bêtes, il va pas tenir longtemps !

Victor, rouge de colère, se lève, en renversant sa chaise, pour faire le tour de la table et en découdre, quand Joseph Bouchan a le bon réflexe de le retenir par le bas de son manteau. Faut dire qu'entre les deux les rapports sont chauds bouillants. Depuis qu'au printemps précédent quelques moutons se sont échappés du champ des Taix pour brouter les salades du potager des Pauras. Les faits ayant été dûment établis par le garde champêtre, requis à cet effet, Élie, fort de son bon droit, avait voulu aller en justice. Heureusement, sous la pression de ses amis et de Philippe, il avait fini par renoncer et par accepter un accord amiable par lequel Victor donnait deux journées de travail au profit d'Élie. L'une pour réparer les dégâts matériels occasionnés et l'autre pour compenser la perte des salades et légumes divers. Il s'était acquitté de la première rapidement, et de la seconde lors de la récolte des pommes de terre. Toutefois il avait dû payer sa dette sous un tel harcèlement continu de moqueries et de récriminations de la part d'Élie qu'ils se seraient sûrement battus sans l'intervention des voisins. Depuis, l'orage gronde entre eux en permanence. Le calme revenu, Philippe reprend la parole :

— Pour l'église, disons 200 francs et pour le mur, disons 100 francs, soit un total de 300 francs. Pour payer ces nouveaux frais et puisque nous n'avons pas cette somme, je propose d'ajouter un montant de trois centimes au principal des contributions foncières personnelles et mobilières des portes et fenêtres et des patentes. J'avancerai au village le solde manquant jusqu'à redressement des comptes ou obtention d'une subvention de la préfecture. Jean-Pierre, acceptes-tu de partager avec moi ?

— Moitié-moitié ? suggère Jean-Pierre, pas surpris du tout, Philippe lui ayant rendu visite la veille pour discuter de l'ordre du jour.

Il ne fallait pas que ça se sache pour que le conseil ne se sente pas manipulé.

Alphonse fait remarquer que le village leur doit déjà pas mal d'argent jamais remboursé. Philippe de répondre gentiment que son père aurait fait pareil et que, rien que pour honorer sa mémoire, il se devrait de le faire. On passe au point suivant, plus facile à résoudre puisqu'il ne coûte rien : c'est à l'unanimité que le conseil vote la demande de retour de conscription d'Eugène Marcelin, au motif qu'il est soutien unique et indispensable de famille ; son père Jacques ne peut plus travailler, handicapé par trop de rhumatismes ; la mère – Joséphine – a une très faible santé et leur fille, Claudine, est alitée depuis six ans. Une maison vraiment malchanceuse sans plus personne pour s'occuper de la ferme, des bêtes et des récoltes. Le tirage au sort était vraiment mal tombé et cet appel sous les drapeaux devait impérativement être annulé.

Ne reste plus qu'un point à l'ordre du jour : la donation d'Angeline Prévot. Là, Philippe sait que la discussion sera plus difficile. Elle propose d'offrir son terrain de sept hectares soixante en contrepartie de la prise en charge par la commune de sa pension de deux francs par jour à l'hôtel-Dieu de Lyon, pour le temps qu'elle y vivra encore. Elle est veuve et son seul fils a émigré en Algérie. À peine Philippe a-t-il lu la requête qu'Élie Pauras lève les yeux au ciel :

— V'là autre chose ! Comme si on pouvait maintenant payer les pensions de nos vieux, nous qui n'arrivons déjà pas à vivre au jour le jour !

Et Jacques Barin de grogner :

— Je tiens à dire que je n'étais pas d'accord pour mettre ça à l'ordre du jour. Mais à quoi ça sert de parler si ça ne change rien ?

La majorité du conseil semble partager l'avis de Pauras. Denis Bonnaril ne dit trop rien, ne s'étant guère exprimé non plus sur les points précédents, et Jean-Pierre Daille se tait toujours. Tranquillement, Philippe développe son point de vue :

— Nous devons sans conteste assistance à la mère Prévot. Rappelez-vous que sa famille s'est montrée généreuse lors de la construction de l'église en 1869, en offrant 300 francs pour le chemin de croix. J'ajouterai, en réfléchissant un peu, que sa proposition, pour originale qu'elle soit, peut se révéler profitable pour nous…

Son terrain pourrait nous rapporter bien plus que deux francs par jour.

— Si c'était vrai elle resterait ici, intervient Joseph Taix, de sa voix grave. La réalité, c'est que son champ est mal placé et qu'elle ne peut rien en tirer, voilà tout !

— Non, reprend calmement Philippe, tu te trompes. D'abord, tu sais bien que dans son état de santé, elle ne peut rien faire et que son terrain est à l'abandon. Ensuite, s'il est vrai qu'il est sur l'ubac, il est par contre assez près du Buëch pour être humide. On pourrait en faire, sans trop de travail, une prairie artificielle.

La Maison du peuple bougonne, ronchonne, raille. Chacun connaît les marottes du maire… mais là c'est trop ! À qui mieux mieux, les uns et les autres ironisent :

— Et qui achètera les moutons ?

— Oui et après, qui va s'en occuper ?

— C'est l'instituteur qui fera la tonte ?

— Parce que maintenant c'est le boulot d'une mairie de faire de l'élevage ?

— Et l'hiver, on les mettra où les bêtes municipales ?

— Oui, et l'été c'est qui qui va les amontagner ?

Ils en oublient qu'avec ce maire-là on peut plaisanter… mais pas trop. Faut le respecter. S'il s'emballe, gare aux dégâts ! Il se lève brusquement, frappant violemment de ses deux paumes sur la table, et s'emporte :

— Ah, macaréou[1] ! Ça suffit, bande de bédiguas[2]… Réfléchissez un peu au lieu de piailler comme des babouins. Quand comprendrez-vous que nous devons changer nos habitudes si nous voulons survivre ici ? Pouvez-vous voir plus loin que le bout de votre nez ? Vos ânes réfléchissent plus que vous !

---

1. Macaréou : pas possible.
2. Bediguas : simplets.

En parlant, il parcourt la table du regard, plongeant dans les yeux de chacun comme un boxeur provoque son adversaire avant l'entame d'un round. Il suffoque de colère et plus personne ne dit quoi que ce soit, attendant prudemment que la pression retombe. C'est Jean-Pierre qui se décide à rompre le long silence qui s'est établi. Il s'exprime tranquillement, doucement, presque à voix basse, en souriant comme si de rien n'était :

— C'est vrai que ce terrain peut être avantageux pour un éleveur. Trop à l'ombre pour une bonne culture, il peut donner une herbe convenable pour des moutons, des chèvres ou des agneaux. C'est vrai aussi qu'aujourd'hui le village a plus besoin d'élevage que de culture. Ça nous procure de la viande à manger, du bon engrais pour les champs et plus à vendre sur les marchés. C'est plus rentable que de faire pousser du seigle ou des pommes de terre, même si on a évidemment besoin des deux. (Après un temps d'arrêt, il ajoute :) si personne n'en veut, je le prends ce terrain. Et je verserai les deux francs par jour à madame Prévot jusqu'à son décès.

Tous les regards se sont portés sur lui. Tous se disent que s'il voit ça comme une bonne affaire, c'est que ça doit en être une. Après avoir laissé le temps à ses paroles de produire leur effet, il poursuit :

— C'est malheureux à dire pour cette pauvre Angeline qu'on aime bien, cet arrentement risque de ne pas être dû très longtemps vu son âge et sa maladie. (Après une nouvelle pause :) oui, je veux bien le prendre ce terrain, mais je crois que son intention était plutôt d'aider son village natal par cette contribution. Dans cet esprit, ce n'est pas à moi qu'il devrait revenir.

Il s'arrête là : il ne faut pas en faire trop. Le débat reprend alors sur un ton beaucoup plus posé. Si l'un s'obstine à répéter que ce n'est pas au village de gérer ce terrain pendant qu'un autre regrette l'idée de transformer une surface de culture en herbage pour les bêtes, la majorité commence à voir l'intérêt de cette donation. Quand Philippe sent que le moment devient propice, il propose de voter la résolution suivante : *Le conseil municipal accepte la donation de madame Angeline Prévot ainsi que sa contrepartie sous forme d'une rente de deux francs par jour, directement versée à l'hôtel-Dieu de Lyon, et ce jusqu'à son décès, cette décision prenant effet dès qu'elle pourra entrer à cet hôpital. Par ailleurs, la mairie décide de mettre ce terrain en location à un éleveur Chaudunier pour la même somme de deux francs par jour et pour une durée de bail qui reste à définir*[1]. Aucune voix contre, seulement deux abstentions.

Denis Bonnaril réclame la parole pour exprimer son inquiétude concernant Honoré Combe, le seul journalier resté à Chaudun cet hiver-là et qui se retrouve avec trop peu de travail. Il était tombé malade au début de l'hiver et avait été bloqué par des chemins impraticables une fois guéri.

L'un propose de l'utiliser à l'emballage des fromages, un autre pour refaire les clôtures. On peut se disputer, même fortement, jusqu'à se castagner, mais on sait s'entraider quand il le faut. D'ailleurs, on ne paye pas le travail, on l'échange, si bien que le franc ne circule pratiquement pas. La seule monnaie qui vaut ici, c'est la parole. Et on ne la gaspille pas !

À la sortie du conseil, Philippe retient Joseph Bouchan pour un long entretien en tête à tête puis, de bonne humeur en pensant que cette matinée a été constructive pour Chaudun, il rentre chez lui déjeuner.

1. Fait réel.

En ouvrant la porte, il est accueilli par une bonne odeur de pommes de terre chaudes, d'oignons cuits et de beignets. Sa femme lui tourne le dos, finissant de préparer quelques tourtons de sa spécialité, qu'elle fait rissoler à grande friture. Il s'approche et l'embrasse dans le cou en tirant le nœud de son tablier pour rire. Séraphine, occupée à mettre le couvert, lui marmonne un bonjour, tout en oubliant les verres. Il s'en occupera lui-même, sans faire de remarque… pour une fois.

À table, il raconte sa matinée. Quand il en vient aux travaux, il est bien obligé de préciser, aussi succinctement que possible, avoir proposé de faire un prêt.

— Un de plus ! soupire Julie.

— Tout le monde croule sous des impôts aussi injustes qu'insupportables et beaucoup n'arrivent qu'à peine à nourrir leurs enfants. Je ne pouvais pas leur demander plus que ce que j'ai fait voter. Et puis, il faut bien que les plus chanceux, comme nous, aident les autres ! Tu n'es pas de mon avis ?

— Continue de me raconter ta réunion, on ne va pas se disputer maintenant !

Il parle de la donation d'Angeline. Quand Julie demande qui sera candidat pour louer le terrain, il choisit cette fois de lui mentir :

— Je ne sais pas encore, faudra voir. (Il enchaîne rapidement en s'adressant à Séraphine :) tu as fait quoi de beau ce matin ?

— J'ai aidé maman à faire le ménage.

— C'est bien ma fille ! Et ton programme de l'après-midi ?

— J'ai prévu d'aller chez Françoise avec Amélie. Elle a un rouet. On y travaillera à tour de rôle. Il nous reste encore plein de laine à filer pour faire des vêtements à vendre au marché.

— C'est surtout toi qui veux « filer », s'amuse-t-il sans méchanceté, ne provoquant en retour qu'un haussement d'épaules agacé.

Julie d'intervenir aussitôt pour qu'il ne l'emmouscaille pas. Le repas fini, la table débarrassée, Séraphine obtient l'autorisation de s'en aller. Dès qu'ils se retrouvent seuls, Philippe ne peut s'empêcher de remarquer :

— Elle est tout de même souvent fourrée chez le Pierre. T'es sûre qu'elle n'est pas amoureuse de lui ?

— Mais non ! répond Julie, elle n'est amoureuse de personne, hélas ! Hélas, parce que si on n'arrive pas à la marier prochainement, elle va tourner au vinaigre.

— Et lui : il ne serait pas amoureux d'elle, par hasard ?

— On ne peut pas jurer du contraire. D'ailleurs, Françoise m'en parlait l'autre soir ! (Elle ajoute après réflexion :) on dit qu'il serait encore puceau ! Si c'était vrai, ce serait dommage : un si beau garçon. Il ferait un bon amant !

— Mais dis donc, s'esclaffe Philippe, tes yeux en pétillent ! Viens plutôt les faire briller avec moi.

— Tu n'as rien de mieux à faire ? s'amuse-t-elle.

— Rien de plus agréable, constate-t-il en délaçant, cette fois complètement, son tablier.

Ils feront l'amour très tendrement, Philippe étant très attentif aux désirs de Julie et restant à son rythme. En se rhabillant, elle en fera la remarque :

— Dis-moi, mon homme, tu n'aurais pas quelque chose à te faire pardonner ?

— Non ! Je ne voudrais pas que tu te mettes à rêver de l'instituteur !

Elle lui donnera un léger coup de poing sur l'épaule, il se pliera un instant d'une fausse douleur avant de revenir sur ce qui le préoccupe :

— Tu sais, je m'inquiète vraiment pour Séraphine. Elle ne va pas bien. Agnès a le même âge qu'elle, mais elle ne pose pas autant de problèmes !

— Les enfants sont tous différents, soupire Julie. C'est rien, ça va passer !

— Peut-être, mais pour l'instant, elle est malheureuse, insiste-t-il.

— Comme toutes les filles de son âge. C'est son corps qui la travaille, c'est comme ça ! Et puis on fait tous attention à elle : nous, le curé, l'instituteur... C'est peut-être un peu trop.

— Je n'aime pas que mes enfants soient malheureux. (Et de préciser après un temps de silence :) d'ailleurs, je n'aime pas, tout simplement, qu'on soit malheureux autour de moi.

— C'est pour ça que tu t'occupes tant de ton village, n'est-ce pas ?

— C'est mon devoir...

Julie le fixe bien droit dans les yeux :

— Et toi, es-tu heureux ?

Surpris par la question, il hésite avant de lâcher :

— Avec toi, oui.

— Seulement ?

Quand il se décide à répondre, il détourne les yeux :

— La vie est pesante... enfin par moments, ajoute-t-il pour atténuer son propos.

— Peut-être parce que tu te crois responsable du bonheur des autres !

— Je n'y peux rien, soupire-t-il. Je suis responsable et c'est comme ça.

— Tu n'es pas Dieu ! plaisante-t-elle.

— Non, mais je considère avoir quand même une mission.

Il y a longtemps qu'ils n'ont pas eu une discussion intime comme celle-là, alors Julie insiste :

— À chacun sa vie !

— Sans doute, pourtant j'ai ici la charge de celle des autres… même si j'ai parfois peur de ne pas être à la hauteur.

— Parce que tu le décides de cette façon.

— Parce que je n'ai tout bonnement pas le choix.

— Tu en es sûr ?

— Pour la commune, je ne pouvais pas faire autrement. Tu le sais. Mon père me regarde. Pour les enfants, nous devons assumer aussi. Après tout, nous les avons voulus tous les deux.

— Tu en es sûr ? répète-t-elle en souriant et en lui déposant un baiser sur les lèvres.

Philippe marmonne alors une réponse incompréhensible en finissant de s'habiller. Il met fin à cette conversation qui le met mal à l'aise. Il n'aime pas qu'on touche trop à certains points sensibles et personnels. Même si c'est Julie qui le fait.

À chacun sa place

Grand-messe de 10 heures 30. L'abbé Albert s'apprête à conclure son sermon. Philippe, assis au premier rang devant l'autel, se lève, quitte sa travée, et, dignement mais très ostensiblement, le chapeau à la main, la tête bien droite, descend l'allée centrale vers la sortie. Son pas résonne dans toute l'église. Aucun paroissien n'ose croiser son regard. Jamais Chaudun n'a autant médité !

Sur le parvis, Philippe retrouve le garde champêtre, Julien Taix. Celui-ci ne peut assister à l'office que s'il est complètement sobre. Il n'y assiste donc jamais. Alors, il y participe comme il peut, en suivant la messe de l'extérieur, s'agenouillant sur la marche quand les fidèles s'agenouillent sur les prie-Dieu, s'asseyant sur le muret quand ils s'asseyent sur leurs bancs et essayant de rester debout quand Chaudun se lève.

Quelques secondes plus tard, Julie quitte à son tour son banc, fait une génuflexion, se signe devant l'autel et calmement sort rejoindre son mari. Après une tape amicale sur l'épaule de Julien, Philippe prend le bras de sa femme et s'éloigne pour rentrer chez lui.

— Tu as bien fait, lui dit-elle d'un ton presque enjoué.

Philippe est encore tremblant de colère, poings et mâchoire serrés.

— Maintenant, ça suffit ! Père n'aurait jamais toléré.

— Comme quoi ce concordat n'était pas une bonne chose !

— Ah non, alors ! Déjà que nous avions obligation d'avoir un local pour l'école, ce qui n'est d'ailleurs pas plus mal, et que nous devions payer l'instituteur, voilà qu'on nous rajoute la charge d'entretien de l'église et du presbytère ! Comme si l'évêché n'était pas assez riche pour le faire lui-même ! Nous n'arrivions déjà pas à subvenir à nos besoins, maintenant nous serons en déficit permanent !

La colère de Philippe est née du sermon de l'abbé Albert. Un sermon qui ne pouvait que le contrarier en tant que maire de sa commune : *je sais que certains s'interrogent sur l'opportunité de quitter notre village*, avait-il commencé. *Chaque année déjà, des jeunes choisissent l'exil ; ce qui fait que, malgré les naissances, le nombre de Chauduniers diminue régulièrement. Tout en travaillant dur, vous vous appauvrissez. Au point même de ne plus pouvoir entretenir décemment la maison du Seigneur. Aujourd'hui, je veux vous dire, en tant qu'homme d'Église, qu'il n'y a pas de destin édicté par Dieu vous obligeant à rester sur vos terres pour y souffrir. D'ailleurs le peuple élu n'était-il pas un peuple nomade ?*

Après avoir laissé le temps à ses paroles de bien pénétrer l'esprit de ses paroissiens, l'abbé avait conclu benoîtement par sa phrase préférée, sans qu'on comprenne vraiment le rapport avec ce qui précédait : *auprès de vous je sème la parole pour pouvoir un jour moissonner.*

Il n'eut pas le temps d'ajouter quoi que ce soit, ni de descendre de sa chaire, que Philippe s'était déjà levé. Après l'histoire de la lettre à l'évêché et tout ce qui précédait, c'était trop ! Et puis, face à ses concitoyens, il ne pouvait pas laisser passer sans réagir ouvertement. L'avertissement de Pierre Truchet était parfaitement justifié et c'était ce matin l'occasion de commencer à « s'en mêler » haut et fort. Manœuvre opportune et colère sincère allaient – pour une fois – de pair.

Dès le lendemain, de bonne heure, chapeau vissé sur la tête, Philippe se rendit au presbytère. Il trouva l'abbé Albert en soutane, avec un gros cache-nez noir et ses sabots, s'apprêtant visiblement à sortir.

— Il faut qu'on cause, monsieur l'abbé.

— Volontiers, mon fils, répondit le curé, qui savait le maire en colère.

— Ne m'appelez pas *mon fils*, je suis venu en tant que maire, le reprit Philippe.

— Soit… mais vous êtes bien aussi mon paroissien, n'est-ce pas ? (Comme Philippe cherchait ses mots, il en profita pour ajouter, tout sourire :) je dis ça parce que si vous communiez de temps en temps, je ne vous entends jamais à confesse.

La réplique de Philippe fut directe et sèche :

— Je préfère le faire ailleurs, avec un autre curé, voyez-vous, et il faut que ça vous convienne comme ça.

Continuant, un ton plus bas : mais je vous répète que je ne suis pas venu pour parler de moi.

— Alors de quoi, mon fils ? Pardon : monsieur le maire.

— Je ne plaisante pas, je ne suis pas d'humeur.

— Ça, je le vois ! Mais je ne sais toujours pas pourquoi !

— Vraiment ? Commençons par cette lettre à l'évêché ! Celle qui m'est revenue par l'intermédiaire de la préfecture… À quoi jouez-vous, monsieur l'abbé ?

Celui-ci leva les sourcils de surprise et joignit les mains dans un geste de contrition.

— Je vois ce à quoi vous faites allusion. J'attendais justement l'occasion de vous en parler. Je l'ai appris, en effet. Je n'aurais pas dû écrire cette lettre.

Philippe l'interrompit rudement :

— Allons, bon ! Qu'espériez-vous en l'envoyant ?

— C'est-à-dire que… bafouilla le curé, reconnaissez que notre église est en très mauvais état, presque insalubre. En tant qu'homme de Dieu et représentant de mon diocèse, je me devais de faire quelque chose !

— Le *quelque chose*, c'est moi qui l'ai fait faire, et cela dès que possible. Ce n'est pas de moi que dépend le dégel ! Il est réparé, votre toit. Enfin, il ne fuit plus. Et on n'a pas attendu votre foutue lettre pour le faire. En tant qu'homme de Dieu, comme vous dites, vous devriez comprendre la misère des Chauduniers. Si vous n'acceptez pas de la partager, demandez à votre évêque votre mutation dans un endroit plus miséricordieux. Vous auriez dû rester au Canada ! conclut-il en bougonnant.

L'abbé se mit à rougir un peu et, pour une fois, hésita avant de répondre, benoîtement :

— C'est que j'obéis et vais là où ma hiérarchie me dit d'aller. Je ne suis qu'un humble serviteur. Pour le reste, pardonnez-moi. Ma lettre était effectivement une maladresse, je le confesse.

— Ouais, reprit Philippe avec scepticisme, mais ce n'est pas tout. J'aurais mis mon chapeau par-dessus et je vous aurais absous, pour utiliser votre vocabulaire, s'il n'y avait pas eu ce sermon insidieux…

— J'ai vu votre colère hier. Un peu ostentatoire, non ?

— Vous m'y avez obligé. Qu'est-ce que c'est que cette volonté de pousser mes concitoyens à quitter leur village au motif que la vie y est rude ? Encore une fois, si elle vous est insupportable, partez confesser ailleurs, mais laissez les Chauduniers tranquilles !

— Ce n'est pas moi qui ai répandu cette idée, c'est le *Courrier des Alpes*. Grâce à vous d'ailleurs puisque vous avez voulu que tous ceux qui ne sont pas illettrés puissent le lire ; ce qui, soit dit en passant, est tout à votre mérite ! Comment pourrais-je faire semblant d'ignorer ce dont mes paroissiens me parlent ?

— Vous pouvez savoir sans vous en mêler ! Vous n'avez pas à faire de la politique. Il y a eu séparation de l'Église et de l'État, l'auriez-vous oublié ?

L'abbé leva les deux mains au ciel d'un air éminemment perplexe avant de protester :

— Ce n'est pas faire de la politique que de leur expliquer que leur décision n'est pas du ressort de Dieu. Je n'ai dit que ça hier !

— Vous faites bien plus que ça, reprit Philippe avec entêtement, vous les incitez à partir. Vous leur mettez de mauvaises idées dans la tête.

— Je donne simplement un avis, un avis d'homme, à qui me le demande. Et on me le demande, insista le curé. Tenez, cet article, je ne l'avais pas encore lu que monsieur Daille m'en parlait déjà ! Quelqu'un de bon sens et posé. Il a voulu savoir ce que j'en pensais, si…

— Il n'y a pas de *si* coupa Philippe. Sans offre d'emploi clairement précisée, il n'y a pas de *si*. Il n'y a que du rêve. Il ne faut pas laisser ces chimères envahir l'esprit des Chauduniers. Ce n'est pas bien ! Ce qui importe actuellement c'est que les habitants de ce village, de mon village, se détachent de leurs vieilles habitudes et de leurs préjugés, modernisent leurs exploitations et donnent ainsi du travail aux jeunes pour qu'ils puissent rester sur leur terre natale. Si vous êtes un homme éclairé, et vous l'êtes, c'est à cela que vous devriez vous employer, c'est de cela que vous devriez les convaincre. Vous dites toujours vouloir semer pour moissonner, c'est l'illusion et le doute que vous semez.

— Je ne dis pas, mais…

— Non, ne dites pas, justement ! Encore une fois, ne vous occupez pas de la gestion de la commune, ce n'est pas votre affaire. Jamais votre prédécesseur ne se serait permis et d'ailleurs jamais mon père n'aurait laissé faire !

— C'est que la souffrance des autres, je la reçois. Et puis les difficultés du village ne nécessiteraient-elles pas plutôt que nous unissions nos efforts ?

— Peut-être, concéda Philippe en se souvenant des conseils de Julie. Alors, à chacun sa fonction ! À chacun sa place, sa responsabilité et sa misère. À vous celle des âmes, à l'instituteur celle de l'ignorance et à moi celle des hommes. À vous le ciel, à moi la terre… Je n'ai pas la part la plus facile !

— Belle formule ! admira l'abbé, légèrement ironique. Vous savez, contrairement à ce que vous semblez croire, je vous respecte, monsieur le maire. Vous êtes quelqu'un de courageux, dévoué et énergique. Seulement, permettez-moi de vous dire que vous ne devriez pas vous emporter comme cela !

— Eh bien, je me fâche quand je veux. Restons-en là. Je vous souhaite une bonne journée, monsieur l'abbé.

— Moi de même, et que Dieu vous bénisse, répondit-il avec un petit sourire.

Philippe repartit chez lui, la colère en moins, une inquiétude en plus. Pourquoi Jean-Pierre avait-il parlé de cette affaire avec le curé et pas d'abord avec lui ? Il n'aimait pas ne pas comprendre. Il détestait ne pas pouvoir maîtriser. Un manque de confiance en lui-même ? L'incident n'eut pas de suite. Le temps était au beau, il fallait en profiter. Tous avaient à faire. Les champs et les bêtes n'attendent pas.

Le départ d'Angeline

Philippe Marelier et Joseph Bouchan avaient décidé d'emmener Angeline à Gap en partant au lever du soleil. Elle y avait un cousin qui la conduirait à Lyon, où il s'était occupé de lui réserver une place à l'hôtel-Dieu, comme elle l'avait souhaité. Philippe avait envoyé une lettre à en-tête de la mairie de Chaudun, accompagnée d'un acompte d'un mois (qu'il avait avancé personnellement), pour garantir la prise en charge de la pension. Le seul chemin carrossable remontait le vallon en passant par les cols de Chabanottes, du Milieu et de Gleize, à 1 696 mètres d'altitude, avant de redescendre, à partir du col Bayard, jusqu'à Gap.

À sa carriole en bois, poncée et repeinte en jaune cet hiver-là, Philippe avait attelé son mulet, en prenant bien soin de lui mettre des œillères. Il ne fallait pas risquer qu'il prenne peur, notamment au passage de la corniche. Un écart et tout le monde débaroulait dans le vide ! Plus d'un, même à pied, y était resté. Au cas où il demeurerait quelques plaques de verglas, il avait aussi pris une pelle et un sac de sel. À l'arrière de la charrette, il avait précautionneusement fixé une bâche pour protéger Angeline du vent, lui avait calé le dos avec des coussins et posé une bonne couverture sur les jambes. Le mulet n'avait pas commencé à tirer l'attelage que Grinoux, le petit chien de Philippe, avait sauté à sa place, à côté du cocher, tout content de partir se promener. Angeline, un gros fichu sur la tête, avait tenu, dernière petite coquetterie, à quitter son village avec sa robe du dimanche, celle qu'elle mettait pour la messe. La veille, elle était allée à confesse… enfin, il s'agissait plutôt d'une ultime visite entre amis! Quel péché pouvait-elle encore commettre, même en pensée?

Les Chauduniers étaient venus nombreux devant la maison pour la saluer avant ce triste départ. Elle essaya de faire bonne figure. *Je fais comme les jeunes*, répétait-elle, *j'émigre, que voulez-vous!* Elle ajouta: *vous m'écrirez pour me donner des nouvelles, n'est-ce pas?* À Mariette et Denis Bonnaril, elle précisa: *prenez bien soin de vos petits. Vous savez, je retrouverai bientôt mon Jean, et de là-haut on sera heureux de les regarder grandir.* À personne elle ne parla de son champ. Elle savait garder un secret, elle avait encore toute sa tête, Angeline! Elle avait l'habitude de dire: *j'ai la peau toute tachetée, mais pas mon cerveau.* Ils se mirent en route tranquillement, au pas de l'animal, pour l'heure de bonne volonté. Le soleil commençait à monter, la température s'adoucirait rapidement et la journée serait belle. D'ici peu la neige ne serait plus qu'un souvenir, comme Chaudun pour Angeline. Elle se retourna une fois, une seule, en agitant la main, juste avant que les maisons ne disparaissent dans le tournant. Elle aperçut encore quelques toits et plus à l'est, de l'autre côté du Buëch, la panelle de l'église. Elle se signa en laissant filer une petite larme que Joseph, installé à côté d'elle, fit semblant de ne pas voir.

Du retour de l'équipage, en toute fin d'après-midi, le village parla longtemps. Il avait bien changé d'allure. À l'arrière de la carriole, des sacs de semences, mais plus de Joseph ni de Grinoux. Le mulet ramenait tranquillement Philippe et, à côté de lui, Cyril! Personne ne sut jamais ce qui s'était dit à Gap, chacun imaginant bien que l'affaire n'avait pas dû être facile entre les deux, tel père tel fils. Seule Julie eut droit à quelques confidences de ce dernier. Rien de son mari. Elle n'insista pas. L'autorité du père avait eu le dessus, le fils était rentré, point. Cyril avait les yeux de sa mère et la carrure de son père : il plaisait aux filles et les garçons n'avaient pas intérêt à lui chercher des noises!

Quelques minutes plus tard, on vit apparaître, cheminant paisiblement, un petit troupeau d'une dizaine de chèvres bêlant à qui mieux mieux, surveillé par un griffon très affairé et jappant énergiquement. Fermant la marche, un Joseph tout sourire, tenant un bâton de berger tout neuf.

Il expliqua qu'il faudrait plus de bêtes pour rentabiliser le terrain d'Angeline, mais que celles-ci feraient des chevreaux et donneraient déjà du lait pendant que pousserait le premier herbage. Il joindrait pour un temps sa production à celle de Victor Taix qui avait un cheptel plus conséquent et vendait ses fromages aux marchés locaux. Après... si tout marchait comme prévu, il s'organiserait autrement. Pour payer la pension, il devrait y arriver rapidement et, comme il avait été convenu de ne commencer à rembourser monsieur le maire pour l'achat des chèvres qu'à partir de la deuxième année, ça devrait aller. Bien entendu, Philippe avait tout arrangé, pris contact avec un fermier de ses amis, qui lui-même avait accepté de faire la moitié du chemin, en conduisant ses bêtes de Pont du Fossé au Col Bayard. Il les avait vendues pour un prix total de 120 francs. Un prix correct. Une fois rentré chez lui, après que Julie l'a embrassé et qu'on a fêté le retour de Cyril, Philippe explique le pourquoi des semences. Il compte, en cette fin avril, remplacer la jachère sur ses propres terres par des plantes fourragères : luzerne, trèfle et sainfoin. Et donner ainsi l'exemple pour modifier les habitudes. Un homme ne se résigne pas tant qu'il peut agir, aime-t-il à répéter. Et lui est homme à agir ! Julie l'approuve.

Si quelqu'un peut changer les choses ici, c'est assurément lui.

— C'est bien que ce soit Joseph qui ait repris le champ d'Angeline. Je suppose que l'idée vient de toi. Comme celle d'y faire de l'élevage ?

— Oui, autant pour lui, parce que c'est plus rentable, que pour le village parce qu'il faut qu'on fasse davantage de têtes.

— Bon d'accord, concède-t-elle aisément, mais, dis-moi, avec quoi il les a payées ses bêtes, parce que, Joseph il est déjà endetté avec nous, non ?

Sur un ton faussement badin, Philippe explique :

— Je lui ai avancé la somme. Elle n'est pas énorme. D'ailleurs, je ne suis pas sûr que nous n'aurions pas dû acheter davantage de chèvres. Il me remboursera dès la saison suivante, tu sais.

Et là, brutalement, Julie se fâche.

— Pourquoi tu ne m'en as pas parlé avant de décider ?

— Mais c'est la donation d'Angeline qui a nécessité cette opération ! répond-il, surpris.

— Allons, allons, Philippe, trouve autre chose ! Y en a pour combien encore ?

— 120 francs. Ce n'est pas énorme !

— Ainsi, pour toi ce n'est rien ! Monsieur est un grand seigneur, riche comme Crésus. Sans omettre tout ce que tu as déjà financé, y compris les travaux pour l'église, pour le cimetière et j'en oublie. Monsieur sème l'argent de sa famille au gré de ses envies, il sème en sachant bien que, pour la récolte, faudra pas y compter !

— De *ses envies*, tu aguiches[1] un peu, tente-t-il.

Cette fois, Julie est vraiment trop furieuse pour s'arrêter.

— Parfaitement. Tu savais que je ne serais pas d'accord ! Cet argent, ce n'est pas le tien, mais le *nôtre* (elle appuie sur le mot). Moi aussi je travaille pour que toute la famille puisse vivre ! Je trime du matin au soir quand monsieur joue au jaou[2] ! J'en ai assez de monsieur le maire, ce n'est pas lui que j'ai épousé. (Reprenant son souffle, elle continue, plus bas :) tu es le père de trois enfants. Tu t'en souviens ? Tu es, aussi, responsable d'eux. On en parlait il y a peu. On veut marier Cyril, ça coûte des sous et c'est comme ça que tu économises ? Tâche moyen[3] de me comprendre !

— À propos des enfants, tu vas être contente, tente Philippe en diversion. J'ai fait dire à Agnès, par une cousine, qu'elle pouvait rentrer quand elle voulait. On sera bientôt tous réunis.

— Pour leur annoncer que tu les déshérites au profit du village ? Pour leur dire…

— Ça suffit, coupe Philippe. Ça suffit ! Je suis le chef de famille et je sais ce que je fais. D'accord, j'aurais dû t'en parler avant. Ça n'aurait rien changé, alors ça va comme ça !

1. Aguicher : exagérer.
2. Le jaou : le coq.
3. Tâche moyen : essaie de.

Et mettant son chapeau, il chougne[1] à voix basse : *moi qui rentrais tout content de cette journée, c'est gâché*. Il sort, en croisant Cyril, parti dire bonjour à tout le monde, et rencontrera, un peu plus loin, Pierre Truchet.

Julie ne décolérait pas. Elle laissa Alphonsine débarrasser et faire la vaisselle, préférant passer ses nerfs sur une bêche dans le potager. Si elle s'inquiétait de cette dérive pécuniaire, ce qui la décontenançait plus encore était de voir son mari agir en douce, sans la consulter. Il fallait marquer le coup. Certes, il y avait aussi de bonnes nouvelles ce jour-là : le retour effectif de Cyril et celui annoncé d'Agnès. Son fils était-il au courant du projet de son propre mariage ? L'accepterait-il aisément ? Pour sa fille, comment se résoudrait le problème de son Célestin ? Que faire de Séraphine pour qui elle se souciait[2] plus qu'elle ne voulait bien le dire ?

La période n'était vraiment pas simple...

Les fiançailles de Cyril

Marelier était un homme pressé qui sentait que le temps lui était compté. En mariant son fils, non seulement il ferait son bonheur, mais il rapprocherait les deux plus grandes exploitations de Chaudun, en modifierait les modes de culture, intensifierait l'élevage et démontrerait à ses concitoyens qu'il était toujours possible de vivre ici, et donc d'y rester.

Cyril, le cœur encore à Gap, protesta d'abord énergiquement, mais il finit peu à peu par se rendre aux arguments de son père, moitié par soumission à son

1. Chougner : marmonner.
2. Se souciner : s'inquiéter.

autorité et moitié parce que Léonie était une jolie fille. S'il avait hérité de la ténacité de son père, il avait aussi la logique et le bon sens de sa mère !

De leur côté, Jean-Pierre et Françoise Daille eurent à convaincre leur fille. Si Cyril était un bon parti, elle avait été tant humiliée qu'il lui était difficile d'imaginer pouvoir faire confiance à un homme, hormis son père. Il fut donc convenu qu'elle pourrait évincer son prétendant s'il ne lui plaisait pas. C'était là une grande marque d'affection de la part de ses parents à une époque où les mariages s'organisaient encore souvent sans même le consentement des enfants.

On choisit Pierre Truchet comme *tsamaraude*, la tradition requérant la présence d'un entremetteur. En l'espèce, il serait davantage le confident de l'arrangement, pratiquement conclu lors du dîner précédent. On prépara l'union en discutant du contexte de chaque promis. L'accord était facile pour les Daille puisqu'ils n'avaient qu'une fille. En apportant pour dot la prairie artificielle située entre le torrent des Clôts et le chemin de Rabou, d'une superficie de quinze hectares, ainsi que les moutons qui paissaient dessus, ils ne faisaient en fait qu'une avance sur héritage. Bien entendu, Cyril continuerait à travailler sur les deux exploitations. Pour une fois il s'agissait d'unir les terres et non de les partager. Quant aux biens meubles, il y avait si peu à apporter de l'un et l'autre côté !

Cyril fit sa demande en mariage un samedi, comme il convenait. Quand il arriva, Léonie roula son tablier, attisa le feu et dirigea sur lui le bout enflammé des tisons pour signifier son accord. Cyril lui offrit comme affutiaux[1] une jolie broche en or. Elle s'empressa de la montrer à tout le monde lors de la tournée pour

---

1. Affutiaux : bijoux de fiançailles.

lancer les invitations. Elle distribua à chaque amie des épingles à tête de verre et des morceaux de ruban en guise de porte-bonheur. Le dimanche suivant se déroula le déjeuner de fiançailles. Les jeunes gens de Chaudun vinrent présenter leurs vœux de bonheur aux futurs époux et on servit un goûter accompagné de vin chaud. On dansa joyeusement jusqu'à fort tard le soir. Philippe tenait beaucoup à ce que toutes les traditions soient respectées. Non seulement son père aurait aimé que ce soit ainsi, mais c'était aussi un signe de constance de vie communautaire, un héritage du passé et un facteur de stabilité. Cyril, au courant de l'histoire de Léonie, sut se montrer patient et attentionné. Pas si facile de faire la cour à une jeune femme que l'on a connue gamine, avec qui on a grandi, joué à se rouler dans les meules de foin, à se cacher derrière les arbres, à courir entre les maisons, à goûter chez l'un et chez l'autre! Les souvenirs partagés ne suffisent plus. Il faut être adulte et se montrer autrement. Quand Léonie commença à être curieuse de la fille qu'il avait fréquentée cet hiver-là à Gap, il devina qu'il était en train de gagner la partie : si elle était un peu jalouse, c'est qu'il lui plaisait déjà un peu.

— Alors, comme ça, chaque hiver tu vas partir la retrouver à Gap? lui demandait-elle en le taquinant.

— Mais non, répondait-il en hochant la tête, bien sûr que non! Elle ne compte pas.

Elle insistait, plus sérieuse :

— Pourtant, je sais que tu ne voulais pas rentrer à Chaudun.

— C'est vrai que j'étais bien à la ville. On y trouve du travail plus facilement et de quoi s'amuser.

— Elle était jolie, cette fille?

Il usait alors de son sourire le plus enjôleur, malgré sa canine à demi-cassée qui le gênait beaucoup :

— Mille fois moins que toi ! (Ajoutant, après un petit silence :) beaucoup, beaucoup, beaucoup moins que toi.

Et elle riait, contente... mais pas tout à fait dupe tout de même. On peut aimer les compliments et ne les prendre que pour ce qu'ils sont. Parfois, sur un ton plus grave, elle revenait sur sa propre expérience de l'amour et sa déception si brutale :

— Et si, comme lui, tu me quittais un jour ?

Ne mésestimant pas sa blessure, il devenait très sérieux à son tour :

— Pourquoi je ferais ça, Léonie ?

— Je ne sais pas, moi. Comme lui ! Il est parti, voilà.

Il lui prenait les mains dans les siennes et les yeux dans les yeux lui affirmait :

— Léonie, si je partais, ce serait avec toi. Je te le jure.

— Pourquoi devrais-je te croire, beau parleur ?

Et lui de conclure, dans un rire bon joueur :

— Je vais me dépêcher de te faire un tas de beaux enfants ! Comme ça, je serai obligé de rester avec toi. Ça te va ?

Et elle l'embrassait. Il mena ainsi tranquillement sa cour jusqu'au jour où il leur sembla à tous les deux qu'ils pouvaient s'accorder. Léonie avait déjà pour lui de la tendresse, le reste suivrait. Un jour et pour la première fois depuis longtemps, Léonie accepta que Cyril l'emmène au bal de Pont du Fossé. Pour tout le village, ce fut le signal. Cela signifiait que Léonie consentait au mariage. Le lendemain matin de cette fête, les futurs époux trouvèrent une traînée de sciure tout le long du chemin entre les deux maisons. Qui la posa ? On a dit plus tard que c'était Séraphine. Elle ne voulut jamais confirmer. C'était la tradition et elle était respectée.

Le mariage fut fixé au deuxième lundi de mai, laissant ainsi le dimanche aux amis de la région pour parvenir à Chaudun. Les festivités se dérouleraient à la ferme des Daille qui avaient, pour le banquet, la grange la plus grande.

Le temps des semailles

Ce matin du 20 avril, Chaudun s'affaire, personne ne lambine. Pas le temps de bavarder, encore moins de politique, ce qui n'empêche pas de penser. Les idées, c'est comme les plantes, faut leur laisser le temps de pousser ! Ainsi la vie suit-elle son fil alors que l'avenir du village est peut-être sur le point de basculer.

Les hommes Marelier travaillent chacun de leur côté. Philippe est en amont des Brauas, occupé, avec Célestin, à remonter des brouettées de la terre amoncelée en bas de la pente, pour pouvoir ensuite semer, moitié orge moitié seigle. Pour Philippe, c'est maintenant une question de coopération du ciel : suffisamment d'eau et suffisamment de soleil, le tout quand il faut.

Cyril, plus bas, sur le versant sud de la vallée, le long de la rive du Buëch, tout à fait à l'ouest vers Rabou, prépare la terre pour y semer tuzelle[1] et réganiou[2]. Il conduit la Dombasle, tirée par deux jeunes bœufs. Cette charrue est un réel progrès. L'ingénieuse suppression d'arrière-train permet un labour plus profond, et son versoir en fer forgé est beaucoup moins cassant que la fonte. Il y gagne donc en efficacité et en économie. Il n'en demeure pas moins que son mariage va lui donner deux fois plus de travail entre les deux exploitations, et pas davantage de confort qu'avant ! L'abbé Albert n'a pas

1. Tuzelle : blé blanc.
2. Réganiou : gros blé.

tout à fait tort de rappeler que Dieu ne nous attache pas à une terre. Après tout, l'offre de l'État, pour une fois, pourrait être une opportunité. Oui, mais comment s'opposer au père ?

Joseph Bouchan, quant à lui, a toutes les raisons d'avoir bon moral : non seulement la vente de ses fromages aux marchés lui permet de payer le fermage, mais deux de ses chèvres sont déjà grosses et vont augmenter son cheptel. Pourquoi envisagerait-il de céder son exploitation puisque Dieu approuve son travail ? Aujourd'hui, il retourne le champ d'Alphonsine et il a emprunté le mulet de son voisin pour tirer son araire en bois, qu'il tient fermement par son mancheron pour que le sep fasse un sillon aussi droit et profond que possible. Il est pressé de pouvoir semer les graines de sainfoin et de luzerne ramenées de l'expédition à Gap.

Denis Bonnaril, avec l'aide d'Honoré Combe, dans le champ d'à côté, épierre encore, rebâtissant au fur et à mesure les murets de la parcelle. Un travail long et fastidieux, mais indispensable avant le labour. Pour lui, la perspective est différente : il n'est pas certain d'avoir tout compris à propos de cette loi dont tout le monde parle. Il se dit simplement que si, pour une fois, une décision de l'État lui permettait de mieux nourrir ses enfants, il lui faudrait y réfléchir !

Sur le même versant, entre la source du torrent des Clôts et celui de Chanebière, Jean-Pierre Daille et Robert, son vacher, étalent à la fourche du fumier animal, apporté dans un incessant va-et-vient par une charrette, tirée par un mulet et conduite par un journalier. Cet épandage dégage non seulement une forte chaleur, créant une fine couche de brume sur le champ, mais encore une puissante odeur azotée qui se disperse dans tout le vallon au gré du vent, sans que personne n'en paraisse affecté. Il n'y a pas d'engrais plus efficace et plus économique pour les pâturages, chacun le sait. Et puis la fumure, c'est la fumure. Il faut bien amender les sols ! Jean-Pierre, lui, ne se pose plus aucun problème d'avenir. Sa fille est bien mariée, son exploitation tourne correctement et voir son gendre, qu'il apprécie, prendre progressivement le relais lui convient très bien. Côté occupations, les femmes ne sont pas en reste. Julie et Séraphine Marelier n'ont aucune idée de ce dont on parle dans les autres maisons, car elles n'ont pas le temps de papoter. Elles ont commencé très tôt le matin par la traite des trois vaches et de la douzaine de chèvres avant qu'Agnès, dont c'est le tour de garde, ne monte, pour la journée, l'ensemble du troupeau communal dans les pâturages vers les *cabanes hautes*, là où il y a déjà un peu d'herbe. Ce soir, chacune récupérera ses bêtes pour une nouvelle traite à l'étable. Le départ pour les alpages n'aura lieu, conformément à la tradition, que le lendemain de la Saint-Jean. Leur première tâche achevée, Julie et Alphonsine se sont maintenant mises à la bêche pour préparer des plans de poireaux et de navets. Après avoir creusé des petits sillons, elles sèment les graines en les répartissant régulièrement. Puis elles referment les rangées en tassant légèrement. Si le temps reste favorable, les premières pousses pourraient apparaître d'ici deux ou trois semaines.

Françoise et sa fille, quant à elles, finissent de reconstruire leur potager. Le terrain étant très pentu, il est conçu en terrasses, qui doivent être soutenues par des planches ; lesquelles, écroulées sous le poids de la neige, doivent être recalées une à une. Il faudra ensuite fumer la terre avant de pouvoir enfin commencer à semer et planter choux-raves, haricots, salades et lentilles.

Mariette Bonnaril, après avoir changé le petit Baptiste, donne à manger aux porcs, Henriette Varalin nettoie sa maison, Irène – sa fille – nourrit la volaille et les lapins. À un moment ou un autre de la journée, toutes iront – un seau au bout de chaque bras – chercher de l'eau à la fontaine, tant pour abreuver les bêtes que pour faire la cuisine. Toutes prépareront les repas… quand elles n'auront pas – en plus – à s'occuper de leur marmaille et à donner un coup de main pour les cultures. Ici, la vie des femmes n'est pas plus à envier que celle des hommes ! Le soir, chacun rentrera chez lui bien ébrouné[1]. Sans oublier que les jours rallongeant, les nuits des paysans raccourcissent ! Alors, une bonne soupe et au lit !

C'est comme ça : chacun fait sa part, chacun sait que pour manger il faut labourer, semer, sarcler, ensemencer… arracher sa vie à la terre. Cette période de l'année est celle du temps présent, pas celle des questions. Demain n'existe pas encore. L'horloge de la nature s'impose à celle des hommes. Pourtant, à Chaudun, le battement de son balancier souffre dangereusement d'arythmie.

La lessive

C'est au lavoir que Julie découvrira la première fêlure dans l'ambitieux projet de son mari pour le village. La grande lessive, c'est seulement deux fois par an et c'est à chaque fois un événement vécu par tout le village comme un soulagement. Celle de printemps se fait toujours fin avril (*Far la bua*[2] *en mai c'est laver son linceul*), à l'arrivée des beaux jours. La seconde,

1. Ébrouné : fatigué.
2. Far la bua : faire la lessive.

après les gros travaux d'été, marque la fin des grosses chaleurs, de la sueur et de la poussière.

Alors, du linge empilé, vous pensez s'il y en a plein les armoires et les buffets ! Dans toutes les maisons, c'est le grand déballage. Au moins trois jours de travail ! Pendant ce temps, les hommes auront tout intérêt à rester travailler aux champs le plus tard possible. Ils ne seront pas les bienvenus dans les maisons. Chacun à sa place, chacun son affaire ! Aujourd'hui on coule et on ayssague[1] et, à partir de demain, on aygabouillera[2] au lavoir. Alphonsine se met au trempa en commençant par les pièces les plus sales dont les taches s'éparpillent dans l'eau en petits filets grisâtres. Avec l'aide de l'une ou l'autre, Julie reprend chaque pièce une par une sur une grande table de bois blanc, savonne, frotte, tord, frappe sans ménager sa peine. De temps en temps, elle disparaît de l'autre côté de la maison avec une pleine et lourde brouette de linge mouillé et revient avec autant de linge sale comme si ça ne devait jamais finir.

Toutes les trois parlent peu. Ce n'est pas un jour à bavarder. À tant besogner, elles ont froid aux mains et chaud au corps ! Quand le soleil commence à descendre, Julie décide qu'il est temps d'arrêter, on reprendra demain matin. De toute manière, les bêtes vont rentrer et la traite ne pourra pas attendre. C'est à ce moment-là que Françoise arrive pour parler à Julie de ce dont toutes les femmes papotent au lavoir : la pétition.

— Quelle pétition ? demande Julie.

— Justement, quand j'essaye d'en savoir plus, elles me répondent de demander à mon mari.

— Et Jean-Pierre t'a dit quoi ?

---

1. Ayssaguer : mettre à tremper.
2. Aygabouiller : frotter.

— Que c'était une affaire d'homme, que je m'occupe de mon linge !

Julie ne peut retenir un sourire.

— Puisqu'il te préoccupe tant, demain, j'arriverai bien à délier quelques langues au lavoir et je te raconterai ce qu'il en est de ce grand mystère, promet-elle.

Bien entendu, elle en parla le soir à Philippe.

— Une pétition ? Ce serait une grande première !

Il ne voyait pas de quoi il pouvait s'agir.

— C'est tout de même bizarre, insista Julie. Cyril n'est pas au courant ?

— Tu sais, en ce moment, il est trop occupé pour avoir le temps de causer !

Sans être vraiment inquiète, Julie se promit d'en apprendre plus le lendemain.

Au lavoir, le seul du village, à la confluence du Buëch et des Aillants, les langues allaient toujours bon train. Le verbe y était aussi fleuri et coloré que les robes de ces dames, faites d'étoffes vieux rouge, orange citrouille, vert olive, et même violet cerise, posées sur de larges jupons. Une variété joyeuse renforcée par le contraste avec l'uniformité des coiffes en toile blanche.

Julie arriva dans la matinée, accompagnée de Séraphine. Alphonsine étant restée à finir l'ayssaguage des vêtements féminins, cornettes, mouchoirs et autres torchons. Elles furent accueillies comme d'habitude, avec un mélange de gentillesse et d'un peu de distance. Commencèrent alors les navettes de brouettes entre la maison et le lavoir : environ six cents mètres, et en pente... tout de même !

Séraphine remarqua la première qu'à chaque fois qu'elles arrivaient les lavandières changeaient de sujet de conversation. Elles se mettaient aussitôt à jacasser de choses aussi anodines que ce début de printemps prometteur, des enfants qui poussaient vite ou encore de la dernière beuverie du garde champêtre, Julien Blaix, et de son ami Antoine Parini. Il paraît qu'ils étaient venus pousser des chansonnettes paillardes sous les fenêtres des maisons du village, avant de s'endormir dans l'étable des Bonnaril.

— Que voulez-vous, fit remarquer Henriette Villard d'un air entendu : quand le représentant de l'ordre fait le désordre, on ne peut que subir !

— Oui, ajouta Henriette Varalin, et boucher les oreilles des enfants.

Alors Séraphine, en fronçant un peu les sourcils, finit par demander carrément :

— Pourquoi changez-vous toujours de sujet quand on arrive ?

Il y eut un petit silence embarrassé avant que l'une d'elles ne conteste d'un air étonné :

— De quoi parlez-vous ?

Julie reprit :

— Ma fille a raison. C'est la pétition que vous voulez nous cacher ?

— Quelle pétition ? demanda madame Mouchet sur un ton feignant le plus grand étonnement. Cela, tout en continuant, les yeux rivés sur la toile, à frictionner avec une telle ardeur qu'à ce train il ne resterait bientôt ni tache ni linge.

Toutes les autres lavandières frottaient, tapaient du battoir, tordaient ou essoraient avec la même ardeur, et surtout bouche bien cousue. Julie fit signe à sa fille de ne pas insister. Un peu plus tard, elle croisa Mariette Bonnaril. L'une remontait une brouettée de draps bien blancs et l'autre en descendait à aygabouiller.

— Madame Marelier, je vous aime bien, alors je vais vous dire ce qui se passe et qu'on veut vous cacher, par peur de la colère de votre mari. Bon, voilà : y en a qui veulent demander à l'État d'acheter leurs terres pour pouvoir partir de Chaudun.

— Comment ça ?

— Il y a eu d'abord cet homme qui est venu inspecter la région, vous vous souvenez ?

Julie acquiesça.

— Ensuite, il y aurait eu un article dans le *Courrier des Alpes* disant qu'une loi permettait à l'État d'acheter nos terres. Même qu'à Paris, ils voudraient les reboiser ! Pour quoi faire : aucune idée, pensez donc ! Toujours est-il que certains y voient une chance à saisir. Faut les comprendre ! Dites, madame Marelier, je ne vous ai rien dit, n'est-ce pas ?

— Ne vous en faites pas. Je serai muette comme une tombe. Je voyais bien qu'il y avait quelque chose. Merci de cette confidence.

Chacune reprit sa brouette et son chemin. La journée se poursuivit avec la même ardeur et comme si de rien n'était. Quand les lavandières décidèrent de s'arrêter, elles étaient toutes plus moulues les unes que les autres, avaient le dos, les mains et les genoux douloureux. Elles seraient tôt couchées et il ne faudrait pas que les maris espèrent plus que le manger !

Au dîner, Julie raconta ce qu'elle avait appris, ce qui ne sembla pas inquiéter Philippe.

— Ne t'en fais pas trop. J'ai croisé Jean-Pierre cet après-midi qui descendait son taureau à la « Fossette » des Barin. On a eu le temps de bavarder un peu.

— Ah oui, la « Fossette » : elle n'arrêtait pas de monter les autres vaches. Elle était très nerveuse et visiblement en chaleur.

— C'est ça. Toujours est-il que Jean-Pierre était au courant de cette histoire et voulait justement m'en parler. Il me conseille de ne pas réagir, de laisser faire. L'époque est au travail et les signataires passeront vite à autre chose. Sans compter qu'à son avis la préfecture ne donnera même pas suite. Il m'a dit aussi de ne pas prendre parti pour ne pas créer des clans dans le village, qu'il y avait assez d'embrouilles entre monsieur le curé et moi, qu'il ne fallait pas en ajouter une autre... J'aurais cru t'entendre ! conclut-il en l'embrassant dans le cou.

Séraphine voulut mettre son grain de sel dans la conversation :

— Cette histoire, c'est peut-être une bonne nouvelle, non ?

— Comment ça ? demanda Philippe, un peu brutalement.

— Enfin, quelque chose bouge à Chaudun ! Si c'était le destin ?

— N'importe quoi ma fille. Et tu ferais quoi si nous devions partir ?

— J'irais à la mer ! C'est magnifique la mer. L'horizon y est infini. Ici, il n'y a pas d'horizon. Devant les yeux, on n'a que des montagnes, encore des montagnes. Où que tu regardes : des montagnes. Nous vivons dans une prison, à l'ombre des montagnes.

— Ah oui ! Et tu y ferais quoi à la mer, à part la regarder ?

— Je ne sais pas... je pourrais être maîtresse d'école... par exemple.

Voyant le teint de son mari virer au violet et ses mains commencer à trembler, Julie s'empressa d'intervenir pour éviter l'orage :

— Ma fille, il faudrait pour cela que tu te bouges et que tu te décides à t'inscrire pour passer le brevet à l'école de Gap... Plutôt que de dire des bêtises et d'agacer ton père, débarrasse donc les assiettes.

— Pourquoi c'est une bêtise de vouloir partir ? insista Séraphine d'un air buté.

C'en était trop ! Philippe tapa violemment du poing sur la table et fixant sa fille avec des yeux incendiaires, articula lentement :

— Je te conseille de faire tout de suite ce que te dit ta mère.

— En tout cas si j'avais le droit de voter, je serais pour, bougonna Séraphine.

Julie posa sa main sur celle de sa fille d'un geste apaisant.

— Ton père a assez de soucis comme cela... s'il te plaît.

Séraphine traîna bien un peu les pieds, mais jugea prudent d'en rester là. D'ailleurs, même Julie estima souhaitable de ne plus en reparler pour l'instant. On se coucha rapidement ; la journée avait été harassante et celle du lendemain le serait tout autant. Ces derniers temps, on ne retournait pas souvent l'image sainte à la tête du lit !

Cette nuit-là, Philippe ne trouve pas le sommeil. Il se lève sans réveiller Julie, enfile son pantalon de toile, sa grosse veste en drap et ses sabots et part s'installer à l'étable : parfois, il suffit de changer de cadre pour arriver à s'endormir. Il s'allonge dans la paille, la tête sur le flanc du mulet qui, lui, fait sa nuit et lui jette, de temps en temps, un œil paresseux et interrogatif. Philippe se sent oppressé. Quelque chose se trame dans son village, quelque chose qui peut contrarier ses plans et surtout quelque chose qu'il ne contrôle pas ! Il plane une menace indéfinissable et il déteste l'indéfinissable ! Pourtant l'élan est donné : les troupeaux commencent à augmenter, quelques jachères ont été remplacées par de la luzerne ou des pommes de terre et les Barin et les Patorel projettent d'acheter en commun une Dombasle (s'il leur prête la moitié des sous nécessaires). Pourquoi faut-il maintenant que l'État vienne s'en mêler ?

Qu'est-ce qu'ils savent à Paris de leurs problèmes ? Veulent-ils la disparition de sa population ? Une vengeance pour avoir participé au mouvement paysan de protestation ? Philippe marmonne toutes ces idées en flattant légèrement son compagnon d'infortune. *Tu t'en fous toi. Pourtant tu as bien tort. Avec leurs conneries, tu pourrais finir à l'abattoir !* Preuve que la réputation de bêtise de cet animal est fausse, il bouge une oreille !

Des images de son cauchemar de février lui reviennent. Le village déserté, prémonitoire ? Son père pointant le ciel, un danger ? Décidément, Philippe dort peu et mal. Dès qu'il s'assoupit, un nouveau rêve le réveille en sueur. Au petit matin, il retourne dans sa maison, se glisse tout doucement à côté de sa femme qui ronfle légèrement et paisiblement. Il ne lui parlera pas de son angoisse, de ses préoccupations, de ses interrogations : elle a assez à faire et la confiance qu'elle lui porte est telle qu'il ne veut pas se montrer affaibli. Par fierté, mais aussi par tendresse. La préserver.

Le lendemain, il restait encore une journée de lessive. Julie préféra ne pas retourner au lavoir. Puisqu'elle connaissait désormais ce qui alimentait le bavardage, elle ne se voyait pas faire semblant de l'ignorer. Il fut donc convenu que ce serait Alphonsine qui s'y rendrait et que Séraphine ferait les navettes de brouettes, instruction étant donnée à toutes les deux de faire comme si elles ne savaient rien.

Travaux de début de printemps

En mai, les jours rallongent et un soleil généreux accélère la fonte des neiges. Les hirondelles ont commencé à revenir, peu après la première visite du facteur, et les derniers émigrés de l'hiver à réapparaître les uns après les autres.

Depuis quelques jours, la crue du petit Buëch, maintenant totalement dégelé, arrive dangereusement à fleur de champs. Il faut éviter que les averses de printemps, souvent violentes, ne viennent s'ajouter à cette fusion nivale et ne fassent déborder la rivière. Par conséquent, Philippe a réquisitionné aujourd'hui tous les bras valides du village. Les hommes se sont répartis le long des berges, en remontant le plus haut possible. Le torrent arrache et charrie d'épais amas de débris, branches et rochers, roule sur son fond graviers, galets et cailloux, provoquant des coulées boueuses qui peuvent, au plus fort de leur tumulte, tout entraîner sur leur passage et endommager dangereusement les rives.

Les uns s'affairent à créer préventivement des dépôts de terre argileuse pour former un cordon de protection en cas de débordement. D'autres dégagent et nettoient les berges, dont certaines s'effondrent. D'autres encore, munis de grandes bottes, sont entrés dans le lit du Buëch pour le curer, en travaillant deux par deux par sécurité. Si l'un glisse, il peut se faire emporter par le courant et, dans une eau aussi froide, mieux vaut pouvoir intervenir immédiatement.

Jean-Pierre et Cyril enlèvent des embâcles de troncs flottants coincés entre les pierres dans un coude au niveau de la confluence avec le torrent de Chanebière. Denis et Célestin, un peu plus haut, curent des sédiments de cailloux et de boues qui entravent le flux. C'est comme ça qu'à un moment, unissant leurs efforts, ils déplacent soudainement un gros bloc qui faisait barrage. Libérée, l'eau s'élance vers l'aval. Célestin a beau crier pour donner l'alerte, c'est trop tard! Cyril est violemment bousculé par le flot. Il perd pied, chute, aurait été emporté si Jean-Pierre n'était pas parvenu à le rattraper par un bras ! Maintenant trempés, tous gagnent rapidement la berge, la gravissent, entreprennent, essoufflés et transis de froid, de se déshabiller pour ne garder que leur caleçon. Des femmes, qui ont entendu les cris, se précipitent pour les réchauffer de leurs châles avant qu'ils ne retournent se changer au village.

Philippe, qui travaillait un peu plus loin au nettoyage d'une berge, s'est précipité vers le lieu de l'accident. Bien que n'ayant rien vu de la scène, il prend d'emblée Célestin à partie. Celui-ci a beau être plus grand que lui, il le soulève par le col en lui reprochant vertement son manque de jugeote, le garçon se gardant de se défendre et de dire quoi que ce soit. Denis essaye de lui faire lâcher prise, lui expliquant qu'il est, lui aussi, fautif, que ce n'est pas bien grave, que ce n'est pas la première fois que ça arrive et qu'on en rira à la veillée. Philippe, tout à sa colère, ne l'entend pas. Il finira cependant par desserrer son étreinte avec un dernier ronchonnement : *c'est comme ça que tu prendrais soin de ma fille ! et partira se remettre au travail en maugréant.*

Quand – un peu plus tard – Cyril revient, changé et ravigoté, il a droit à son lot de blagues sur sa façon de nager, sur son goût supposé pour l'eau boueuse ou encore sur la netteté de son caleçon. Beau joueur, il ne manque pas de répondre sur le même ton. Il sera le fait divers du jour !

À l'heure du déjeuner, les femmes apportent la mangeaille dans des grands paniers pleins de pains de seigle, de fromages et de pommes de terre encore tièdes. On se réchauffe avec un vin de pays, Valserres, Tallard, Théus ou autres. Une pause bien venue, le travail étant éprouvant, l'air frais et l'eau proche de zéro. Ce soir, tous apprécieront une grosse soupe bien chaude et s'endormiront encore rapidement. Avant d'y penser, il faut aussi consolider le petit pont, le seul de Chaudun, dont les culées se sont effritées. Sous la poussée du courant, c'est tout l'ensemble qui s'en irait si ses appuis lâchaient. C'est pourquoi Victor Taix va s'occuper, sans tarder, d'affermir le remblai avec l'aide de son père qui lui préparera le ciment.

Le lendemain est un jeudi, donc jour sans école. Pierre Truchet et Alain Varalin grimpent sur le toit de l'église et, après une inspection générale, enlèvent les mousses, déclouent et changent les ardoises cassées, étalent une couche de goudron sur les liteaux auxquels ils peuvent accéder. Ils y passent l'après-midi et, en redescendant, peuvent affirmer que le curé et ses paroissiens seront au sec au moins jusqu'à l'hiver suivant. Pendant ce temps, Victor Taix et Honoré Combe s'occupent du mur du cimetière et cimentent les parties les plus endommagées après avoir remplacé quelques pierres. Quand ils ont tous fini, l'abbé Albert leur offre un verre de vin… pas du vin de messe, du vin du pays, et les remercie chaleureusement. Il n'ose pas leur dire qu'il fera une prière pour eux, de peur de mécontenter l'instituteur. On discute un peu de l'éducation des enfants et des difficultés de certains d'entre eux, la séparation de l'Église et de l'État n'étant pas ici vécue comme un divorce. L'abbé Albert parle aussi du souci qu'il se fait pour Séraphine Marelier : une jeune fille très gentille, très dévouée, mais bien mal dans sa peau en ce moment. Pierre se contente d'acquiescer et d'affirmer que son frère et sa sœur lui ont certainement manqué. Il ajoute qu'après tout, il ne s'agit probablement que d'un problème classique de jeunesse qui devrait se résoudre avec le temps. Ce n'était pas le curé qui apprendrait le premier l'amour de l'instituteur ! Victor renchérit en remarquant qu'elle ne fréquente aucun garçon alors qu'elle est pourtant une jolie fille.

Une fois les verres vides, chacun retourne rapidement à ses occupations.

Les jours suivants, il faudra curer les rigoles d'irrigation, reformer les murets des parcelles, épierrer les champs pour ne pas abîmer la vouram[1] au temps de la moisson (un long, très long travail). On recouvrira de terre les lambeaux brunâtres de neige pour en hâter le dégel complet. Un peu partout, on remontera, parfois avec des brouettes, parfois à dos d'homme ou de mulet, la terre amoncelée en bas des pentes, on épandra le fumier à la fourche. Dans quelques jours, une fois le sol bien sec, on commencera les premiers labours, avec les araires et les bœufs, pour semer blé, blé noir, pommes de terre et chanvre, sans oublier non plus de bêcher les potagers et d'y faire les premiers semis. Oui, une longue période d'activité débute. Tous se hâtent d'autant plus que la neige a tout retardé d'un bon mois. Chacun fera sa part, pour lui-même autant que pour la collectivité. On se prêtera matériel, bêtes de trait et coups de main.

Il y aura toujours un mauvais coucheur pour protester, par exemple, que le muret de son voisin empiète sur son exploitation ou qu'une rigole mal creusée inonde son terrain, mais le garde champêtre interviendra rapidement pour trouver un accord. Après tout, il est ici, après monsieur le maire, le seul homme de loi, le seul recours, et le compromis qu'il proposera sera la seule solution. Alors, le râleur finira par se résigner, souvent avec le concours de sa femme, qui aura, si nécessaire, du bon sens pour deux.

Quand, enfin, on ouvrira la porte des écuries, les bestiaux parviendront à peine à se traîner dans les champs demeurés en jachères et sur les vieilles prairies

---

1. Vouram : faucille.

qu'il faudra rompre. Ils n'y trouveront qu'une nourriture d'appoint et on devra les rentrer le soir pour leur fournir un complément… alors que les greniers sont pratiquement vides. Ce n'est que fin mai qu'un berger conduira les troupeaux dans les communaux des hauteurs. Avant ce temps, d'une ferme à l'autre, on s'aidera à faire la jonction. Il faudra bien tenir jusque-là. Tenir par la solidarité. Philippe était optimiste. Son fils allait se marier avec celle qu'il lui avait choisie, préparant du même coup un regroupement des deux principales exploitations et montrant ainsi l'exemple qu'il fallait suivre. Grâce au don d'Angeline, un terrain de mauvais rendement se transformait en prairie d'élevage, plusieurs concitoyens remplaçaient la jachère par la culture fourragère et d'autres avaient compris l'intérêt d'étendre celle des pommes de terre. Non seulement pour assurer l'autosuffisance familiale, mais aussi parce qu'elle améliore ensuite la productivité des céréales. Des idées longues à faire leur chemin comme toutes celles qui changent les habitudes, mais dont on verrait rapidement les bienfaits si le ciel de l'été à venir daignait être clément. Certes, tout n'était pas réglé, et l'argent manquait cruellement, mais son cauchemar ne serait pas prémonitoire. Le village serait sauvé et pourrait même devenir un exemple que l'on citerait dans la région. Oui, il réussirait et son père serait fier de lui.

Excès d'optimisme ? Philippe oubliait l'adage qui stipulait qu'en montagne, encore moins qu'ailleurs, les premiers pas n'augurent que rarement des suivants.

Deuxième période

CHIMÈRE CONTRE UTOPIE ?

Le mariage de Cyril

Ce fut un beau mariage, civil et religieux. Philippe avait décidé d'officier lui-même, droit ou pas de cumuler les rôles, passant outre les objections de Pierre Truchet ; Julie avait conduit fièrement son fils à l'église pendant que Jean-Pierre tenait le bras de Léonie. À la sortie de la messe, le fils Parini se plaça au premier rang du cortège en brandissant, suspendue à un bâton, une belle poule choisie dans le poulailler des Daille, symbole rituel de la fécondité, mais aussi plat principal du banquet à venir avec quelques gigots.

Non seulement tout le village était rassemblé, mais les cousins, oncles et amis de la région avaient fait le déplacement, qui en carriole, qui à dos de mulet, qui à pied, parcourant parfois plus d'une dizaine de kilomètres. Une sacrée tirée !

De l'église à la maison de la mariée, le cortège avait improvisé tout un circuit ; un ménétrier jouait sur sa vielle des airs de rigodons de noces aux refrains repris en chœur par tous les invités, et les nouveaux époux jetaient à la volée des dragées aux enfants, qui suivaient en piaillant et sautillant joyeusement. Arrivée à la maison nuptiale, Léonie embrassa chacun et chacune, au fur et à mesure qu'il ou elle entra. De grands tréteaux avaient été installés dans la grange pour le cas où le temps ne se révélerait pas clément. Mais, comme il fit beau, on mangea et dansa dans le pré voisin.

Les ripailles, commencées dans l'après-midi, s'étaient prolongées fort tard dans la nuit. Chaque famille apporta sa contribution, essentiellement en tourtes aux fruits, en fromages et vins du pays. Au dessert, le garçon d'honneur obtint un véritable triomphe quand il sortit de sous la table avec la jarretière. La demoiselle d'honneur fit un joli compliment à la mariée avant que Jean-Pierre ne prenne la parole à son tour. S'adressant d'abord à sa fille, il lui signifia gentiment de *suivre l'époux avec qui je t'unis* puis, regardant Cyril bien en face, il lui confia Léonie en la nommant : *ce bien si précieux que j'aime plus que ma vie*. Il eut droit à un tonnerre d'applaudissements, sous les yeux attendris des deux mères. Il poursuivit avec une chanson de circonstance, connue de tous, qu'il interpréta d'une voix ferme et forte (il chantait plus juste que son père), et reprise par les convives qui enchaînèrent avec d'autres airs, de plus en plus égrillards.

Le soir, on dansa comme aux fiançailles. Lorsque les mariés s'esquivèrent, des invités disposèrent sur une table des saucisses, des œufs et du fromage râpé, pendant que d'autres s'emparaient d'une vieille marmite et l'accrochaient sur le feu. Ces victuailles servirent à faire mijoter une soupe, servie à tous les convives. Une part, versée dans un grand bol, fut emportée par un petit groupe de jeunes jusqu'à la chambre des tourtereaux, qui durent évidemment accepter avec grâce ce présent traditionnel, sous peine d'un grand tintamarre.

Pendant toute la noce, Julie n'avait cessé d'avoir l'œil sur ses jumelles, surtout sur Agnès, revenue à temps pour cette occasion et que Célestin ne quittait pas. Une surveillance maternelle et bienveillante, simplement pour que des débordements ne viennent pas ensuite contrarier Philippe et justifier un peu plus son opposition à leur union. Elle avait averti sa fille :

— Le mariage de ton aîné, et ce qui va avec, c'est bon pour toi. Je vais pouvoir reparler du tien, à condition de ne pas aclaper[1] ton père avant. Tiens-toi donc à carreau. Et surtout, tiens ton Célestin ! J'ai confiance en toi, beaucoup moins en lui.

Ils dansèrent beaucoup tous les deux et, de temps en temps, échappèrent à son attention, sans qu'elle s'en inquiète plus que nécessaire. Séraphine, exceptionnellement de bonne humeur, accepta même de danser. Une fois avec son père, une fois avec le marié et plusieurs fois avec l'instituteur, qui lui fit aussi la conversation. Il était d'ailleurs un cavalier tout à fait appréciable, nota Julie. Dans une « courante », une danse à deux, le rythme est vif. Deux simples et un double vers la gauche puis autant vers la droite. L'instituteur avait suivi parfaitement, avec naturel, sans montrer d'application particulière et avec une gaieté témoignant de son réel plaisir. Sous son air sérieux et studieux, il savait donc être un homme enjoué et de bonne compagnie ! Il fut tout aussi à l'aise sur un rigodon ou une « allemande » avec Séraphine. Quelques autres garçons, qui n'étaient pas du village et ne la connaissaient pas, essayèrent à plusieurs reprises de la faire participer à leurs jeux et à leurs danses. Elle prétexta à chaque fois quelque chose à faire pour aider sa mère, s'éloignant avec un sourire contrit de circonstance.

Ce fut une belle noce, une joyeuse cérémonie. Les grincheux oublièrent de grincer, les mal portants se portèrent bien et les discutailleurs chantèrent. Au petit matin, toute la noce dormait dans la paille des granges.

1. Aclaper : braquer.

Plus tard, chacun repartit chez soi comme il était arrivé, qui en carriole, qui à dos de mulet, qui à pied, dans un grand mouvement brownien. La vie normale reprit progressivement son cours.

Pendant ces deux jours, Julie et Françoise se partagèrent le travail, les inquiétudes, les joies et les amis. À l'image de leurs enfants et bientôt de leurs exploitations, elles s'unissaient dans les mêmes sentiments et manières de vivre. Et cet arrangement, dans toutes ses facettes, leur semblait parfait. Philippe et Jean-Pierre avaient eu cent fois raison. Comme quoi les maris avaient parfois du bon sens, s'amusèrent-elles à constater. *Quand ils ne sont pas en colère!* compléta Julie.

Et le mariage d'Agnès

Cyril marié, l'avenir d'Agnès continua à donner lieu à des discussions animées entre Julie et Philippe. Il persistait à penser que le Célestin serait un mauvais époux et il ne comprenait vraiment pas comment sa fille pouvait être amoureuse de ce garçon! Il s'emportait rapidement avec des phrases définitives : *il n'est pas question que je lui donne ma fille* ou encore *s'il la touche, je vais l'aganter*[1] *par les oreilles et le chasser à coups de pied dans le cul*. Comme tous les pères, il espérait un meilleur parti et trouvait donc à ce soupirant tous les défauts de la terre.

Julie se gardait de s'opposer de front à la toute-puissance paternelle, s'efforçant plutôt d'instiller le doute dans son esprit : *ils s'aiment et Agnès a ton*

---

1. Aganter : attraper.

caractère. Elle ne lâchera pas. Ou encore : *si tu ne donnes pas ton accord, ils partiront tout de même ensemble, pas mariés, et tu feras ainsi le malheur de ta propre fille... et le nôtre !* À propos de Célestin, elle positivait : *c'est un garçon travailleur, en bonne santé, costaud et il lui fera de beaux enfants.* Elle faisait remarquer parfois : *de toute façon, tu vois bien que tu ne pourras pas les empêcher, et nous aurions même intérêt à nous hâter si tu ne veux pas qu'ils soient dans le péché. Déjà que tout le village ne parle que de ces deux-là !*

Il était vrai que depuis le retour d'Agnès à Chaudun, Philippe lui avait interdit de fréquenter Célestin. Celui-ci tournicotait sans cesse autour de la maison, jurant, à qui voulait l'entendre, qu'il faudrait bien lui donner son amoureuse, que sinon il casserait tout et tuerait tout le monde ; menaces qui, évidemment, n'arrangeaient rien. Le curé jugea même nécessaire, sur la demande sans doute de quelques paroissiennes, de faire une démarche de conciliation. Avait-il choisi soigneusement son heure ? Toujours est-il que Philippe n'était pas encore rentré des champs quand il se présenta. Julie lui offrit à boire, écouta tranquillement son petit discours bien préparé et lui répondit prudemment :

— Vous bénirez sans doute ce mariage, mon père, comme vous avez béni celui de Cyril. Vous le ferez certainement aussi pour Séraphine. J'espère bien que Dieu accordera à mes enfants à la fois le bonheur d'aimer et de nous donner des petits. Mais en attendant, dans cette maison, le seul père, le seul maître, c'est mon mari. Alors, bien que je vous remercie de votre visite, ne vous mêlez plus de cette affaire, s'il vous plaît ! Déjà que vos relations avec Philippe ne sont pas au beau fixe, vous iriez à l'encontre d'un objectif que je partage pourtant avec vous. (Après un petit silence, elle compléta :) sachez que si mon mari n'aime pas qu'on essaye de lui dicter ce qu'il doit faire, il fait toujours ce qu'il a à faire. (Le temps que l'abbé Albert écarte les mains dans un signe d'acquiescement, Julie reprit encore :) pendant que vous êtes là, mon père, il faut que je vous dise qu'il est très en colère après vous.

— Il l'est depuis mon arrivée ici... sans que je sache pourquoi. C'est qu'il est susceptible, notre maire!

— Susceptible? Non. Fier et volontaire, répondit Julie qui défendait toujours son époux.

— Disons comme ça, approuva l'abbé avec un sourire indulgent. Et qu'ai-je fait cette fois qui lui déplaît?

— Suite à votre plainte, il a reçu une lettre désagréable de la préfecture. Il ne pouvait pas être content! insista-t-elle.

L'abbé mit un certain temps à deviner de quoi il s'agissait :

— Je n'ai jamais écrit à la préfecture, seulement à l'évêché, à ma hiérarchie, s'exclama-t-il, il y a de cela si longtemps que je l'avais même oublié!... D'ailleurs, je n'ai jamais reçu de réponse.

— C'est la mairie qui a reçu la réponse que vous attendiez! Une grosse surprise, vous devez bien l'imaginer.

— Alors, vrai : j'ai fait une bêtise. Il faudra que je m'en explique. D'un autre côté, je ne pouvais pas laisser la maison de Dieu dans cet état! Il faut semer pour récolter.

— Mon père, vos différends ne me regardent pas. Heureusement, j'ai pu calmer mon mari et obtenir que cette histoire de lettre ne soit pas ébruitée. On a assez de soucis sans en rajouter, ne pensez-vous pas?

— Vous avez raison. Je n'avais pas imaginé que ma démarche pouvait avoir de telles répercussions. Je m'en excuserai auprès de votre époux... je veux dire monsieur le maire.

— Ainsi, finalement, vous aurez appris quelque chose et ne vous serez pas dérangé pour rien, mon père !

L'abbé Albert n'insista pas. Il repartit, en croisant Philippe dans la cour. Il le salua courtoisement, mais n'évoqua pas la raison de sa visite, ni ce qu'il avait appris. Il eut tort car il aurait ainsi évité que, plus tard, l'explication ait lieu dans de plus mauvaises conditions.

Pour le mariage d'Agnès, ce fut du bout des lèvres que Philippe donna finalement son accord. Précisément dans le foin de la grange, quelques jours plus tard. Il bricolait quelque outil quand Julie s'était approchée, lui caressant le cou et l'embrassant longuement. Elle s'était alors campée face à lui, avec dans le regard un air de défi amusé, avait délacé tranquillement son corselet, déboutonné sa chemise et, ainsi offerte, l'avait laissé finir de la déshabiller. Un peu plus tard, de ses mains tenant les hanches de Philippe, elle l'avait retenu à plusieurs reprises pour mieux retarder son orgasme. Quand elle avait accéléré, il avait joui avec un grognement de plaisir, tandis qu'elle le maintenait encore un peu en elle, dans un prolongement de tendresse commune. En se rhabillant, elle lui demanda :

— Tu crois qu'Agnès saura donner du plaisir comme cela à son époux ?

— Il faut tout ton savoir-faire, plaisanta-t-il en réponse.

— Elle l'aime très fort son Célestin. Dans ces cas-là, les femmes ont un instinct qui remplace l'expérience.

Il ne répondit pas aussitôt. Le message était passé. Il avait l'impression de se faire avoir, certes agréablement, mais de se faire avoir quand même. Ce n'était que lorsqu'ils furent revenus dans la maison qu'il lui avait déclaré, avec un soupir de résignation :

— Bon, d'accord, Agnès aura son Célestin. (Ajoutant en plissant le front :) je suis sûr que père n'aurait pas voulu ce mariage !

Julie se garda de répondre sur ce détail, préférant plaisanter :

— Je suis persuadé que Célestin saura aussi bien satisfaire ta fille que nous nous accordons, *cher mari*, insistant sur le *cher mari*.

Philippe fit la moue :

— Disons que c'est un brave gars, et n'en parlons plus !

Un pesant silence s'installa jusqu'à ce que Julie reprenne :

— Je sais que tu ne veux que le bonheur de tes enfants. Mais parfois, tu le veux trop à leur place.

— Sans doute, mais le destin ne se construit que par la voille[1].

Julie mit fin à cette conversation par un baiser. Mieux valait ne pas trop parler. Des fois que…

Ce fut au petit déjeuner du lendemain que Philippe annonça avec beaucoup de solennité :

— J'ai décidé d'accepter qu'Agnès épouse son Célestin… si elle le veut toujours !

Totalement surprise, celle-ci regarda son père quelques longues secondes, se leva et, timidement, vint l'embrasser sur la joue, avant de sauter au cou de sa mère, devinant bien ce qu'elle lui devait dans cette annonce.

— Mais attention, se dépêcha de préciser Philippe, pas de gaudriole avant les épousailles ! Vous allez patienter. Pas question que le nom Marelier soit la risée de

---

1. Voille : volonté.

Chaudun. D'ailleurs, Célestin ne te fera la cour que dans notre ferme. Entends-moi bien, ma fille. (Et puis se tournant vers Séraphine :) à toi aussi je voudrais bien trouver un gentil mari. Il serait temps de sortir de tes rêves. Tu es jolie et intelligente et tu feras une bonne épouse.

Comme toujours, elle haussa les épaules sans répondre. Oui il voudrait bien la marier, celle-là, mais elle ne voulait pas ; c'était comme ça. Justement, il n'aimait pas que ce soit comme ça !

Ce fut encore Julie qui se chargea d'apprendre la bonne nouvelle au futur fiancé. Fou de joie, il ne trouva pas mieux, le soir même, que de s'enivrer et de hurler dans les rues, si bien que tout le monde fut au courant avant que l'annonce fût officielle ! Philippe piqua une colère que Julie sut adoucir, jusqu'à ce qu'ils finissent par en rire tous les deux.

Avec ce sanguin de Célestin, il était préférable de ne pas faire traîner les fiançailles et de les marier rapidement. L'été, époque de la fenaison et de la moisson, laissant peu de temps pour des réjouissances, on décida de procéder dans les deux semaines qui suivirent. En accord avec les parents de Célestin, cafetiers au village de Saint-Julien, Jacques Barin, le maire-adjoint, fut choisi comme tsamaraude. Les Marelier donnèrent quinze hectares de terre cultivable, celles qui étaient en amont du torrent des Brauas. Pas très bien exposées, elles avaient pour avantage d'éviter à Philippe de morceler ses principaux labours. Julie, trouvant que c'était un peu insuffisant, suggéra de leur acheter le terrain de Jean Bonnaril, si son fils voulait bien s'en séparer. Son mari lui promit de lui en parler. Dans l'immédiat, on en resta là. Une grave erreur !

Émile venait maintenant régulièrement, passant soit par le col de Gleize soit par Rabou. On en profita pour envoyer les invitations hors de la commune. Outre quelques circulaires administratives, il avait remis à Philippe une lettre d'Angeline Prévot qui donnait de ses nouvelles, pas très bonnes, semblait-il. Comme d'habitude, il avait aussi apporté les journaux. Philippe, un peu débordé, n'avait pas encore trouvé le temps de lire les précédents. S'il y avait eu un article important, Pierre Truchet lui aurait signalé !

Tout se passa joyeusement, malgré l'humeur un peu taciturne de Philippe, quoique plus modestement que pour Cyril. Les Marelier venaient de dépenser beaucoup pour leur fils et les moyens financiers de la famille de Célestin étaient modestes. Pour les fiançailles, Agnès reçut en cadeau de son promis une croix en argent venant de sa grand-mère. Pour les noces, et contrairement à la tradition, Julie tint à se charger elle-même de la robe de la mariée, sans discussion possible. Elle tut le fait qu'elle voulait ainsi être certaine que sa fille ne serait pas défavorisée par rapport à son frère. Les parents du garçon apportèrent les vins et Julie s'occupa du reste, rodée qu'elle était par le mariage précédent. On parla de l'avenir des tourtereaux sans rien conclure et Agnès montra, en rougissant, le trousseau, essentiellement de linge, qui avait été confectionné au fil du temps et qui portait les initiales AM joliment brodées.

Les parents de Célestin avaient choisi pour témoin du marié un oncle grainetier à Grenoble dont la boutique marchait si bien qu'il envisageait même d'embaucher un « chef de rayon ». Célestin affirma que : *dans la famille on est tous des commerçants à la naissance, un point c'est tout*. À la mairie et sur suggestion de Julie, Philippe maria lui-même sa fille, Pierre Truchet se gardant de réitérer ses réserves. Au banquet, le nombre d'invités fut plus restreint que pour Cyril. Heureusement d'ailleurs, car, au moment des fromages, un violent orage contraignit tout le monde à se replier dans la grange, qui ne pouvait en contenir davantage. Tout au long de la journée, le fils Parini eut l'occasion de montrer avec fierté ses talents de garçon de café acquis pendant l'hiver.

Quelques minutes avant l'incident climatique, faisant un tour des tables pour vérifier que tout se passait bien, Philippe surprit une conversation très animée entre Denis Bonnaril, Alphonse Barin et Joseph Bouchan. Celui-ci ne cessait de répéter : *non, je ne peux pas faire ça*. Alphonse insistait : *il faut qu'on soit tous solidaires dans cette affaire* et Denis d'ajouter : *moi je le ferai pour mes enfants. C'est à eux qu'il faut penser.* Joseph résistait : *non et non, ne me demandez pas ça. Je ne peux pas faire ça.*

— Qu'est-ce que tu ne peux pas faire ? s'enquit Philippe en arrivant dans son dos.

Joseph sursauta et resta coi. Alphonse sauva la situation en répondant dans un éclat de rire :

— Oh, rien, trois fois rien, Philippe. On envisageait de voter au prochain conseil une motion de censure contre toi.

— Sur quel sujet ? demanda Philippe dans un sourire un peu forcé.

— Justement, c'est le problème, reprit Denis.

Joseph se dépêcha d'enchaîner :

— Alors, quand marieras-tu Séraphine, qu'on fasse encore la fête ?

— Je voudrais bien ! soupira Philippe. D'ailleurs, où est-elle ? (Puis en riant :) le garçon qui espérera l'avoir, faudra d'abord qu'il réussisse à l'aganter[1] !

— Je peux bien te la prendre pour t'en débarrasser, rigola Alphonse.

1. Aganter : attraper.

— Un vieux barulo[1] comme toi qu'elle n'en voudrait pas dans son étable ! répondit Philippe, s'éloignant pour servir à boire à un invité de la famille de Célestin, et n'attachant aucune importance aux plaisanteries de ses amis.

Pour l'instant, c'était la fête.

Décidément, ces derniers temps, Chaudun était beaucoup en réjouissances, ce qui était bon signe. Le 31 mai, il y aurait la commémoration de la visitation de la Vierge Marie et ensuite la Saint-Jean, la fête des bergers. Pour la fête patronale, Philippe pensait déjà inviter les villages voisins, lancer des compétitions de boules, monter un beau mât de cocagne et plein d'autres attractions. Oui, dans sa tête, il avait déjà tout prévu ! Ce serait une fête religieuse, certes, mais pas seulement. La vie était austère ici. Il fallait savoir délaisser un peu les champs pour se détendre quand on en avait l'occasion.

Ce qu'il faut encore savoir

L'énergie du maire va-t-elle suffire à relancer Chaudun ? Après tout, la situation géographique et le climat sont des conditions constantes, subies déjà par les générations précédentes. En outre, le XIXe siècle est marqué par une forte croissance mondiale, trouvant son origine dans le progrès technique et l'industrialisation : machine à vapeur, moteur à explosion, ampoule électrique ou encore télégraphe sont autant d'inventions révolutionnaires. Elles vont cependant mettre du temps, comme d'autres à notre époque telle que la télévision ou Internet, à gagner ces lieux de

1. Barulo : lourdaud.

haute montagne. La mécanisation de l'agriculture, avec l'apparition des moissonneuses-lieuses ou des batteuses à vapeur, ne parviendra également que plus tard dans la région. Quand bien même ses habitants connaîtraient-ils ces nouvelles machines, leur pauvreté les empêcherait-elle de toute façon de les acquérir. D'autant qu'elles seraient peu adaptées à la petite taille de leurs champs (que Philippe veut fort justement essayer de fusionner). Un jour peut-être, un peu plus tard que les autres ?

Par ailleurs, l'État centralisateur, qu'il soit royaliste napoléonien ou républicain, prendra toujours des décisions aux conséquences mal évaluées, perturbant les équilibres naturels, écrasant sur son passage les plus faibles et produisant en fin de compte l'effet inverse de celui recherché. Rien de nouveau sous le soleil. Si l'enfant ne se construit que sur sa propre expérience, on peut se demander pourquoi il en est de même des États dont les responsables s'empressent de répéter les erreurs de leurs prédécesseurs. L'homme politique n'apprend décidément rien du passé ; il n'y a pas de pédagogie de l'Histoire. Ainsi, à cette époque où les petits villages ruraux sont écrasés sous le poids d'un impôt agraire injuste et sans cesse alourdi, et où ils sont également de plus en plus concurrencés sur les marchés régionaux par des bêtes « exotiques », sans doute d'Italie, Paris décidera d'une politique de reboisement, par une loi du 4 avril 1882, qui aura, à la loupe du cas par cas, des effets inattendus et désastreux.

Quand Émile le facteur monta à Chaudun avec le Courrier des Alpes *dans sa sacoche un certain jour du printemps 1888, le sort de la commune était-il encore dans les mains des Chauduniers et de leur maire ?*

Utopie et réalité ne sont qu'affaire de temps, la première rattrapant toujours la seconde, faute de quoi elle ne serait qu'une chimère. Mais, à ce moment, qui est l'une et qui est l'autre ?

Chef de rayon

Une bonne semaine après son mariage, Célestin reçut une lettre de ses parents. L'apprenant par Émile, Philippe voulut prendre des nouvelles mais le gendre semblait embarrassé, dansant d'un pied sur l'autre.
— Tu n'es pas bavard aujourd'hui, Célestin.
— Je n'ai rien à dire, un point c'est tout !
Jugeant inutile d'insister, Philippe change de sujet :
— Tu sais, Célestin, j'ai réfléchi. Je vais essayer de te trouver un terrain à cultiver à ton compte, en plus de celui donné avec la dot. Comme ça, vous vous en sortirez mieux tous les deux.
Au lieu d'un remerciement, son gendre lui répond en regardant ses souliers :
— Ben, c'est-à-dire, monsieur Marelier, c'est gentil à vous… mais, voyez-vous, j'ai un autre projet. (Il baragouine encore :) on en reparle un peu plus tard, s'il vous plaît. J'ai du boulot. Alors faut pas que je traîne.
Et il se sauve, les mains dans les poches, les épaules remontées. Quand Philippe raconte cette petite discussion à Julie, elle est aussi étonnée que lui et se propose d'en bavarder avec Agnès. Histoire que ce projet ne soit pas une bêtise. C'est là que Séraphine juge nécessaire de s'en mêler et d'expliquer de quoi il s'agit. (Elle avait promis à sa sœur de garder le secret, mais pense bien faire : Agnès lui en a parlé, mais ne sait pas trop comment annoncer la nouvelle à ses parents sans leur faire de la peine.)

— C'est à la fois une bonne et mauvaise nouvelle. À mon avis, surtout une bonne, commença-t-elle.

— Allez, vas-y! l'interrompt son père, tout de suite impatient et inquiet.

— Célestin a trouvé un travail, bien payé, sûr, et pour toute l'année.

— Où ça? demande aussitôt Julie qui voit venir la mauvaise nouvelle.

La perspicacité maternelle!

— Mais il a été convenu qu'ils ne partiraient qu'au début de l'hiver, quand on n'aura plus besoin de lui, ici.

— Où ça? redemande Julie avec impatience.

Séraphine hésite un peu, tergiverse encore :

— C'est là que ça ne va pas vous plaire, parce que c'est un peu loin.

— Où ça? crie presque Julie, maintenant irritée en plus d'être inquiète.

— À Grenoble, lâche enfin Séraphine.

— J'ai compris! s'exclame Philippe. Chez son oncle, n'est-ce pas?

— Alors, vous le saviez, père? s'étonne Séraphine.

— Non, pas vraiment! Seulement, je viens de faire le rapprochement. On a parlé de cet emploi, lors de son mariage, sans dire que c'était pour lui. Sa famille préparait le terrain, bande de faux-culs! Chef de rayon, lui? Tu le vois *chef*, Julie? essaye-t-il de plaisanter.

Elle ne répond pas. Sa fille, éloignée l'hiver précédent par le père et qu'elle vient seulement de retrouver, partira à cent lieues, et cette fois définitivement. Elle perdrait son Agnès, sa petite Agnès.

Voyant sa mère effondrée et au bord des larmes, Séraphine l'enlace tendrement par le cou :

— Mère, c'est une grande chance pour eux. C'est même un miracle, cet oncle. Ils vont pouvoir avoir leur logement, un bon salaire, des enfants et bien les élever. Leur bonheur, c'est ce que vous voulez pour eux, non ?

Elle a raison, bien sûr. N'empêche ! Célestin lui enlevait sa fille et comme il aurait dit : *un point c'est tout*. Elle ne peut que murmurer : *je vous aime, mes enfants*. Elle se lève pour débarrasser la table, essayant ainsi de dissimuler son désarroi et son chagrin. Un peu plus tard, dans le lit, rendue injuste par son chagrin, elle reproche amèrement à son mari de ne pas avoir su faire le nécessaire pour les garder :

— Tu ne trouves même pas de quoi faire vivre décemment tes propres enfants à Chaudun et résultat, ils s'en vont... eux aussi.

Philippe se tait et quand il essaye de prendre sa femme dans ses bras, elle le repousse sèchement, ajoutant, comme une concession :

— Peut-être que si tu avais pu leur acheter le terrain du père Bonnaril, ils n'auraient pas eu besoin de partir. Je me demande bien pourquoi Denis n'a pas voulu le vendre !

— Ce n'est pas quelques hectares de blé qui auraient changé quelque chose par rapport à l'offre de l'oncle de Célestin.

— Peut-être pas, mais peut-être que si. (Puis, après un temps de réflexion :) qu'est-ce qu'il t'avait dit, Denis ?

Philippe ne répond pas. Son visage est grave et fermé. Julie se redresse et, cherchant son regard, insiste :

— Tu lui as bien fait une offre, n'est-ce pas ?

— Écoute, Julie, il faut que je te dise...

Julie, maintenant debout à côté du lit, le regarde interloquée.

— Tu n'es pas allé le voir ? (Un silence, puis :) tu m'as menti ?

Philippe partage évidemment le chagrin de sa femme. Il lui parle doucement, les yeux dans les yeux :

— Écoute, Julie, nous avons la même peine ; ne nous disputons pas.

— Réponds-moi, c'est tout ce que je te demande, réagit-elle froidement.

— D'abord, je ne t'ai jamais dit avoir proposé à Denis de lui acheter ce lopin de terre qui lui vient de son père. Toutefois, mon intention était de le faire... un peu plus tard.

— Pourquoi plus tard ? insiste-t-elle, toujours agressivement.

— Parce que j'ai fait des calculs et que pour l'instant il n'y a pas trop de réserve. J'estimais donc préférable d'attendre la prochaine récolte.

Un lourd silence, comme celui qui prend place entre le tonnerre et l'éclair. Cette fois, Julie s'emporte.

— Ça devait arriver ! À force de prêter aux autres de façon inconsidérée, tu n'as plus de sous pour tes propres enfants ! Je t'avais pourtant mis en garde. Penses-tu que ton père aurait fait pareille bêtise ? Tu t'es aveuglé avec ta soi-disant mission. À cause de toi, je perds ma fille chérie. Crois-moi, ils vont drôlement rigoler au village : tu leur donnes un sacré bon exemple à tes administrés ! Mon mari est un fieffé zinzin[1] qui fait le jaou. Quelle poutrasse[2] !

Jamais Philippe n'a vu sa femme dans une telle colère. Il se défend :

— Encore une fois, Julie, ce n'est pas les sept hectares des Bonnaril qui auraient changé quelque chose à leur décision. Et puis, que veux-tu, avec les deux

1. Zinzin : imbécile.
2. Poutrasse : gâchis.

mariages rapprochés – et ça, ce n'était pas prévu – nous avons trop généreusement dépensé.

L'éclat de rire de Julie est un éclat coupant à glacer le cœur de Philippe. Il murmure, atterré :

— Je ne voulais pas de ce mariage pour Agnès. J'avais dit que c'était une erreur. Ce Célestin…

D'une voix serrée, si basse que Philippe ne l'entend qu'à peine, pourtant si sèche et impérieuse qu'il en ressent toute l'émotion, elle l'interrompt :

— Tais-toi, Philippe Marelier. Surtout, tais-toi !

Elle s'habille, quitte la pièce sans dire un mot de plus et part s'installer, à son tour, dans la grange. La nuit de Philippe sera très agitée. Le chagrin de sa femme se transformait, injustement, en ressentiment à son égard et un fil se cassait entre eux. Chaque fois qu'il parviendra à s'assoupir, le même cauchemar le tourmentera : il monte au pic de Gleize avec son père. Quand ils y arrivent, il fait nuit noire, pas une étoile ne brille. Le vent se lève et souffle de plus en plus fort dans les arbres, dont les branches s'agitent dans un concert de bruissements et de craquements sinistres. Lorsqu'il décide qu'il faut redescendre, son père a disparu. Il est seul, seul, sans y voir à deux pas, piégé là-haut. Aucune aide envisageable, à la merci du ciel. L'angoisse le réveille. Quand revient enfin un semblant de sommeil, c'est pour retrouver son père, le pic de Gleize, la nuit, le vent, la solitude.

Au bout de deux jours, le secret n'en fut plus un pour les Chauduniers. À la fin des travaux d'automne, Agnès et Célestin partiraient. Deux jeunes en moins à Chaudun, des bras en moins, des naissances futures en moins, un espoir en moins. La propre fille du maire. Pour beaucoup, tout un symbole et, pour quelques-uns, une désertion. On apprit plus tard que c'était lors du mariage que l'oncle avait envisagé d'embaucher Célestin.

« Chef de rayon » Célestin ! Inimaginable, même pour Agnès ! Aussi avait-elle préféré ne pas en parler tant que ce n'était qu'une simple hypothèse. Inutile de chagriner et d'alarmer ses parents pour rien. D'autant que, même si elle ne l'avoua jamais, elle craignait que son père ne leur mette des bâtons dans les roues. Elle avait donc choisi d'attendre cette lettre de confirmation.

Les jours suivants, Philippe fut aux champs du matin au soir et Julie à son potager. En ce début mai, il n'y avait plus de trace de neige et il fallait se mettre aux tramesailles[1]. On le vit d'abord en bordure du chemin de Poureau avec sa taillole[2] de laine rouge qui lui serrait les reins et accessoirement lui maintenait le pantalon. Le premier jour, après avoir creusé avec l'araire de larges sillons, pas trop profonds, il avait égaillé du fumier dans les raises[3], les enfouissant ensuite avec la herse. Le lendemain, armé d'un grand seau en métal blanc, il commença à semer, d'un geste ample et précautionneux pour que la pluie de graines soit régulière et pas trop dense. *Qui sème clair, économise les liens, qui sème épais, vide son grenier deux fois.* De temps en temps, il se baissait pour éliminer une limace ou un caillou. Une fois ce travail fini, il passa un autre tour de charrue pour curer[4] les semences. Il enchaîna par l'avoine, à mi-hauteur des Aillants, enfin par les plants de pommes de terre en haut de Chanebière, la terre étant désormais assez chaude. Cette dépense d'énergie le soulageait un peu de ce poids qui lui comprimait la

1. Tramesailles : semis de blés.
2. Taillole : ceinture de laine pour se serrer les reins.
3. Raises : creux.
4. Curer : recouvrir.

poitrine du matin au soir, et l'aidait à trouver le soir des bribes de sommeil.

Il n'arrivait pas à accepter ce départ annoncé d'Agnès, tant par affection pour sa fille, qu'il aurait voulu garder près de lui, que par fierté contrariée de maire. En outre, il se sentait injustement rejeté par son épouse, qui continuait à préférer la paille et le mulet au lit conjugal, isolé de ses enfants, à qui il avait pourtant beaucoup donné de lui-même, et enfin, plus largement et inexplicablement, inutile aux autres. Tout lui échappait, on l'évitait, on chuchotait sur son passage, il était transparent. Lui, d'habitude si convivial, était habillé de solitude.

Alphonsine parfois, Séraphine le plus souvent, lui apportaient au champ son panier de déjeuner et restaient à bavarder un moment, lui donnant des nouvelles de la maison. Sa fille était malheureuse de leur brouille. Que les choses changent à Chaudun, oui, mais pas au sein de sa famille ! Alors elle allait de l'un à l'autre, essayant, à sa manière, de recoller les morceaux. Philippe appréciait ses efforts et lui était reconnaissant de cette affection dont il avait tant besoin.

— Il va être vraiment temps que je te trouve un tendre mari, ma fille. Il aura beaucoup de chance !

— Père, c'est gentil à vous, mais vous savez bien que je suis peut-être appelée par Dieu !

Voilà que cette idée lui revenait ! Était-ce bien le moment d'en parler à son père et de le soucier encore un peu plus ? Mais les adolescents restent des adolescents, quelles que soient leur bonne volonté et leurs bonnes intentions. C'est comme ça et tant pis pour les parents. Philippe soupira :

— Allons, Séraphine, tu ne peux pas choisir de vivre dans un couvent faute de savoir ce que tu veux ! Et puis je ne te vois pas entre quatre murs, toi qui rêves justement de grands horizons.

— À propos d'horizon, j'aimerais bien accompagner une fois un berger à l'alpage.

— Pourquoi pas ? s'empressa d'approuver Philippe, si ta mère n'a pas besoin de toi. Et faut voir avec qui.

— Je pensais à Louis.

— Louis Barin ?

— Oui, il est gentil.

— Il ne va pas beaucoup te faire la conversation !

— Justement ! Comme il est muet, il ne m'embête pas à me débiter tout le temps les sempiternelles sottises des garçons.

— Ça, c'est sûr ! Bon, écoute, si ta mère est d'accord, pourquoi pas ?

Quand Philippe rentrait le soir, Julie ne lui adressait la parole que pour l'essentiel. Chez elle, la fâcherie était tenace. Agnès était venue confirmer que l'offre du champ Bonnaril n'aurait pas changé leur décision, que père n'y était donc pour rien, que Grenoble était pour eux une chance exceptionnelle... rien n'y faisait et le chagrin de Julie continuait de se retourner contre son mari, focalisé sur cette démarche auprès des Bonnaril qu'il n'avait pas faite. Pendant cette période, elle ne trouva de réconfort que dans la compagnie de Pierre Truchet. Il lui fit remarquer que les enfants ne devenaient adultes qu'en prenant leur indépendance par rapport à leurs parents et que, lui-même, n'avait pas repris l'affaire de son père, pourtant plus lucrative. Il cita également l'exemple des Patorel, aujourd'hui satisfaits de savoir leur Jeannot heureux à l'autre bout du monde. Il ne manqua pas non plus, à chaque discussion, de souligner que ce départ annoncé était autant douloureux pour le père que pour la mère, même s'il ne l'exprimait pas, que sa fierté de maire était aussi blessée et qu'il ne fallait donc pas l'accabler. *Vous auriez été un bon tsamaraude pour mon ménage !* plaisantait alors Julie avec un triste sourire. Elle finit par revenir dormir dans le lit conjugal, d'abord en tournant le dos à son homme.

Pendant ce temps, les relations entre Philippe et Célestin étaient devenues si exécrables qu'il valait mieux qu'ils s'évitent. Du coup, Agnès, devant venir seule, ne rendait visite que trop rarement à ses parents, ce qui était dommageable pour tout le monde. Le temps filait vite, et quand le couple serait parti, viendrait celui des regrets. En bon fils aîné, Cyril essaya de s'en mêler :

— Père, puisque vous voulez le bonheur des autres, vous voulez évidemment celui d'Agnès. Alors, laissez-la partir tranquillement. Vous savez qu'elle sera plus heureuse à Grenoble et, pendant qu'elle est encore à Chaudun, soyons davantage ensemble.

Philippe de s'obstiner, plus têtu que son mulet :

— Ce départ, c'est une lâcheté. Comment peuvent-ils envisager de construire une vie là-dessus ? Tes grands-parents sont enterrés ici, ta mère et moi le serons aussi. Alors ta sœur, enlevée par ce couillon de *chef de rayon*, elle fera comment pour élever ses enfants comme des Marelier ?

— On peut être Marelier, comme vous dites, sans vivre à Chaudun ! Si je peux me permettre, père, il me semble que vous pensez trop à l'avenir du village et pas assez au bien-être de chacun !

— C'est la même chose, Cyril ! C'est exactement ce que j'ai fait pour toi. Au fait, où en es-tu avec le projet de construction de ton toit ?

— Je crois que je vais prendre tout simplement le logement de Célestin quand il partira, quitte à l'améliorer un peu. (Revenant à la charge :) père, s'il vous plaît, faites la paix avec mère et profitez de la présence d'Agnès au lieu de vous chamailler.

— Oh! Cyril, je voudrais que tout s'arrange! Ne t'agoure[1] pas. C'est elle qui me fait la tête et ne me parle plus. D'ailleurs, qui ne me fait pas la tête au village? Je crois que je ne vais pas en rester encore longtemps le maire!

Cyril, pour ne pas rentrer dans le pathos dépressif de son père, fit semblant de ne pas entendre cette idée de démission. Ça lui passera quand il ira mieux!

— Vous vous rabibocheriez peut-être plus facilement si mère pouvait voir Agnès davantage.

— Qu'est-ce qui l'empêche de venir?

— Vous le savez bien!

— Que je sois fâché avec cette andouille de Célestin, ce chef de rayon? s'exclama Philippe, avec une parfaite mauvaise foi.

— Son mari, père, corrigea Cyril. Ils sont solidaires comme mère et vous... enfin comme vous l'étiez! Si vous vous accommodiez un peu de Célestin, elle vous en serait sûrement reconnaissante et cette bonne volonté aiderait à recoller les morceaux entre vous. Vous avez besoin l'un de l'autre... vous qui étiez des modèles pour nous.

Philippe réfléchit un instant. Les propos de son fils étaient sensés. Il avait bien mûri, son garçon! Le mariage sans doute.

— Je vais y penser, mais, vois-tu, je ne sais pas aujourd'hui si quelqu'un a encore besoin de moi.

Cyril le regarda bien droit dans les yeux et lui dit très gentiment :

— Allons, père, ce n'est pas parce que vos enfants ne suivent pas la voie que vous auriez voulue qu'il faut vous décourager.

1. S'agourer : se tromper.

— Je ne me décourage pas, Cyril, j'estrancine[1]. J'estrancine pour eux, c'est tout.

Le conseil municipal et la pétition

Environ deux semaines après la nouvelle du départ prochain de Célestin et d'Agnès, l'instituteur vint voir Philippe pour l'informer qu'un certain nombre de conseillers municipaux voulaient une réunion pour discuter de la pétition. Philippe sursauta.

— Je croyais cette histoire enterrée !

— C'est que l'émigration de Célestin et de votre fille… la propre fille du maire qui s'en va, ça fait parler, même en pleine époque de semailles !

— *Émigration*, c'est un peu exagéré, non ? Que vient faire le conseil dans cette agitation ?

— Certains voudraient qu'une délibération officielle soutienne cette requête pour lui donner plus de chances d'aboutir. À mon avis, si la majorité du conseil la souhaite, vous ne pourrez pas éviter d'aborder le sujet et discuter n'est pas voter. Laisser les avis s'exprimer pourrait au contraire vider l'abcès.

— Les partisans sont-ils majoritaires ? demanda encore Philippe après réflexion.

Pierre Truchet prit le temps de compter dans sa tête :

— Peut-être bien… Toutefois, je maintiens que vous pourrez toujours refuser que l'on vote. L'affaire n'est pas municipale puisqu'elle concerne une démarche privée, qui ne regarde que les pétitionnaires.

— Je voudrais tout de même savoir qui est le meneur. Je ne crois pas à un mouvement spontané. Vous avez sûrement une idée.

---

1. Estranciner : angoisser.

— Laissez tomber. Il n'est pas du conseil et puisque c'est une entreprise privée, laissez-la rester privée. Croyez-moi, c'est mieux pour tout le monde.

Ils en restèrent là, après avoir convenu d'une convocation du conseil pour le 14 mai. On traiterait d'abord des problèmes courants, pour ne pas donner l'impression de céder à une quelconque pression, puis on ferait, en fin de séance, un « tour de table » sur cette pétition. Seulement un « tour de table ».

Il y a des matins où on se lève le moral dans les chaussettes et d'autres au firmament. Ce jour-là, Philippe arrive au conseil remonté comme une pendule. Chacun se salue et s'assoit rapidement autour de la table en scrutant, l'air de rien, la contenance de monsieur le maire.

Il faut d'abord établir le prix des bois communaux et le rôle d'affouage. Jacques Barin rappelle, en tant que maire-adjoint, que celui-ci ne peut être établi que pour faire face aux dépenses du service forestier et que chaque habitant ayant feu séparé a un droit égal à la coupe affouagère. Sur la base du rapport fait quelques jours auparavant par le garde champêtre, cette coupe sera fixée, après un court débat, à 115 francs, comme l'année précédente. Justement à propos de l'inspection de Julien Blaix, Jacques raconte une courte anecdote. En début d'après-midi, pendant son repérage d'arbres du côté de Brauas, il avait entendu un bref éclat de rire derrière un bosquet du petit bois. Il s'était avancé discrètement et avait découvert Antoine, un fils Villard, neuf ans, et Émilie, une fille Mouchet, huit ans, occupés à capturer des grenouilles dans la mare. Un morceau de laine rouge au bout d'une branche d'arbre servait d'appât. Quand le batracien mordait, Antoine tirait lentement pour qu'il ne lâche pas prise et le déposait dans le sac. Après quelques minutes à les regarder faire, bien amusé, il avait pris sa plus grosse voix pour les gronder en les agantant par le paletot :

— Que faites-vous ici, chenapans ? Vous devriez être à l'école !

Antoine avait bégayé :

— Oh ! monsieur, on n'a pas fait attention à l'heure !

Julien n'avait pas, lui, bénéficié de l'école obligatoire et le regrettait. Alors, bien qu'intérieurement plein de tendresse pour ces gamins, il les avait chapitrés :

— Vous avez pourtant beaucoup de chance d'avoir une école. Et en plus, il est gentil votre instituteur, non ? (Il avait enchaîné :) allez, on y va. Il n'est pas trop tard.

Le petit Antoine, qui n'avait pas vraiment peur de Julien, demanda :

— M'sieur, dites. J'peux garder mon pot avec les grenouilles ? C'est bon, les grenouilles !

— D'accord, avait répondu Julien, mais tu ne fais pas le mariolle avec. Allez, aboulez[1].

Pierre Truchet précise qu'ils avaient occasionné un vrai chahut à leur arrivée, chacun des enfants voulant évidemment voir les grenouilles. Ils avaient été les héros de l'après-midi et il n'avait pas jugé bon de les punir.

Cette petite histoire a le mérite de détendre l'atmosphère. Il faut maintenant se soucier de la fête patronale du 31 mai et se répartir le travail. Pour ce qui est du ménétrier, Victor Blaix s'en charge. Il en connaît un qu'il contactera à la foire de Saint-Bonnet. Alphonse Barin, quant à lui, et comme l'année précédente, s'occupera de l'organisation du bal. Sur encouragements de Philippe, plusieurs idées nouvelles de festivités, pas toutes réalisables, sont ensuite proposées. On passe à la Saint-Jean qui suivra rapidement, le 24 juin.

1. Abouler : venir.

Philippe indique que Jean-Pierre, non invité à ce conseil, lui a déjà fait savoir qu'il prendrait la responsabilité de son organisation en tant que principal éleveur. Et puis on désigne les bayles[1] pour le départ qui aura lieu, comme le veut l'usage, le lendemain.

Ces sujets épuisés, on se félicite d'avoir obtenu gain de cause pour Eugène Marcelin, dispensé de service militaire en raison de son état de soutien de famille.

— Pour une fois qu'un ministère nous répond, souligne Jacques Barin.

— Oui, même qu'on aimerait bien que celui des Finances en fasse autant pour les demandes de report d'impôts, mais là ça ne risque pas ! ajoute Alphonse, son fils.

— Qu'ils soient d'accord ou pas, on ne peut plus payer, ricane Élie Pauras.

— Il n'y a pas que la commune qui ne peut plus payer ses dettes, c'est tout le monde, constate Victor Blaix, s'engageant dans la brèche ainsi ouverte, pour aborder la question épineuse de la pétition.

Philippe l'interrompt brutalement :

— Ce sujet est normalement prévu en dernier point de l'ordre du jour, mais puisque vous voulez en parler maintenant, allons-y, parlons-en. Comme ça, on pourra peut-être reprendre ensuite les choses sérieuses ! Tout le monde se tait. (Philippe parcourt l'assemblée du regard et reprend :) Écoutez-moi bien ! Nous ne sommes pas réunis pour parler de chimères. L'État a bien d'autres chats à fouetter que de s'occuper d'un village perché à la source du petit Buëch ; il n'y a qu'à voir déjà comment il répond à nos requêtes ! Ce n'est pas de lui qu'il faut attendre un secours, mais de nous-mêmes.

---

1. Bayles : bergers en chef.

(Il ajoute dans un rire un peu forcé :) pour une fois, l'abbé a raison : semons et nous moissonnerons.

Personne ne réagit. Un silence gêné s'établit, chacun fixant son bout de table dans une intense concentration. Victor se décide enfin à reprendre le flambeau :

— Pour l'instant, plus on sème plus on s'endette… y compris à votre égard, monsieur le maire. Ça ne peut pas continuer ainsi bien longtemps. Même vous, allez y perdre votre chemise.

— Moi, je crois qu'on peut s'en sortir autrement et en restant ici, défend Joseph Bouchan, déclenchant des bruits de chaises et des murmures désapprobateurs.

— Tu parles pour toi, mais on n'a pas tous ta chance ! s'exclame Victor avec un brin d'agressivité. Des Angeline, on n'en a qu'une !

Philippe ne veut pas voir cette discussion traîner en longueur. Plus elle durera, plus elle s'envenimera et plus elle prendra de l'importance. Elle doit rester anecdotique.

— Ce n'est pas une question de chance. C'est une question de volonté. La seule chance à espérer, c'est celle du Ciel. (Puis, plus solennel :) le soleil se lève derrière la montagne de Charance et disparaît derrière les crêtes de Porel. Voilà le domaine que Dieu nous a donné à labourer et à pâturer ! Le cirque de Chaudun pour les bêtes, la vallée pour la culture et le Buëch pour apporter la vie. Au reste, c'est ce que devrait vous expliquer monsieur le curé, au lieu de vous encourager vers une impasse ! Quand nos parents se sont cotisés, il y a vingt ans, pour reconstruire une église, ce n'était pas avec l'idée que leurs descendants s'en iraient et encore moins que le curé chercherait à mettre la clé sous la porte !

Philippe considère le sujet comme clos, mais Denis Bonnaril relance, avec son air buté :

— Je fais partie de ceux qui ont signé la pétition. Je veux donner à mes enfants une chance d'avoir une autre vie et si le soutien de la mairie peut nous aider à obtenir gain de cause, j'estime qu'elle devrait le faire. Voilà ce que je pense, moi.

Plusieurs têtes acquiescent et quelques murmures s'envolent tandis que tous les yeux se tournent vers Philippe, dans l'attente inquiète de sa réaction. Le silence s'éternise. Parce que l'instant est important? Parce que Philippe est persuadé d'avoir raison? Par simple tactique? Toujours est-il que lui, si anxieux et nerveux tout à l'heure, ressent un grand calme l'envahir. C'est donc doucement, lentement, en pesant ses mots et d'une voix maîtrisée qu'il répond :

— Denis, ton père, en t'entendant, doit se retourner dans sa tombe! Ainsi, tu veux l'abandonner ici. Peu à peu, la pierre sera recouverte de mauvaises herbes, le nom s'effacera, la terre des Bonnaril disparaîtra... en attendant que celle tout entière de Chaudun soit rayée de la carte de France. Plus tard, des gens mettront une pancarte, là où nous sommes à l'instant, pour que les curieux sachent qu'autrefois il y avait un village que ses habitants ont choisi de déserter. De nos maisons, il ne restera que quelques cailloux, pour mémoire. C'est ça que tu veux? Que vous voulez tous? Cette honte-là? Une blessure dont nos enfants, petits-enfants et arrière-petits-enfants ne guériront jamais. Moi, je vous dis qu'il y a un avenir ici, une terre à travailler. Ouvrez vos esprits au progrès, au lieu de barjaquer[1]. Tenez, par exemple, savez-vous qu'il existe maintenant des batteuses mécaniques? Nous pourrions en acheter une en commun, et avec elle gagner du temps que nous occuperions plus profitablement. Oui, nous sommes pauvres et notre vie est duraille, c'est vrai. Mais rien n'est immuable et notre sort est entre nos mains.

---

1. Barjaquer : parler pour ne rien dire.

Personne ne bouge ni n'ose manifester le désir de répondre. Philippe reprend son souffle et continue donc, avec conviction :

— Oui Victor, tu as raison, j'ai prêté pas mal de sous ! Je l'ai fait parce que j'y crois, parce que j'ai la volonté d'améliorer notre vie à tous et parce que c'est ma mission. (Après une visible hésitation, il ajouta, un ton plus bas :) et je suis encore disposé à le faire si nécessaire. (Puis, à nouveau plus assuré :) je prends des risques ? Oui, mais pour vous, vous tous, pour l'intérêt général, pour Chaudun. Ne cédez pas à des idées de plumitifs parisiens qui n'ont jamais tenu une bêche de leur vie et qu'on engraisse avec nos impôts ! Depuis le début de ce printemps, nous avons commencé à évoluer, laissez le temps nous dire si nous avons raison. (Après une grande respiration, il conclut pour détendre l'atmosphère :) à cause de vous, je n'ai jamais autant parlé d'un seul coup !

Personne ne se déride. On réfléchit, et on n'ose pas trop relancer. Joseph Bouchan s'y essaye, prudemment :

— Vous savez qu'on vous respecte tous, monsieur le maire, pour ce que vous faites pour notre village. Cependant, nous sommes en république, n'est-ce pas ? Alors nous ne pouvons pas interdire à ceux qui le veulent de partir... Et je ne vois pas pourquoi nous ne les y aiderions pas. Sans compter que, pour certains, les sous serviront à vous rembourser leurs dettes !

Philippe soupire ostensiblement.

— Tu as raison, on ne peut pas les empêcher, pas plus que les enfants, de faire des bêtises, mais ce n'est pas pour autant qu'il faut les y aider ! Je vous le répète, cette pétition est une ânerie. Une ânerie parce qu'elle entretient une illusion, celle de croire que l'État nous achètera des terres qui semblent ne rien valoir, sauf des impôts dont ils n'ont pas envie de se priver. Une ânerie parce que ceux qui vont signer cette pétition attendront, les bras ramollis, une lointaine et décevante réponse et, pendant ce temps, aggraveront encore leur situation. Mon rôle, notre rôle, souligne-t-il, est de faire vivre Chaudun, pas de l'assassiner. Alors non, encore une fois non, je n'encouragerai pas cette chimère. Le réveil sera difficile pour ceux qui y croient et je plains celui qui mène cette agitation, car il prend une lourde responsabilité. Ce n'est pas Dieu qui l'inspire. (Puis après une pause, il enchaîne :) de toute manière, il n'est pas dans la fonction du conseil municipal d'intervenir et, cette fois, nous avons fait le tour du sujet. N'y perdons pas plus de temps.

Un léger brouhaha. Plus personne ne souhaite reprendre la parole. Pierre Truchet fait une courte intervention pour demander qu'il soit rappelé que l'école est obligatoire et que, malgré la saison, il faut envoyer ses enfants en classe. Il précise :

— Nous risquons une visite surprise de l'inspecteur et, s'il constate que la classe est vide, il peut tout simplement décider de supprimer notre école pour l'année suivante. De plus, j'ai deux garçons qui vont être présentés au brevet dans un petit mois maintenant. Vous comprenez donc que je dois absolument finir les cours et les préparer pour l'examen.

— Vu le beau temps actuel, on en profite tous pour faire ce qu'il y a à faire et on a besoin de tous les bras disponibles, se justifie Joseph Bouchan.

Il ne reste plus qu'à délibérer des droits de pâturage sur les communaux pour l'estive. Tout le monde est d'accord pour reconduire les mesures de l'année précédente : d'un côté les animaux productifs avec une redevance en lait ou fromage, et les autres à prix d'argent. Ainsi, pour les vaches, ce sera vingt kilos de fromage et quatre kilos de beurre, pour une brebis deux kilos de fromage et pour une chèvre dix kilos.

Le mouton sera taxé à un franc et le bœuf à dix francs. Les plus nécessiteux sont exemptés. Les pâturages du cirque de Chaudun, difficiles d'accès et peu étendus, sont tout de même affermés, et s'y installent, à chaque transhumance, environ quatre cents bêtes qui montent de la plaine de la Crau.

L'ordre du jour étant épuisé, ils s'apprêtaient tous à se lever quand Philippe reprit la parole :

— Avant que vous ne partiez, je voudrais ajouter un mot à propos de l'avenir de notre village : de quoi est-il né ? De la volonté, il y a très longtemps, de la chartreuse de Berthaud au XIIe siècle, de vivre ici et de mettre en valeur la rive droite du torrent. Grâce à quoi, un peu plus tard, douze paysans ont pu s'y installer, pour certains d'entre nous des aïeux directs. Je crois donc sincèrement que c'est Dieu qui a présidé à la naissance de Chaudun. Cette terre est la nôtre parce que nous la cultivons depuis plus de deux cents ans. Réfléchissez-y ! L'avenir est toujours étroitement lié au passé. Oui, le climat est revêche et nous ne sommes pas riches, mais nous sommes gaillards, nous avons des plaisirs simples et surtout nous sommes chez nous ! Je vous remercie.

Cette dernière tirade surprit tout le monde. On se quitta avec des regards étonnés et des moues dubitatives. Pierre et Philippe restèrent quelques instants de plus, le temps de ranger les documents.

— Ça s'est bien passé, non ? demanda Philippe.

— Tout à fait. Je vous ai trouvé étonnamment calme et convaincant.

— Calme ! Il ne fallait pas trop que ça dure, tout de même !

— Ce débat ne peut qu'apaiser les esprits. Et puis chapeau pour le rappel historique en fin de séance ! Mettre Dieu dans votre poche, c'est malin !

— Il ne faudrait pas que l'abbé Albert continue à encourager cette pétition.

— Justement, je dois le voir pour des questions de répartition de sujets à traiter entre catéchisme et éducation civique. J'en profiterai pour lui parler. Entretemps, merci de ne pas me compliquer la tâche en vous disputant avec lui !

— Je vous ai promis d'essayer. Vous devriez lui suggérer de faire un prêche sur la fidélité aux ancêtres, l'obligation de mémoire, le devoir de travailler la terre que Dieu nous a donnée... vous voyez ce que je veux dire ! plaisanta Philippe.

— Parfaitement, et si un jour vous ne deviez plus être maire, vous pourriez vous reconvertir aisément et prendre sa place ! répondit Pierre sur le même ton.

Philippe rentra chez lui soulagé et ses appréhensions dissipées. Son moral allait de mieux en mieux. L'affaire n'était pas si grave : une excitation passagère générale provoquée par un article que la plupart n'avaient même pas lu.

Trop ivre

En ce 16 mai, Julien Taix rentrait chez lui. Il était tard, très tard. Il avait passé la soirée chez son copain Antoine Parini. Ils avaient eu beaucoup à causer, tous les deux et, comme chacun le sait, causer donne à fêter la bouteille.

Causer d'abord de la fête paroissiale du 13 juin. C'est qu'elle allait arriver vite. Monsieur le maire y voulait plein d'attractions, sans parler d'inviter tous les villages alentour ! Il prévoyait déjà d'organiser un concours de boules, un mât de cocagne, un jeu du coq, et évidemment, un bal. Pour sûr, ce serait une belle fête ! Et ils allaient avoir du travail, l'un pour l'église et l'autre pour la mairie. *Même fête, avec toutefois chacun son patron* avait constaté Albert, en rigolant. Au passage, ils espéraient bien se faire quelques sous, si le village y gagnait un petit bénéfice.

Causer aussi de l'orage de la semaine passée. Un gros orage ! À la fois beau et effrayant. D'obèses cumulus denses et cireux s'étaient accumulés au-dessus du cirque de Chaudun, fusionnant peu à peu en un voile d'un gris ocre, dans un air étouffant et moite. Sur les cimes, des éclairs de chaleur précédaient périodiquement un grondement qui se rapprochait en roulant le long des pentes, avant que le tonnerre n'éclate dans la vallée en un bruit sourd, sec et gigantesque. Tous les hommes se tenaient prêts à intervenir si nécessaire. Heureusement que les rives avaient été consolidées au début du printemps. Elles avaient bien résisté jusquelà, malgré quelques débordements sans conséquences provoquées par la crue, trop rapide et trop forte. Ce jour-là, le niveau de l'eau restait encore assez haut. Ils avaient causé d'un peu de tout et beaucoup de rien, de la fameuse pétition et pour finir du concours de boule de Saint-Bonnet. L'Émile, il avait expliqué qu'au moment de tirer pour le gain de la partie, il avait mordu, très légèrement, la raie de pied. Il avait été poussé, pendant ses trois pas d'élan, par un spectateur facétieux. Malgré sa réclamation, rien n'y avait fait. Le point de gagne avait été accordé aux adversaires. En tout cas, c'est comme ça qu'il la racontait, sa partie ! Tout le monde le crut... ou, pour le moins, fit semblant. On aimait trop le facteur pour mettre son histoire en doute. *T'es le meilleur de la région, ça c'est sûr ; d'ailleurs tu gagneras l'année prochaine.* Chacun de trouver un petit mot pour le consoler. Ce soir-là, Julien et Albert avaient supposé, en riant aux éclats, que le facteur s'était dopé à la pomme, avant de jouer.

— Une pomme un peu forte, lui faisant oublier de freiner dans sa course, avait suggéré Julien.

— Ah oui, la pomme de Marion ! s'était esclaffé Albert, avant qu'ils entament en chœur :
La Marion sous un poumier… (La Marion sous un pommier…)
Qué se dindinavo… (… qui se dandinait…)
Qué se dindinavo d'aqui… (… qui se dandinait de-ci…)
Qué se dindinavo d'allaï… (… qui se dandinait de-là…)
Qué se dindinavo… (… qui se dandinait…)

Ils allaient attaquer le deuxième couplet : *un boussu vint à passa…* (un bossu vint à passer) quand Joseph Bouchan sortit de chez lui pour les engueuler qu'ils faisaient trop de bruit et qu'ils feraient mieux d'aller dormir plutôt que de se niasquer[1] comme ça.

Ils avaient bien essayé de continuer un peu, à voix plus basse, mais ce n'était plus aussi drôle. Julien avait donc décidé de rentrer chez lui.

Il fait nuit, mais il n'a pas à aller bien loin. Disons huit cents mètres en prenant un bout du chemin de Poureau. Un peu plus en tenant compte de sa démarche un peu floutée ! La demi-lune suffit à l'éclairer. Albert s'est bien proposé de l'accompagner. Julien a constaté qu'il devrait alors le reconduire à son tour. C'est donc sur un gros fou rire qu'ils se sont quittés.

Il n'est pas seulement fatigué, Julien, ses jambes sont lourdes et incertaines et le font trantailler[2]. Il les injurie : *bandes de feignasses, vous allez me porter, oui ?* Il éclate de rire quand l'une d'elles se venge en heurtant

---

1. Niasquer : saouler.
2. Trantailler : tituber.

un caillou et le fait trébucher. *Bon, puisque c'est comme ça, je vais vous donner trois minutes de repos, mais après on repart, compris ?*

Là, au bord du Buëch, au confluent avec la Biacha, il s'assoit au bord de l'eau, encore à fleur de rive, chantonne *La Marion sous un poumier* en tanguant doucement. Il se penche légèrement pour admirer le reflet de la lune sur la rivière, aperçoit au fond de l'eau un visage un peu ridé qui lui fait une drôle de grimace. *Oh ! C'est malin, espèce de boufoun*[1], lui déclare-t-il. *Attends, à ce petit jeu, je suis le meilleur, espèce de copieur. C'est pas toi qui m'apprendras à faire des grimaces.* Une main derrière la tête pour faire la crête et l'autre devant le menton pour la barbichette, il s'incline de plus en plus pour bien se voir et être bien vu, jusqu'au moment où… une petite pierre de rien du tout se déloge sous son pied droit et roule dans la rivière. Julien est déséquilibré. Il bascule la tête en avant et déboule la pente de la berge pour se retrouver à plat ventre dans le Buëch, son képi de garde champêtre partant au fil du courant. À cet instant il rit encore, et voulant s'escarcailler[2] boit la tasse.

Il tente de se relever, faisant de grands moulinets avec ses bras pour rétablir un semblant d'équilibre, y est presque parvenu, mais le lit de la rivière est glissant. Il bascule en arrière. Il gesticule, s'agite, clapote comme un bouffon, s'écartant insensiblement du bord. A-t-il encore pied ? Il n'en sait rien et n'y pense même pas. Surpris, le cerveau toujours embrumé d'alcool, il veut jurer et avale une nouvelle gorgée d'eau, cette fois emplie de vase. Il appelle au secours, mais qui, à cette heure et en ce lieu si éloigné de toute maison, pourrait l'entendre ?

1. Boufoun : pitre.
2. S'escarcailler : s'esclaffer.

Il commence à paniquer. Il ne sait pas nager. Un paysan, ça n'a pas besoin de savoir nager. Il coule une première fois, ressurgit quelques longues secondes hors de l'eau, s'enfonce, remonte en se débattant, essaye d'appeler au secours dans un bref gargouillis. Sa tête disparaît à nouveau. Ses cris se font de plus en plus courts et espacés. À chaque fois, l'eau s'engouffre dans sa gorge, dans son nez. Julien s'asphyxie et s'épuise. Il a de plus en plus froid. Les pieds, les jambes, les mains, les bras : ce froid lui gagne la bouche, les yeux, les veines, le cœur. Il grelotte. Il claque des dents. Il est glacé. Il n'appelle plus. Il aperçoit un corbeau qui passe au près, n'entend même pas son croassement étouffé par l'eau. Dans un battement de pieds désordonné, il tente un dernier effort pour se maintenir à la surface. Sans résultat. Alors, il capitule et se laisse couler, à demi conscient. *Je vais mourir d'avoir bu trop d'eau, moi l'alcoolique, quelle blague!* Et encore : *je crois bien que je ne vais pas pouvoir participer à la fête du village, quel poutrasse!*

Maintenant, Julien dérive lentement jusqu'au milieu du lit de la rivière. Rêve-t-il encore ou est-il déjà inconscient? La petite mécanique de l'âme s'est-elle arrêtée? Le courant happe son corps inerte qui flotte en ondulant entre deux eaux et l'entraîne vers l'aval. C'est fini.

Au petit matin, Jean-Pierre le découvrira, accroché à la racine d'un arbre du petit bois de Brauas. Aussitôt appelé, Philippe ne pourra que constater légalement le décès. En l'absence de médecin, c'est là la triste attribution du maire. Un choc pour tout le monde. Antoine pleura comme un gamin, se maudissant d'avoir laissé partir son ami au beau milieu de la nuit, se traitant de vieux sueille[1] (ce qui était malheureusement vrai).

---

1. Sueille : ivrogne.

Il devint inconsolable, picolant encore plus qu'avant, tant et si bien que l'abbé dut se résoudre à trouver un autre bedeau.

En ce début de saison chaude, il fallait enterrer le défunt dès le lendemain. Il y avait bien longtemps que le Julien n'avait pu entrer dans l'église et il le faisait les pieds devant. Ironie du destin ! À la fin de la cérémonie, curé et maire s'entretinrent un long moment sur le parvis. Tous le remarquèrent et se dirent avec satisfaction que les relations entre les deux s'amélioraient. En réalité, ils discutèrent de l'opportunité de maintenir la vogue[1]. Malgré toute sa compassion, le premier estima ne pas pouvoir déroger à la célébration religieuse, tandis que Philippe décida, à son grand regret, d'annuler les festivités qui devaient suivre. Le cœur ne pouvait y être pour personne. Sur ce point, le village lui donna raison, même si certains, au conseil municipal, déplorèrent de n'avoir pas été consultés. *Le maire, de nos jours, n'est qu'un élu et il ne faut pas qu'il en prenne trop à son aise !* nota Denis Bonnaril.

Philippe de son côté avait l'étrange impression d'être poursuivi par la fatalité. Le printemps avait bien commencé et puis il y avait eu cette histoire de pétition, le départ annoncé d'Agnès, la dispute avec Julie et maintenant cette stupide noyade. Sans doute la vie apporte-t-elle son lot de surprises, bonnes ou mauvaises, mais Philippe se sentait accablé d'un sort malfaisant et dominé par des événements imprévisibles. Où avait-il failli ?

Il perdit de l'appétit et du sommeil, gagna, si l'on peut dire, en nervosité, ce que chacun remarqua, sans bien en comprendre les raisons. La proximité de

---

1. La vogue : la fête paroissienne.

l'anniversaire du décès de son père pouvait être une explication tant était grande son affection paternelle. Toujours est-il que chacun fit comme si de rien n'était. Cette méchante humeur passerait. La vie est comme le petit Buëch : avec ses crues et ses décrues.

Départ en estive

La fête patronale se limiterait donc cette année-là à sa partie religieuse et au traditionnel repas champêtre. Il n'y aurait ni mât de cocagne, ni course en sac, encore moins de bal. Julien Taix était une figure chaudunière et son décès trop récent ; le cœur n'y aurait pas été.

Comme chaque année, l'abbé Albert avait invité le curé de Rabou, le père Parceline, accompagné de quelques-uns de ses fidèles. Dès 10 heures, ce 31 mai, jour de célébration de la visitation de la Vierge Marie, les cloches, qui avaient retrouvé un timbre clair et juste, sonnèrent à toute volée pour annoncer le départ de la procession.

Tous les villageois s'étaient rassemblés pour former le cortège qui ferait trois fois le tour de Chaudun en chantant des psaumes avant d'entrer solennellement dans l'église pour la grand-messe. En tête de procession, Victor Taix et Alphonse Barin, habillés en bures blanches, portaient sur leurs épaules le buste de Marie. Honoré Combe et Joseph Bouchan se relayaient pour tenir bien droit le grand crucifix, et le fils Parini, prenant cette année-là la place de son père, incapable de se tenir sur ses jambes depuis la disparition de son meilleur ami, tenait la bannière de l'Enfant Jésus à bout de bras. Venaient ensuite les jeunes filles, dont Séraphine, un bouquet de fleurs à la main, la tête couverte de longs voiles blancs. À quelques pas de distance, s'avançaient les hommes, tout en noir, puis les enfants, casquettes et bérets ôtés et enfin, sur l'arrière, les femmes, le gros livre de messe sous le bras. C'était un jour de semaine sans école.

Il est des coutumes qui sont immuables et dont la disparition marquerait la fin d'un monde.

Cette procession, qui cheminait avec une lenteur compassée et solennelle, n'était pas vécue comme les autres années. Dans les cœurs ne résidaient en effet que tristesse et recueillement. À la fin de la messe, il y eut, à la fois, bénédiction des fidèles et des sachets de sel apportés par les bergers. Garants de l'appétit des bêtes et donc de leur bonne santé, ils seraient ensuite distribués à chaque animal du troupeau communal. Selon le souhait de l'abbé, et malgré les circonstances, on avait maintenu le repas champêtre, occasion de se réunir entre amis et familles. Les deux curés et les notables, dont Philippe, Jean-Pierre, leurs épouses et Pierre Truchet, s'installèrent ensemble à l'ombre d'un grand frêne pour déjeuner. Les enfants Marelier et Daille s'étaient regroupés un peu plus loin.

Les deux curés bénirent le pain et les deux vastes chaudrons de soupe de riz au lait, préparés par Henriette Villard et Mariette Varalin, que Philippe ne manqua pas de complimenter. Chacun étala ensuite sur l'herbe les provisions apportées, qui son jambon salé, qui son fromage de chèvre, qui son beurre doré et ses beignets. Le vin clairet du pays fut si abondamment servi et le soleil tapait si fort que bien des fidèles, qu'ils fussent habillés de blanc ou de noir, rentrèrent chez eux le soir… un peu gris.

À un moment, il y eut un petit remue-ménage du côté des jeunes gens quand Léonie, gênée par l'odeur de la charcuterie, fut prise d'un vomissement. Soutenue par un Cyril très prévenant, elle dut s'éloigner. Elle revint, au bout de quelques minutes, son malaise passé, et personne n'y prêta attention, à part Françoise, toujours en alerte comme toutes les mères.

À 17 heures il y eut vêpres, à la sortie desquelles les cloches de l'église tintèrent à nouveau pour annoncer la fin de la vogue. Ceux de Rabou embrassèrent ceux de Chaudun et on se dit au revoir. Pour cette année, c'était tout. Ni farandole ni bal. En s'éloignant, le curé de Rabou ignorait qu'il reviendrait un jour à Chaudun, cette fois pour y officier seul.

Moins d'un mois plus tard, le 24 juin précisément, arrivait la Saint-Jean, patron des bergers, augurant le départ des troupeaux dans les alpages. Un peu partout dans les prés et sur toutes les hauteurs furent allumés des feux, rendus plus vivaces et plus crépitants grâce à des branches de genévriers coupés la veille. Cette fois on dansa, sur les plateaux pastoraux maintenant très fleuris. La coutume voulait que les jeunes filles participent au moins à neuf farandoles pour trouver un mari dans l'année. Ce jour-là, exceptionnellement, les bergers avaient le droit d'utiliser le lait au-delà du simple besoin, d'en boire à volonté et de se régaler de crèmes et de chocolat. Jean-Pierre Daille offrit un agneau qu'ils firent cuire à la broche, Joseph Bouchan des œufs et de la farine, Jacques Barin des saucisses et du vin. En retour, pour marquer leur satisfaction, les garçons attachèrent des petits bouquets aux cornes des vaches et des béliers.

Plus de quatre cents bêtes vont estiver sur les propriétés communales. Pour les amontagner[1], de Chaudun partiront d'abord Cyril et Léonie, Célestin, berger pour une dernière saison, avec son Agnès, Louis Barin, le fils muet de Jacques, Séraphine, avec l'accord de ses

---

1. Amontagner : conduire en alpage.

parents et enfin, évidemment, Robert le vacher des Daille. D'autres viendront plus tard prendre le relais.

Ils vont partir jusqu'aux premières gelées, aux environ de la mi-octobre. Presque quatre mois! Le lendemain matin, tout le monde est donc présent autour des bêtes rassemblées. L'abbé Albert est venu bénir les troupeaux et les bergers, revêtus de leurs capes à capuchon, panetière au côté. Le village est un capharnaüm de mugissements, bêlements, sonnailles et redons, une joyeuse symphonie pastorale! Le ciel est voilé par un léger brouillard. Mieux vaut ne pas traîner sous peine d'une montée piégeuse! Les hommes ont beau connaître par cœur le chemin, quand on n'y voit plus à dix mètres, on peut vite perdre des bêtes. L'embrassade du départ est le moment choisi par Léonie pour annoncer une grande nouvelle à la famille :

— Je crois que je suis enceinte...

— Quelle estounable[1] nouvelle! s'esclaffe Julie en levant les bras au ciel.

— Je m'en doutais un peu! comment Françoise en souriant, avant de la serrer très tendrement dans ses bras, tout émue.

— C'est pour quand? demande aussitôt Jean-Pierre, avant de l'étreindre à son tour.

— Normalement mi-janvier. Mais, c'est encore tôt pour dire. J'aurais attendu pour vous en parler si on ne montait pas en alpage.

— Tu accoucheras à Gap, décrète un Jean-Pierre radieux. Comme ta mère.

Léonie ne répond pas. Inutile pour l'instant. Françoise s'inquiète tout d'un coup :

— Tu es sûr que c'est raisonnable de monter? Ne devrais-tu pas rester avec nous?

1. Estounable : formidable, superbe.

— Mère, je n'en suis qu'au tout début ! Il ne va peut-être pas tenir.

— Ne vous soucinez pas, je vais bien m'en occuper, de ma femme, confirme Cyril, tout sourire. Je vais la bichonner et la surveiller encore plus que le troupeau !

— Alors, et chez toi, c'est toujours le temps des semailles ? plaisante Philippe en se retournant vers Agnès.

— J'attendais que vous soyez grand-père par Cyril puisqu'il est l'aîné ! répond-elle sur le même ton.

La bonne nouvelle se répand rapidement et tout le monde veut faire la bise à Léonie et la complimenter. Pendant ce temps, le troupeau s'est organisé, les chiens se sont mis au travail.

Le petit groupe s'ébranle. On l'accompagne jusqu'à la sortie du village et on agite les mains. Quand il disparaît, on écoute un peu, en souriant, les sifflements aigus des bergers et les aboiements, on commente quelques instants avant de se disperser, chacun repartant à son labeur.

Les Daille restèrent tout de même un peu plus longtemps avec les Marelier à se féliciter de la future naissance. Ils avaient bien eu raison de marier leurs enfants puisqu'un premier fruit de cette union était annoncé !

— Il faudra lui trouver de la place à ce bébé, fit remarquer Françoise.

— Oui… Je ne crois pas que le logement du *chef de rayon* sera suffisant, ironisa Philippe.

—Nous devons en parler. De ça, et d'autre chose, dit Jean-Pierre d'un coup, curieusement embarrassé.

— De quoi d'autre ? l'encouragea Philippe.

Jean-Pierre hésita, regarda son épouse.

— Ce n'est pas le moment et ça ne presse pas. Je viendrai te voir et comme ça tu m'offriras une petite pète, n'est-ce pas ?

Ce soir-là, dans le lit, Julie cessa de tourner le dos à son mari et retourna ostensiblement la sainte image pour montrer qu'elle ne boudait plus. La bonne nouvelle effaçait l'ardoise et ils la fêtèrent d'une agréable manière. Dans cet un-peu-plus-tard où on se repose un peu, Philippe s'inquiéta :

— Tu n'as pas trouvé bizarre la réaction de Jean-Pierre ? C'est comme s'il avait un secret qu'il n'osait pas nous révéler.

— C'est vrai qu'au moment de nous quitter, il ne semblait pas aussi content qu'il aurait dû l'être. Il est peut-être fatigué, tout simplement... comme moi maintenant !

— Il y a autre chose. Il doit avoir des ennuis.

— Il a dit qu'il viendrait nous voir, tu auras donc ta réponse. Ne t'inquiète pas encore pour rien !

Ils ne spéculèrent pas davantage. Le vent de leur histoire soufflait dans le bon sens et le moral de Philippe remontait vers les hautes pressions. Après tout, il faut savoir profiter des jours de ciel bleu, il aura bien le temps de se couvrir ! *Après la mountado, vèn la davalado* (après la montée, vient la descente).

Deux conceptions

Fin juin, la classe était finie. L'inspecteur d'académie était passé dans différents villages, mais pas à Chaudun, ignoré du reste du monde, même pour l'école !

Pierre Truchet revint de Gap avec ses deux ex-candidats au certificat d'études. Résultat : un reçu, ce qui n'était pas si mal. Le fils Villard avait fait trop de fautes à la dictée. Quatorze quand la dixième est déjà éliminatoire. Les participes passés et le passé simple lui avaient été fatals. Bon, il n'avait que douze ans et pourrait le représenter l'an prochain, son brevet. Par contre, le fils Varalin avait réussi à se limiter à neuf fautes et avait obtenu une moyenne générale de 10,4, grâce à la géographie et en particulier aux départements. Il revenait avec son beau diplôme signé du directeur de l'académie. Il était tout fiérot... et ses parents donc! C'était aussi un assez bon résultat pour l'instituteur : il y avait des années sans le moindre reçu et même certaines sans candidat à présenter. Philippe ne manqua pas de le féliciter en affirmant que Chaudun avait de la chance d'avoir un tel enseignant. On est femme du maire ou on ne l'est pas et Julie, de son côté, alla congratuler madame Varalin. C'est là que celle-ci expliqua :

— Ouais, mais quand on aura vendu, on ira vivre à côté d'un collège. Comme ça, il pourra les reprendre, ses études, déclara madame Varalin sur un ton un peu rogue.

— Vendu quoi? demanda Julie, en plissant le front.

— Notre exploitation, pardi!

— Ah bon, mais à qui? s'étonna Julie, à cent lieues du sujet.

— Vous n'êtes pas au courant? Avec la pétition, l'État va nous acheter nos terrains, c'est sûr!

— ...

— Ma parole, il n'y a que vous qui ne sachiez pas! Comme on dit : les cordonniers sont les plus mal chaussés! Votre mari, il sait bien, lui?

Julie préféra ne pas insister. Le soir, elle s'étonna que Philippe n'en sache pas plus, et conclut :

— Cette affaire de pétition, faut que tu tires ça au clair. Ça a l'air de gonfler, gonfler dangereusement.

Il ne répondit pas. Jusqu'ici, il avait gardé cette histoire pour lui, d'autant qu'il la croyait terminée.

Mais elle avait raison, il fallait de nouveau qu'il s'en préoccupe.

Le lendemain, il monta aux Alpages voir ses enfants, s'enquérir de la grossesse de Léonie et apporter un peu de ravitaillement. Il voulait également s'assurer que Cyril descendrait l'aider pour le ramassage du foin. À cette période, c'était tout en même temps ! Il trouva son fils occupé au moulage des fromages de chèvre. Ils avaient un plaisir évident à se retrouver, se donnèrent des nouvelles d'en haut et d'en bas jusqu'au moment où Philippe passa à autre chose :

— Dis donc, fiston, tu es certainement au courant de la pétition qui circule en ce moment à Chaudun, commença-t-il prudemment. Je la croyais enterrée.

— Pourquoi est-ce à moi que vous le demandez ? Et pas, par exemple, à votre adjoint ?

— Parce que tu es mon fils et que tu es concerné par l'avenir du village !

— Et maintenant par celui de ma famille, souligna Cyril, avec un sourire.

— Absolument… c'est pareil, non ?

Cyril continuait à manier consciencieusement et opiniâtrement sa louche.

— Tu peux t'arrêter cinq minutes, insista Philippe.

— Père, il faut que j'avance. Surtout si vous voulez que je redescende vous aider. (Il ajouta après deux secondes de réflexion :) et puis, je ne suis pas sûr que ce soit bien qu'on discute de ça. Vous allez vous mettre en colère.

— Pourquoi donc ? Je ne viens pas pour me disputer avec toi ! C'est un service que je te demande. Personne ne veut m'en parler et je suis tout de même le maire !

— Évidemment que personne ne veut vous en parler ! Qui oserait vous dire en face qu'il souhaite quitter Chaudun? D'ailleurs, rappelez-vous : ils ont essayé au dernier conseil municipal et ils se sont fait sacrément secouer!

— Reconnais que le rôle d'un maire n'est pas de vider son village, mais au contraire d'en assurer la pérennité!

— Et si c'était seulement de se préoccuper du bonheur des gens?

— Ce n'est pas pareil?

— Pas du tout! Vous les trouvez heureux de vivre à Chaudun?

— La vie y est rude, c'est vrai. Mais il faut être exigeant pour soi-même : une vie bien remplie est une vie de travail.

— Vous croyez que c'est un destin d'être Chaudunier?

Philippe s'accorda un moment de réflexion et d'hésitation.

— Je ne sais pas, peut-être... c'est bien le mien. Vois-tu, à toi je peux le confier : ce n'est pas tant Dieu que je crains que le jugement de ton grand-père.

— Père, tout le monde reconnaît vos efforts, votre volonté et vous apprécie ; seulement, et vous n'y pouvez rien, l'État leur fait miroiter mieux, plus rapide et plus facile. Oui, facile : je sais que vous n'aimez pas ce mot.

Philippe leva ses bras au ciel :

— On ne leur offre rien du tout! Si tu fais allusion à cette foutue loi et au passage de l'ingénieur forestier, rien ne nous a été proposé depuis. On ne peut pas me reprocher que nos terres ne soient pas assez abîmées pour que ce soit le cas, tout de même!

— C'est pour ça qu'ils vont faire une requête. Pour attirer l'attention de l'État et faire savoir qu'ils sont volontaires pour être expropriés. Avec l'argent de l'indemnisation, ils comptent pouvoir partir ailleurs, là où il sera plus agréable de vivre, sur des sols plus exploitables, en donnant une meilleure éducation à leurs enfants, et surtout en leur offrant un avenir.

Philippe semblait stupéfait de la tirade de son fils. Il réfléchit et demanda :

— Tu partirais, toi ?

Cyril garda sa louche suspendue en l'air, tourna son regard vers son père pour lui répondre :

— Père, vous vous souvenez que je vais avoir un enfant ?

— Tu vas hériter de quoi vivre ici convenablement !

— Quand vous et Jean-Pierre serez morts, quand Chaudun aura plié bagage, je ferai quoi ?

Philippe réfléchit, hocha la tête, et changea l'angle de la discussion :

— Pourtant le village, c'est nos racines. Nous appartenons à cette terre autant qu'elle nous appartient ! C'est notre culture, notre communauté, notre identité, reprit-il avec une indignation et une ferveur sincères.

— Nos racines, oui, vous avez raison. Que nous ne devions pas les oublier, d'accord ! Mais pourquoi cette terre natale devrait-elle être une prison ? Aujourd'hui l'homme voyage, devient nomade et de grands espaces s'offrent à lui. Puisque notre pays a conquis des colonies qu'il faut labourer, pourquoi nous ne pourrions pas en profiter ? Notre lieu de naissance n'est pas notre fatalité !

— Autrement dit : les Chauduniers veulent s'exiler pour de l'argent. Ceux qui signent se vendent, murmura Philippe.

Cette fois, Cyril ne répondit pas tout de suite, introduisant méticuleusement ses doses de lait caillé dans les petits pots perforés. Il reprit très calmement :

— Père, puisque vous me le demandez, mon avis est que vous devriez prendre en compte cette volonté collective et l'accompagner au lieu de la refuser.

Philippe s'entêta, la mine de plus en plus butée.

— Non, non et non. Ce serait la voie de la facilité et de la lâcheté. Nous devons exploiter les terres que Dieu nous a données, dans l'effort et l'entente. En montagne, tu le sais bien, le meilleur chemin n'est pas le plus court. Et puis, vois-tu, en bas, dans notre cimetière, il y a des Marelier et imaginer quitter Chaudun, je ne le peux pas. C'est tout simplement inconcevable, même si j'ai tort !

— C'est dommage ! regretta Cyril. Votre fierté vous empêche de voir ce qui serait préférable pour vos administrés, comme vous les appelez. Les aider à sortir de la misère de Chaudun pour émigrer vers un avenir ne serait pas de la lâcheté. Ce serait, au contraire, leur rendre un immense service, au prix d'un tout aussi important sacrifice de votre part. Moi, je serais fier de vous.

— Jamais je n'abandonnerai Chaudun, et mes parents enterrés ici. Dis-moi seulement qui est le meneur. J'ai besoin de savoir !

— Père, il n'y a pas de meneur : simplement une bonne volonté qui coordonne, pour l'instant.

— Qui ?

— Pas maintenant, trancha Cyril. Si un jour cette requête recueille assez de signatures pour être expédiée, alors je vous préviendrai, je vous le promets. Avant, ça ne servirait qu'à vous fâcher.

— J'ai l'impression, Cyril, que tout le village me cache quelque chose. Pourtant je suis leur maire !

— Ils vous aiment bien, mais ils vous craignent aussi, vous le savez.

— Je travaille pour eux. Comme ton grand-père le faisait et comme tu le feras sans doute un jour.

— Ça, je ne le crois pas, père ! s'exclama Cyril. Ce n'est pas une fonction de droit divin !

— Pourtant quand je ne serai plus de ce monde, tu seras, et de beaucoup, le principal exploitant de Chaudun et de tout le voisinage.

— On verra à ce moment-là. Pour l'instant, le maire c'est vous et je souhaite que ce soit pour le plus longtemps possible !

Léonie et Séraphine eurent la bonne idée de revenir de l'alpage pour préparer les repas de l'équipe, mettant ainsi fin à cette discussion. Agnès était restée avec les autres bergers en veille du troupeau. Philippe porta son attention sur la santé de sa bru et sur les ennuis habituels des premiers mois de grossesse. Il fut convenu que Cyril et Léonie redescendraient dès que Denis Bonnaril monterait, dans la semaine. Hélas ! Ce retour serait précipité. Au dernier moment, Séraphine décida de revenir au village avec son père.

— Tu ne t'entends pas avec Louis ? demanda Philippe, surpris.

— Bien sûr que si. D'abord, il est difficile de se disputer avec un muet, plaisanta-t-elle, et en plus, il est très gentil avec moi. Je profite juste de l'occasion pour aller passer un peu de temps avec ma mère, c'est tout. Après je remonterai. Ici, je sers à quelque chose… enfin je crois !

On bavarda peu au retour. Les sentiers pentus et rocailleux demandent beaucoup d'attention si on ne veut pas déraper. Et Philippe était un peu perdu dans ses pensées. Cyril était devenu un homme dont il était fier. Ce qui l'étonnait, c'était de se sentir aussi proche de lui tout en ayant des opinions aussi contraires.

La délégation

Françoise, Julie et Séraphine sont parties à l'aube vendre des fromages frais au marché de Saint-Bonnet. On ne les attendra pas de bonne heure ce soir, car ça fait une trotte. Pendant ce temps, les hommes vont se hâter de finir le fauchage des prairies pour pouvoir enchaîner avec les moissons. Pas de pause entre les deux. À cette époque de l'année, jamais de relâche.

Jean-Pierre et deux journaliers fauchent le grand pré de la Plaine au sud du petit Buëch, là où les fleurs, couleur cannelle, sont bien sèches et odorantes. Chacun sa rangée, ils avancent, suffisamment décalés les uns des autres pour ne pas risquer de se blesser mutuellement d'un coup de faux. De temps en temps, on s'arrête pour souffler, affûter la lame, échanger une petite blague, boire un coup d'eau, s'éponger le front, puis on reprend la coupe, alignant impeccablement les andins. Le champ sent bon l'herbe fraîche. Demain, on battra le foin au fléau, puis on le secouera pour ôter la poussière. Quand il sera bien séché, on le mettra en trousses et pour finir on l'engrangera, en le portant à dos d'hommes et d'ânes dans les bourras[1]. En fin d'après-midi, quand l'ombre du soleil finit de recouvrir Chaudun, Jean-Pierre a mal aux reins et aux jambes. Il est content du travail accompli et tout à la fois soulagé de s'arrêter, sachant qu'il a maintenant une visite à faire, une visite délicate, désagréable, mais inévitable.

De son côté, à la source du torrent des Clôts, Philippe a terminé la coupe de son pré et rentre chez lui. En ce moment, il va bien. L'action est vitale à sa santé, elle est

1. Bourras : grand carré de jute noué aux quatre coins pour transporter le foin.

son carburant. Il se trouve dans la grange, où il range ses faux et râteaux, quand il voit arriver son ami Jean-Pierre, accompagné de l'abbé Albert et de l'instituteur Pierre Truchet.

— Ce n'est plus une visite que voilà, c'est une véritable délégation, ma parole ! plaisante-t-il. Entrez donc. Julie est encore à Saint-Bonnet, mais je vais bien nous trouver quelque chose à boire. C'est qu'il a fait chaud cet après-midi !

Ils s'installent sur les deux bancs autour de la table de salle à manger. Personne ne disant mot, Philippe engage la discussion en fronçant les sourcils :

— Vous êtes venus à trois : ça doit être important. Et comme vous ne semblez pas bien enjoués, vous m'inquiétez. Dites.

— Te souviens-tu, le jour du départ aux alpages, du moment où Agnès nous a annoncé être enceinte ? commence timidement Jean-Pierre.

— Évidemment ! Je ne suis pas gâteux ! rigole Philippe, par contre, toi, tu m'as l'air un peu tabalori ce soir !

— Je t'ai dit, avant qu'on se quitte, que je voulais te parler.

— Ça ne doit pas être confidentiel, parce que d'habitude, entre amis que nous sommes, on n'a pas besoin de témoins.

Philippe sent bien que quelque chose ne tourne pas rond. S'il essaye de plaisanter, c'est pour retarder l'échéance d'une probable mauvaise nouvelle, sans doute une affaire au village.

— Monsieur l'instituteur ne devrait-il pas être en vacances scolaires ?

— Je le suis… en théorie. En fait, j'en profite pour faire de la réparation de toitures. C'est qu'il y a du boulot ici ! Si j'en avais fait mon métier, comme mon père l'aurait voulu, j'aurais peut-être fait fortune! Dès que j'ai fini, fin août, je file une petite semaine dans ma famille, et pour finir je dois faire deux jours de formation à Gap avant de revenir. Personne ne voulant prendre la parole, il ajoute, pour combler le silence : en quelque sorte, c'est moi qui retourne à l'école. Peut-être y rencontrerai-je enfin cet inspecteur fantôme qui nous ignore!

— Pour faire fortune comme couvreur, il te faudrait exercer ailleurs qu'ici. À Chaudun, tu le sais bien, on n'achète pas, on échange, observe Philippe. Et vous, monsieur l'abbé, personne à confesser à cette heure?

— À cette heure, j'ai plus important à faire avec le maire de ma commune que d'entendre quelques péchés véniels.

— Bien! Est-ce pour la toiture de l'église, du presbytère ou la réfection du cimetière? ironise Philippe, de plus en plus mal à l'aise.

Ces trois-là n'ont pas l'habitude de tourner si longtemps autour du pot quand ils ont quelque chose à dire!

— Non, monsieur le maire, ça concerne l'avenir des Chauduniers. C'est donc beaucoup plus important. Essentiel même!

— Diable! Pardonnez-moi l'expression! Voilà qu'on travaillerait ensemble, vous et moi, maintenant? Alors que le Saint-Esprit descende sur cette maison!

— Tu ne devrais pas blasphémer, intervient doucement Jean-Pierre. C'est sérieux notre visite.

— Rigoler n'est pas pécher, tout de même! Bon, alors, décide-toi, raconte! répond Philippe, cette fois plus sèchement.

— D'abord. Je tiens à te dire que je voulais te parler seul à seul, comme d'habitude entre nous, entre vrais amis, comme tu l'as fait remarquer. Et puis, il s'est trouvé que l'abbé voulait te voir pour le même sujet, alors on a trouvé mieux de venir ensemble et...

— Et, l'interrompt Philippe, Pierre passait par là et vous lui avez proposé de venir boire un coup chez moi. Arrêtez de me prendre pour un inoucènt[1] et crachez donc le morceau !

— C'est à propos de la pétition, avance Jean-Pierre du bout des lèvres.

— Encore !

— Oui. Et je voudrais que tu m'écoutes calmement, s'il te plaît. Tu sais que je t'ai toujours soutenu en tant que maire et que j'ai été solidaire de tous tes projets, tes *investissements* comme tu dis, même en y allant de ma poche.

— Et plus maintenant ? C'est ça ? Qu'est-ce qui ne va pas, Jean-Pierre ?

Philippe s'agace, se crispe, s'inquiète.

— Vois-tu… depuis que notre fille nous a annoncé cette prochaine naissance, ça nous a fait réfléchir.

— *Nous* ? souligne Philippe.

— Françoise et moi. Ainsi d'ailleurs que Léonie et Cyril.

Philippe fait immédiatement le lien avec sa dernière conversation avec son fils. Il raille :

— Et alors, le fruit de cette réflexion est mûr ?

— J'ai décidé de penser à l'avenir de nos petits-enfants. Et je vais donc signer cette pétition.

— Mais, Jean-Pierre, tu n'es pas dans le besoin ! Comment toi…

— Tu as raison, ce n'est pas une question financière. Tout d'abord, le départ de nos enfants ferait tomber à l'eau le projet de reprise de nos exploitations. Ensuite, Françoise et moi nous voudrons accompagner notre fille et voir grandir nos petits-enfants. (Plus bas, presque timidement, il ajoute :) peut-être devrais-tu

1. Inoucènt : imbécile.

moins t'entêter et réfléchir à en faire autant. Je crois bien que Julie est de cet avis. Vous devriez en parler tous les deux.

Philippe se lève si brusquement qu'il manque de faire basculer le banc. Et Pierre avec. Il tape violemment du poing sur la table et montre la porte :

— Jamais, jamais, tu m'entends, j'aurais douté de toi ! Nous étions les meilleurs amis de la terre. Depuis combien de temps ? Nous avions fait un arrangement, un bon arrangement pour l'avenir de nos familles et en particulier pour celui de nos enfants. Et d'un coup, froidement, je ne sais pour quel profit, tu viens m'annoncer que tu vas me trahir ! Car c'est le mot : tu me trahis, Jean-Pierre. Tu es le dernier que j'aurais imaginé pouvoir même envisager de quitter Chaudun. Quand ton père a posé ici ses valises, tout jeune homme, sans expérience et avec son passé mystérieux, il a été content de trouver cette terre. Et toi, maintenant, tu décides de... (Il fait une pause de quelques longues secondes, avant d'ordonner d'une voix glaciale :) lève-toi et sors de chez moi, je ne veux plus t'y voir !

Philippe s'enivre de sa propre colère. Le bras droit tendu, il montre la porte en essayant vainement d'arrêter le tremblement de sa main. Son poing gauche est si serré qu'il en blanchit. Il se retient de prendre Jean-Pierre par le col pour l'expulser plus brutalement encore. Celui-ci s'est levé, les deux autres ne bougeant pas et ne pipant mot. Il se dirige lentement vers la porte, déclare, la voix pleine de tristesse :

— Je m'en vais, Philippe, puisque tu me chasses de chez toi. Je sors. Réfléchis tout de même bien au fond de cette affaire. Notre arrangement, comme tu l'appelles, valait dans un village en développement, pas dans un village fantôme si tous les habitants s'en vont. (Après un court silence, il croit bon d'ajouter :) et puis cette vente nous permettrait de récupérer tout cet argent que nous avons prêté, actuellement à fonds perdu ; argent qui serait, justement, utile à nos enfants.

— Ah ! Bon, nous y voilà ! C'est pour les sous ! Monsieur veut récupérer ses sous. Et les tiens, à l'origine, ils viennent d'où ? Tu ne me l'as jamais dit ! Il faisait quoi ton père ? s'écrie Philippe, toujours le bras tendu, hors de lui.

— La colère t'égare et tu vas trop loin. Je comprends toute ton amertume et je ne t'en veux pas. Prends garde cependant que ton caractère ne t'entraîne dans des actes et des mots irréparables, avec d'autres qui ne seraient pas tes amis.

Il referme la porte derrière lui.

Abbé et instituteur sont toujours assis, convenant du regard d'attendre.

— Vous feriez mieux de suivre son exemple en rentrant chez vous, persifle Philippe. Je ne vois pas ce qu'on peut dire de plus sur le sujet. En particulier avec vous, monsieur l'abbé. Tout ça, c'est votre œuvre !

— Vous vous en êtes persuadé depuis le début. Pourtant, vous vous trompez, monsieur le maire. Je vous le répète, je n'ai fait qu'écouter, comprendre, pas encourager. Je ne sais même pas qui est le premier à avoir eu cette idée. Je me souviens d'en avoir discuté, comme ça, au moment de la sortie du journal, avec monsieur Daille, peut-être avec Pierre. Denis Bonnaril m'en a aussi parlé, un peu plus tard. Après il y a eu comme des vagues. On en discutait et on n'en discutait plus. Voyez-vous, c'est probablement quand le facteur, notre cher Émile, nous a appris que Méollion avait fait sa propre demande, par une lettre à la préfecture, que tout le monde a le plus gambergé.

— Méollion n'est pas un village ! s'exclame Philippe. Tout juste un hameau d'une douzaine de familles, et peut-être même moins. Une sorte de lieu-dit. C'est si petit qu'il n'y a pas d'église. Rien à voir avec nous ! Pour eux, c'est sans doute une bonne solution, finit-il par concéder.

Un long silence suit. Encore dans son coup de sang, Philippe a du mal à réfléchir. C'est d'une voix très basse et sourde qu'il annonce :

— Maintenant, tout ça importe peu. Je comprends que j'ai échoué à redonner de l'espoir à mon village et le mieux que j'ai à faire est de démissionner.

— C'est justement pour l'éviter que nous sommes venus en délégation, comme vous l'avez remarqué, reprend l'abbé en souriant. Rien ne serait plus catastrophique. Un jour…

— Je ne vois pas pourquoi ce serait catastrophique, le coupe Philippe, le regard fixé sur ses mains toujours agitées de soubresauts convulsifs. Je ne peux tout de même pas gérer un village contre le gré des habitants ! Tous mes efforts ont été vains, mes concitoyens veulent autre chose et ils sont prêts à renier leur terre. Qu'ils se choisissent donc un autre maire à leur image ! J'en connais plus d'un qui sera ravi d'avoir la place et de porter ce damné projet. Voyez-vous, monsieur l'abbé, pour reprendre votre expression préférée : j'ai moi aussi semé, sans parvenir à moissonner !

L'abbé poursuit sur sa lancée, comme s'il n'avait pas été interrompu :

— Un jour, vous m'avez dit que je devais m'occuper de la misère des âmes pendant que vous vous occupiez de celle des corps. Vous vous en souvenez ? Eh bien, aujourd'hui plus que jamais ce besoin est une nécessité.

— Jamais, je ne signerai ce taillon[1] de papier ! C'est totalement contraire à mes idées, mes principes et mes

---

1. Taillon : morceau.

engagements. J'aurais l'impression d'être un maire défroqué. Croyez-vous un instant que mon père aurait accepté pareil reniement ?

Pierre Truchet se décide à intervenir. S'il s'est abstenu jusqu'ici de prendre la parole, c'est parce qu'il attendait son moment :

— Si vous me permettez, monsieur le maire, il ne me semble pas nécessaire de signer cette pétition. Ni même de la valider.

— D'ailleurs, que dit-elle, au juste ? l'interrompit Philippe.

— Que les Chauduniers propriétaires souhaitent vendre leurs terres et avec cet argent partir travailler dans les colonies françaises.

— Et ils espèrent vraiment qu'on va leur acheter leurs lopins de terre ?

— Ce n'est pas totalement exclu ! Avec cette loi, s'il y a vraiment une volonté de l'État de reboiser certaines régions... Mais justement, monsieur le maire, que ça se fasse ou ne se fasse pas, il s'écoulera beaucoup de temps avant que ça se décide. Il est possible qu'on n'obtienne jamais de réponse et quand bien même il en arriverait une de positive, les négociations pourraient durer des années. Pensez ! Il faudrait d'abord un décret ! Un décret spécifique pour Chaudun ! Ce n'est pas pour demain... ni après-demain ! On a le temps de bouéder[1] encore quelques canons au village !

— Oui, intervint Philippe, un peu plus calme mais très amer. Et pendant ce temps le village va mourir à petit feu. Qui travaillera une terre qu'il a l'intention de quitter ? Pourquoi les jeunes resteraient ? Chaudun deviendra un village moribond habité de vieillards plein de rhumatismes, qui n'auront plus qu'à descendre

1. Bouéder : vider.

mendier dans les rues de Gap ! Chaudun, l'asile ! grince-t-il.

— C'est un peu exagéré, mais il y a du vrai, confirme Pierre. C'est justement pour ça que vous devez rester. Il n'y a que vous pour maintenir la cohésion et l'énergie pendant cette période d'attente.

— Vous voudriez donc que je ferme les yeux sur ce qui se trame dans mon dos !

— Pas « dans votre dos », intervient l'abbé Albert. Pas dans votre dos, mais à côté. Il ne vous est pas plus demandé d'appuyer cette pétition que de l'ignorer. Seulement de la laisser vivre sa vie. Après tout, cette lettre peut être une opportunité sous bien des formes. Le seigneur sait ce qu'il fait.

Une longue, longue, très longue réflexion s'ensuit, que l'abbé et l'instituteur se gardent d'interrompre. Philippe se lève de son banc pour marquer la fin de l'entretien. Il conclut enfin d'une voix lourde :

— Ce jour est pour moi le plus triste de l'histoire de Chaudun. J'essaierai un peu plus tard de réfléchir à vos propos. À l'instant, je suis trop épuisé et anéanti. Je n'ai qu'une envie, celle de baisser les bras, de démissionner et de laisser chacun se débrouiller dans sa sagne[1]. Que cette loi et sa pétition soient maudites !

Catatonie

Pierre Truchet et l'abbé Albert partis, Philippe ferme doucement la porte, se sert un verre de vin et reste assis, pensif. Cette fois, c'est évident, la situation lui échappe, l'avenir du village lui échappe, sa vie lui échappe. Son père le regarde. Il sent sa présence. Sa

1. Sagne : marais, marécage.

présence, sa désapprobation, sa tristesse. Brusquement son ventre se contracte, il transpire, tremble, étouffe, se plie en deux. La douleur s'estompe peu à peu. Pourtant il reste figé, surpris, pétrifié. Sa vie s'est arrêtée, son existence est injustifiée. *Je ne devrais pas être là, je ne sers plus à rien*, pense-t-il.

Il est seul, Séraphine étant partie chez les Varalin pour bavarder avec son amie Irène. Rentrant à la nuit tombée, Julie trouve son mari, assis, immobile comme endormi, dans le noir. La lampe à huile qui est sur la table n'est même pas allumée. Elle sort les allumettes du tiroir du buffet. La lumière éveille Philippe qui s'ébroue. *Un petit coup de fatigue*, s'excuse-t-il en embrassant sa femme distraitement. Elle lui raconte que tous les fromages ont été vendus et que des clients lui en ont réservé pour la prochaine fois. Trois écharpes, deux coiffes et deux paires de chaussettes, fabriquées cet hiver par les filles, ont aussi trouvé preneurs. Oui, un bon marché. *Françoise est une bonne commerçante et elle m'aide bien*, atteste encore Julie. *C'est bien*, se contente de répondre Philippe avant de résumer brièvement sa journée au champ et de préciser ce qu'il prévoit de faire le lendemain. Il passe l'essentiel sous silence : c'est bloqué quelque part dans son estomac, à la limite du vomissement.

La nuit de Philippe fut très agitée et Julie serait allée dans la grange si elle n'avait prudemment préféré veiller son mari. Il se tourna, se retourna, n'arrivant pas à dormir. Il lui aurait fallu chasser les images qui le hantaient alors qu'il ne parvenait pas, au contraire, à empêcher son cerveau d'imaginer mille plans farfelus. Il démissionnait, se faisait réélire, déchirait la pétition en public, faisait un grand discours enflammant les villageois qui renonçaient à partir, l'ingénieur des forêts venait annoncer officiellement que l'État ne voulait plus acquérir les terrains de Chaudun, le préfet en personne se déplaçait pour offrir une subvention permettant d'acheter des bêtes et de construire un toit en ardoise pour l'église. Toutes ces idées, nées dans l'irréalité de la nuit quand l'esprit fonctionne sans le volant de la raison. S'est-il assoupi ? En tout cas, il se souvient d'un cauchemar, le dernier, celui qui reste en surface. Il grimpait encore en pleine nuit au pic de Gleize où son père l'attendait. Un petit croissant de lune en éclairait la crête d'une lumière pâlotte et verdâtre. Arrivé tout en haut, personne. Le pic ressemblait à un gros bonnet avec quelques touffes d'herbe rase ; au sommet, un gros rocher tenait par un équilibre précaire. Sur son sommet, un conifère avait tenté de s'arrimer. Il n'en restait qu'un bout de tronc, desséché depuis longtemps et presque totalement écorcé. Quelques racines enlaçaient la pierre tandis que d'autres ramifications pointaient inutilement dans le vide, comme des doigts tendus instinctivement pour se protéger d'une chute. Aucun vent, aucun bruit, aucun mouvement. Sans inquiétude ni vertige, Philippe, assis sur ce rocher, attendait tranquillement le lever du soleil quand il entendait distinctement, sortant de l'arbre, cette phrase de son enfance : *quand tu ne sais plus qui tu es, grimpe ici une nuit et ta vie retrouvera son sens.*

Alors le jour se leva et le ciel commença à s'éclairer. Pourtant, à l'horizon pas de bleu, ni de rose ni d'ocre. Du blanc, uniformément du blanc, un blanc sale, légèrement brunâtre comme une neige qui fond sur un chemin terreux. Le soleil apparut. Son disque ne brillait d'aucun rayon. Il était noir, d'un noir mat et profond, effaçant toutes les couleurs du paysage. Philippe n'était ni effrayé ni étonné. Il regardait paisiblement cet extraordinaire spectacle. Tout d'un coup, il sentit le rocher osciller. Ils basculaient tous les deux dans le vide quand il se réveilla. Il était 4 heures du matin, l'heure à cette saison d'aller au champ. Il sortit du lit.

Il s'habille, prend un café, sans tartine. Il n'a pas faim. Il embrasse distraitement Julie et quitte la maison. Elle entend Grinoux faire la fête à son maître et en sourit, amusée, jusqu'au moment où le jappement devient un aboiement énergique et entêté qui l'alerte et la fait sortir. Son mari est allongé par terre, à quelques pas, immobile. Elle se précipite. Il a les yeux ouverts, ce ne doit être qu'un malaise, sans doute un vertige de fatigue, la conséquence de sa mauvaise nuit. Elle lui parle, essaye doucement de le redresser, mais il est trop lourd pour elle. Il ne bouge toujours pas, et regarde Julie d'un air étonné, bouche bée. Un gémissement lui échappe quand il essaye de porter sa main à son front. Son bras reste étrangement suspendu à mi-mouvement, comme paralysé.

— Tu as mal à la tête ?

Elle n'obtient qu'une répétition de la plainte. Elle ramène doucement le bras le long du corps. En l'embrassant tendrement sur la joue, elle veut le rassurer.

— Ne t'en fais pas, je vais demander de l'aide aux voisins et je reviens.

Elle est de retour quelques brèves minutes plus tard accompagnée de Jacques et Alphonse Barin, qui s'apprêtaient justement à partir aux champs.

— Alors, monsieur le maire, on a un coup de fatigue ? tente de plaisanter Jacques.

Philippe ne le regarde même pas, comme s'il ne le voyait pas. Ils décident de le porter dans la maison et de le poser doucement sur son lit. Il tremble, sans doute d'une forte fièvre, et Julie veut le réchauffer avec deux épaisses couvertures de laine. De temps à autre, il plisse le front, expulsant un grognement plus ou moins violent. Il se trouve que Jacques est le guérisseur du village. Oh! Il ne prétend pas avoir un don particulier, simplement quelques connaissances transmises de père en fils et qui, parfois, dépannent, faute de médecin. Il suggère à Julie de préparer une infusion de « bouillon-blanc » pour faire baisser la migraine. Elle en a, heureusement, quelques feuilles séchées. Elles ont été récoltées, comme il se doit à la Saint-Jean, de très bon matin, lorsqu'elles sont encore humides et que leurs fleurs diffusent cette douce odeur caractéristique de miel. C'est ce jour-là qu'elles ont le plus de vertus et, dans la région, tout le monde le sait! Il conseille également, contre la fièvre, un cataplasme de farine, vinaigre et sel, avant de conclure prudemment :

— Si ce n'est qu'un petit coup de fatigue, il sera sur pied demain... sinon faudra faire venir un médecin.

Par précaution, il faut que Denis Bonnaril aille remplacer dès maintenant Cyril aux pâturages et que celui-ci descende sans tarder aider sa mère. Cette fois, le battage et le ramassage du foin attendront. La famille d'abord.

Toute la journée, Julie veilla son mari, lui proposa à boire, lui parla, le suppliant de lui répondre, au moins par un signe. Rien. Il ne bougeait pas. Seul point positif : il ne tremblait plus, la fièvre devait être un peu tombée.

Séraphine, habituellement si en guerre contre son père, était bouleversée. Elle aurait voulu aller chercher sans attendre un vrai médecin. Elle n'avait pas confiance en Barin pour le soigner. Julie lui expliqua que la nuit précédente avait été très mauvaise et qu'elle ne pouvait pas déranger pour un simple coup de fatigue ! *Tu te rends compte, venir de Gap pour constater simplement qu'il faut qu'il se repose un peu !* Elles attendraient le lendemain pour décider et entretemps elles suivraient les conseils de Jacques Barin... pour autant que le père accepte de se laisser faire.

Dans l'après-midi, Julie réussit à lui faire boire, par petites gorgées, un peu de tisane. Il resta totalement passif et indifférent. Quand elle voulut retaper l'oreiller en lui soulevant doucement la tête, celle-ci demeura en l'air, comme si le cou était paralysé, et sans qu'il en semble conscient. Ça, c'était véritablement effrayant ! Pour le cataplasme, ce fut impossible. À peine celui-ci fut-il posé sur le ventre de Philippe qu'il le jeta par terre dans un geste brutal et désordonné. Elle réessaya calmement, mais il s'agita tant qu'elle dut renoncer. Il bavouillait et suait abondamment. Il valait mieux le laisser en paix et surtout ne pas l'irriter. C'est ainsi que passa la journée. De temps en temps, il marmonnait, en grimaçant, des propos incohérents. Tout au plus repéra-t-elle des bribes de sons revenant régulièrement, une sorte de mélopée. À plusieurs reprises, Séraphine voulut prendre son tour de veille, tenant à s'occuper aussi de son père. Alors qu'elle lui essuyait simplement et affectueusement le front, il piqua une nouvelle colère en lui tapant le bras d'un geste brutal. Les larmes lui en vinrent aux yeux. Jamais, jamais, son père ne l'avait frappée ! Il ne devait certainement pas la reconnaître et maintenant elle avait peur. Pas peur de lui, peur pour lui. Que lui arrivait-il ? Son père allait très mal, elle s'en voulait de ne pas être partie à Gap, même en désobéissant à sa mère. Le docteur serait venu et il aurait déjà fait quelque chose. Cyril, Léonie et Agnès arrivèrent en fin d'après-midi. Cette dernière avait laissé son époux en alpage. Il fallait bien que quelqu'un s'occupe des bêtes. Elles n'attendent pas et ne se soucient pas de la santé des hommes. Le père allait un peu mieux. Plus calme, il semblait moins souffrir de migraine. Quand ils l'embrassèrent, il se laissa faire, indifférent, comme ailleurs, ne manifestant aucune émotion, le regard toujours fixe, comme étonné. Les reconnaissait-il ? Ils restèrent ensemble jusqu'au soir, mais pour la nuit Julie voulut veiller seule son mari.

Pendant la journée, le temps avait changé, des nuages s'accrochaient aux cimes et la pluie s'annonçait. Dès le lendemain, Cyril irait mettre en trousses le foin coupé par son père, il serait de moins bonne qualité s'il était ramassé mouillé et perdrait de sa couleur et de son parfum. Pierre Truchet tint à expliquer à l'ensemble de la famille Marelier l'entretien de la veille qui pourrait, selon lui, être à l'origine du problème de santé, tant le maire avait été fâché. La contrariété devait s'être reportée sur son corps.

Philippe ne dormit pas de la nuit, prolongeant ainsi la quasi-insomnie de la précédente. Par deux fois, il voulut tout d'un coup se lever, la première pour aller à la mairie et la seconde pour aller faucher ! Ce fut très difficile pour Julie de lui faire accepter de se recoucher. Il retomba à chaque fois dans une élocution saccadée et éprouvante de mots en bouillie. Julie était terriblement inquiète et, au matin, totalement épuisée. Oui, il fallait faire venir un médecin !

Par chance, Séraphine avait appris dans la soirée par François Varalin (le mari de l'accoucheuse), revenu d'une partie de cartes à Rabou, que le médecin devait y venir le jour même visiter une vieille dame impotente. Peut-être pourrait-il se déplacer ensuite à Chaudun ! Julie devant rester au chevet de Philippe, et Cyril travailler au champ du père, c'était donc Séraphine qui se rendrait à Rabou. Pierre Truchet s'empressa de proposer de l'accompagner. Il connaissait quelques petits raccourcis, par des passages un peu périlleux à ne pas pratiquer seul ; l'heure et demie de marche par la sente des Bans semblerait moins longue à deux ; et tout le monde serait plus rassuré ! En partant maintenant, ils seraient de retour avant la nuit.

À Rabou, le médecin leur précisa avoir encore plusieurs malades à visiter et l'intention de dormir sur place. Il viendrait à Chaudun dès le lendemain matin. Si, à l'aller, les chemins étaient mouillés d'une légère pluie nocturne, au retour de l'après-midi, non seulement ils étaient complètement secs, mais l'air était très chaud. Pas de vent pour rafraîchir, plus de nuage pour atténuer les rayons du soleil. Ils firent plusieurs brèves pauses à l'ombre des quelques arbres et bavardèrent gentiment de choses et d'autres. Pierre demanda à Séraphine ce qu'elle voulait faire plus tard, ce qui l'intéressait dans la vie, aborda aussi ses relations avec ses parents, avec ses amis, son petit copain...

— Des copains, quelques-uns, mais pas d'amoureux.

— Pourtant tu es en âge d'en avoir un. Les prétendants ne manquent pas !

— Les garçons ne pensent qu'à une chose et moi je ne veux pas.

— Pour ça, tu as raison, approuva Pierre, il ne faut pas le faire (se gardant de préciser quoi !) sans amour.

— Oui, mais comment savoir si on aime quelqu'un sans l'avoir fait ?

— ...

— Et comme l'Église veut qu'on se marie d'abord, après, si on ne s'entend pas, le paradis devient l'enfer pour la vie !

— Un sentiment, exposa Pierre doctement, se ressent avant tout acte physique.

— Pour moi, ce sentiment s'appelle l'amitié. Je ne vois pas la différence.

Pierre jugea préférable de passer à un autre sujet. Cette discussion risquait de l'échauffer un peu et il n'était pas l'homme approprié pour lui expliquer l'amour calmement et objectivement. Continuer à en parler sans déclarer ses propres sentiments pouvait relever de la gageure.

Pas très loin de Chaudun, à la roche de la Palette, passage caillouteux et dangereux, Séraphine trébuche. Pierre se précipite pour la retenir, de peur qu'elle ne dévale sur le bas-côté fort pentu du chemin. Elle saigne très légèrement du front. Une simple écorchure et Pierre de jouer au papa consolant sa fille :

— Oh! ce n'est rien. Je vais te nettoyer cette horrible blessure. Et il lèche l'éraflure tandis que, amusée, Séraphine se laisse faire.

— Ah oui, ça va beaucoup mieux, rit-elle de bon cœur en relevant la tête pour le regarder.

Hasard de mouvement? Geste réflexe? Les lèvres de Pierre effleurent celles de Séraphine, qui, surprise, marque une petite hésitation avant de rapidement détourner sa bouche et de se mettre debout.

— Excuse-moi, croit-il nécessaire de dire tout en rougissant.

— Oh! Il n'y a pas de mal, s'amuse Séraphine.

Un silence gêné puis il ajoute :

— Je ne sais pas ce qui m'a pris! indiquant ainsi maladroitement que ce baiser n'était donc pas tout à fait involontaire.

— Allons, Pierre, lui répond-elle avec un sourire gentil, tu n'es tout de même pas le premier garçon à vouloir m'embrasser! Mais il vaut mieux que nous restions de vrais amis, n'est-ce pas?

— Bien sûr. N'aie pas peur. Je ne recommencerai pas. Je ne suis pas un satyre, essaye-t-il de plaisanter en bafouillant.

— Je n'ai pas peur. Je t'aime bien.

Ils reprennent leur marche quand il a cette réflexion :

— Tu sais, tu as les beaux et grands yeux verts de ta sœur !

— Pas seulement les yeux.

— Et Agnès est mariée, elle.

— Avec un garçon de son âge, remarque-t-elle avec un sourire malicieux.

— Tu devrais peut-être en faire autant, non ?

— Un jour, sûrement. J'attends que mon preux chevalier grimpe à Chaudun parce que, vois-tu, je ne veux pas rester toute ma vie dans ce trou ! Celui qui m'épousera devra me promettre de m'emmener loin d'ici, découvrir cette mer dont me parlent tes livres.

Elle fait déjà comme si rien ne s'était passé et Pierre se garde de montrer qu'il est autant désespéré de son acte que du refus obtenu. Son geste impulsif a-t-il gâché toutes ses chances ? Le non est-il définitif ? Peu avant d'arriver à Chaudun, il lui demande timidement :

— Tu comptes raconter à ton père que…

— Bien sûr que non ! Pourquoi le ferais-je ? Un baiser ne fait de mal à personne. N'y pensons plus et surtout n'en parlons plus.

Si le baiser l'a un peu troublée, elle est certaine de ne pas aimer l'instituteur d'amour.

Le lendemain, le docteur arriva comme prévu dans la matinée. L'état de Philippe n'avait guère changé. Cela faisait déjà deux jours qu'il était comme ça, passant d'une totale passivité à une agitation et une irritabilité inexplicables. Il restait des heures sans dire une parole, puis d'un coup se mettait à débiter des mots qui n'avaient pas de sens. *Comme s'il devenait fou, mon mari !* s'effraya-t-elle. Le médecin eut beaucoup de mal à ausculter son patient, Philippe se débattant furieusement. Le cœur était normal, la tension aussi, les yeux un peu rouges, sans doute un indice de fièvre. Il testa les mouvements et constata cette étonnante raideur psychomotrice des bras et des jambes. Il essaya de lui parler doucement sans obtenir de réaction, puis de lui faire suivre un lent déplacement de sa main que Philippe ne suivit pas, restant le regard fixé sur le plafond. Après une longue réflexion, il souhaita discuter seul à seul avec Julie. Il l'interrogea d'abord sur le comportement de son mari ces temps derniers et sur les événements qui auraient pu récemment l'inquiéter, voire le bouleverser. Bien entendu, elle raconta la réunion à propos de la pétition. Après avoir promis de n'en parler à personne, ni à Rabou ni ailleurs, il conclut ainsi son diagnostic :

— Écoutez, il n'y a rien de vraiment physique, à part cette légère fièvre. Je suis à la fois très hésitant et très soucieux, je ne vous le cache pas. Sur la base de ce que vous m'avez raconté, je pencherais pour une sorte de névrose. Pour faire baisser la température, vous pouvez simplement lui appliquer sur le front des compresses d'herbes de la Saint-Jean.

— Elles sont en pleine floraison, constata Julie.

— Oui, et en infusion vous lui faites boire de la mélisse qui est un puissant relaxant. Par ailleurs, vous devez rester auprès de lui le plus possible. Il risque de continuer à avoir des changements d'humeur brutaux et à alterner prostration et agitation. Lui parler peut l'aider à retrouver la raison, car je ne pense pas qu'il soit totalement inconscient. (Il ajouta, après quelques secondes supplémentaires de réflexion :) je suis désolé, mais en l'état des connaissances de la médecine et de mes moyens, je ne peux rien faire de plus. Si sa santé ne s'améliore pas disons d'ici la fin de la semaine, il faudra envisager une hospitalisation à Gap. Votre mari a de toute évidence subi un choc psychologique grave et il est possible qu'il en garde des séquelles.

Voulant la rassurer, il précisa que, si nécessaire, il existait maintenant des traitements électriques pouvant donner de bons résultats. Malgré le haut-le-cœur de Julie en entendant parler de ces traitements, il insista :

— Si son état se prolonge, il faudra bien en passer par là, mais ne vous inquiétez pas encore trop. C'est un homme solide, votre mari, et il est possible qu'il se remette seul. Il a subi une forte secousse et s'il est en quelque sorte déboussolé, il peut avoir la force de retrouver le nord tout seul. Toutefois, vous devez savoir qu'il restera ensuite un peu fragile et qu'il serait sage de lui éviter par la suite de trop fortes émotions. (Hochant la tête, il conclut en murmurant :) le diable n'est décidément pas toujours à la porte du pauvre !

Il ne partit pas sans avoir examiné Léonie et vérifié que sa grossesse se passait bien.

Julie, en résumant la situation à toute la petite famille, craqua un peu et ne put retenir des larmes. Séraphine serra sa mère dans ses bras avec beaucoup de tendresse :

— Ne vous en faites pas, mère, je vais rester avec vous et on va bien s'en occuper du père.

De fait, elle passa beaucoup de temps à son chevet, lui prépara compresses et bouillons, dont elle arrivait à lui faire boire quelques cuillères, lui parla beaucoup quand elle était seule avec lui. Elle se sentait utile et vivait ses monologues comme des dialogues, qui lui procuraient – à elle au moins – du bien.

Tout le village fut vite au courant que monsieur le maire était malade et chacun fit une visite pour prendre personnellement des nouvelles. Tous appréciaient et respectaient monsieur Marelier et souhaitaient lui témoigner et proposer leur aide. Julie ne reçut que dans la cour, prétextant qu'il fallait beaucoup de calme à son mari. En fait, elle ne voulait surtout pas qu'il soit vu dans cet état. Il fut décidé de parler d'une grosse insolation attrapée en fauchant son pré et, pour une fois, les langues n'eurent rien d'autre à faire courir.

Seuls, Jean-Pierre, le curé et l'instituteur savaient la vérité. Ils se taisaient d'autant plus aisément qu'ils se sentaient responsables de cette maladie, qu'on nommerait aujourd'hui une psychose confusionnelle. Ils avaient sous-estimé l'impact de leur annonce. Jean-Pierre s'en voulait particulièrement en se souvenant des paroles de Philippe l'accusant de trahison. Oui, il avait été imprudent. Même s'il avait raison sur le fond, par amitié il n'aurait pas dû. Les femmes se relayèrent au chevet de Philippe jour et nuit, y compris Léonie ; elle était une Marelier maintenant. Le cinquième jour, il donna quelques signes d'amélioration, acceptant un peu de bouillon, son regard commençant à suivre les mouvements et ses gestes semblant moins maladroits. À l'aube du sixième, à la stupéfaction de Julie, il se leva, prit un abondant petit déjeuner et partit travailler au champ, comme si de rien n'était. Cyril ayant rentré le foin, il restait à moissonner. En revenant, en début de soirée, Philippe fit un détour par le cimetière et passa un long moment avec son père. Il mangea comme quatre, fit preuve de bonne humeur et témoigna son plaisir d'avoir femme et enfants autour de lui, sans pour autant s'en étonner. Clairement, il ne se souvenait pas des jours précédents et s'agaçait que les autres se soucient de sa santé. Il allait bien, pourquoi cette soudaine sollicitude ? Julie lui expliqua, avec beaucoup de précautions, ce qui lui était arrivé, la visite du médecin et ses recommandations, se gardant d'évoquer le motif probable de ce choc émotionnel. Il cautionna si bien la version donnée à ses concitoyens – qu'il avait attrapé une insolation – qu'il finit par y croire lui-même.

La famille était d'autant plus soulagée de cette bonne forme retrouvée qu'elle avait été inquiète de cette pathologie indéfinissable. Le docteur avait eu raison de dire que Philippe pouvait s'en remettre tout seul et qu'il était un homme solide ! Il n'était plus question d'hospitalisation et les femmes se persuadèrent que les infusions de mélisse avaient été déterminantes. Quelques petites choses avaient cependant changé chez Philippe. On remarqua par exemple qu'au lieu de piquer ses traditionnelles grandes colères, il se refermait sur lui-même dans un mutisme définitif. Aussi Julie demandait-elle à tout le monde d'éviter de le soucincer. Par ailleurs, sa mémoire avait occulté toute une période précédant le retour de Julie du marché, si bien qu'il s'étonna à plusieurs reprises de ne plus voir la famille Daille lui rendre visite. Si leurs relations étaient redevenues comme avant, Jean-Pierre préférait décliner toute occasion de réveiller un mauvais souvenir chez son ami. Pour Julie, le changement le plus notable fut, pendant un certain temps, que son mari n'avait plus au lit d'autre motivation que de dormir. Multipliant les initiatives, elle n'obtint au mieux qu'un accomplissement, presque laborieux, du devoir conjugal. Celui-ci prouvait, au moins, qu'il ne s'agissait pas d'impuissance physique mais seulement d'un désintérêt pour ce plaisir-là. Il en avait perdu tout simplement le désir et le goût. Et puis, un jour, il eut une panne d'érection et elle eut beau dégonfler l'incident en plaisantant gentiment, il ne la toucha plus autrement que par des gestes de tendresse. Il ne défit plus son tablier, il ne l'emmena plus dans la grange, il ne profita plus des moments d'intimité, il ne lui fit plus l'amour. Rendue nerveuse, elle décida d'essayer de compenser en se portant plus souvent volontaire pour aller au marché et en particulier à celui de Saint-Bonnet le vendredi matin. Elle avait besoin de se dépenser physiquement, de se changer les idées et de voir du monde. Elle expliqua que les clients l'y attendaient d'une fois sur l'autre et il est vrai qu'elle y vendait bien. À part ça, si l'on peut dire car ce n'était pas rien, Philippe Marelier était redevenu Philippe Marelier. Séraphine, bien que son père ne le remarquât pas, fut beaucoup plus présente à la maison et toute la famille l'entoura de beaucoup d'affection. Le danger les avait rassemblés.

La moisson

Août est une période vitale qui conditionne l'année à venir. Voilà longtemps qu'il n'a pas plu, la terre commence à être sèche, l'irrigation se réduit à un filet et il n'y a pas de second semis possible sans un changement de temps. Dans l'immédiat, les blés sont mûrs et bien dorés. Tous ceux qui ne sont pas aux pâturages moissonnent.

Dès l'aube, les Patorel, avec Joseph Bouchan qu'on aidera ensuite pour sa propre récolte, sont au champ en haut des Clôts. Là, on coupe à la youlame[1]. Trop de pierres pour la faux qui s'use trop vite et coûte trop cher, a décidé le père. Les hommes avancent à la même cadence. C'est comme une danse. La tête tournée vers le grain à couper, ils saisissent le chaume de la main gauche, tiennent la prise fermement pour perdre le moins de grains possible, tranchent la poignée de tiges d'un coup sec et font tomber les javelles les unes sur les autres le long de l'andain. Femmes et enfants, en vacances, suivent de près pour ramasser les gerbes et les disposer en cacalons que l'on viendra chercher plus

---

1. Youlame : faucille.

tard, quand ils auront un peu séché. Chez les Marelier, c'est l'orge que l'on coupe aujourd'hui, en amont des Brauas. Après il faudra poursuivre par le reganiou[1] que Cyril a semé au printemps. Philippe et Cyril sont aidés par Honoré Combe le journalier qui, à cette saison au moins, ne manque pas de travail et sera payé huit francs l'arpent. C'est le prix. Le champ, d'un blond tirant sur le jaune, est magnifique. Les tiges sont hautes, les épillets sont prolongés par de longues barbes aériennes et foisonnantes, les grains sont bien perlés. Oui la récolte sera bonne ! Cette céréale convient décidément bien à la rusticité de la région. Les hommes aiguisent soigneusement leurs faux et commencent à couper les épis. Le geste est plus large qu'avec la faucille et le passage de l'outil émet dans l'air le léger sifflement du fouet. Si Julie et Séraphine suivent, Alphonsine est restée à préparer les casse-croûtes et à travailler au jardin. Elle va ramasser les carottes et semer en pleine terre les chicorées et les frisées. C'est une époque où elle voit peu son mari. Robert, l'estivage c'est son métier, c'est comme ça, et puis c'est déjà mieux qu'autrefois, quand il était simple journalier et partait huit mois par an ! Elle est philosophe, Alphonsine. Dans la vie, il faut prendre ce qui est bon et ne pas en demander plus. Françoise de son côté arrose ses tomates avec du purin d'ortie diluée pour en fortifier les pieds et récolte ses poireaux d'été. Avec Philippe elle a appris à faire comme si de rien, puisqu'il ne se souvient de rien… sauf qu'il faut inventer en permanence des excuses pour ne pas aller chez lui, en espérant qu'avec le temps les relations pourront se normaliser.

Dans la moitié des champs, c'est la même scène. La moitié des champs parce qu'il est plus rapide de

1. Reganiou : blé.

travailler par groupes. Aujourd'hui chez les Patorel, demain chez les Barin, avec Jacques et seulement Alphonse, puisque Louis est parti à la Saint-Jean faire le berger. On s'organisera pareil pour le battage et pour engranger. Les éleveurs qui ne sont pas montés à l'alpage viennent donner un coup de main. Jean-Pierre Daille à Villard ; il n'a même pas osé proposer à Philippe ! Que ce soit blé ou orge, on coupe et on met en gerbe. Ce n'est qu'une fois que tout sera bien sec qu'on les rentrera pour le battage. Resteront les champs joliment rosés de blé noir. Les fleurs ne seront pas complètement ouvertes avant la mi-septembre. On terminera avant que l'hiver ne revienne. Encore un soir où tout le monde est fourbu et a les reins endoloris. La seule pause prévue sera dimanche matin, pour la messe et le déjeuner... s'il n'y a pas urgence à finir le travail !

Le lendemain matin, Cyril se rend chez son père pour partir moissonner avec lui. On doit finir le champ d'orge commencé la veille et après on passera au blé, un peu plus haut. Avant même d'arriver devant la maison, lui remonte aux narines une odeur forte et nauséabonde. À l'entrée de la cour, un mélange de lisier de porc et de paille. Un fumier déposé là, volontairement. Un geste malveillant. De qui ? Cyril se précipite pour attraper une brouette et une pelle : il ne veut pas que son père voie ça ! Trop tard ! Il n'a pas eu le temps d'enlever toutes ces immondices que le reste de la famille sort et sent cette pestilence. Julie et Séraphine courent au puits chercher de l'eau avec des seaux pour finir de nettoyer et estomper la puanteur. Philippe, lui, ne bouge pas. Il ne dit mot, regardant la scène en hochant la tête. Il fronce les sourcils, dans une attitude de perplexité qui contraste avec la rage de son fils :

— Je vais trouver celui qui a fait ça et je te jure, père, qu'il ne recommencera pas de sitôt !

— Pourquoi ? demande Philippe d'un air seulement étonné.

— Pourquoi il ne recommencera pas ?

— Non. Pourquoi il a fait ça ?

— Sans doute par bêtise, ivrognerie et je ne sais quoi encore. Mais sûr qu'il va le payer !

L'incident est provisoirement clos, le travail n'attend pas et à la pause de midi on se gardera d'en parler. Après avoir fini sa journée, rangé les outils, embrassé sa mère, Cyril rentre chez lui – toujours chez les Daille – retrouver Léonie. Il rencontre Denis Bonnaril, qui a passé l'après-midi à s'occuper de ses ruches et qui lui demande :

— Ça avance bien, là-haut ?

— Oui, mais je suis crevé. Les journées sont longues et je suis bien content, le soir, d'avoir un chez-moi, soupire Cyril.

— Moi aussi… et puis chez moi ça sent bon, ajoute Denis avec un demi-sourire, en détournant légèrement la tête.

— Qu'est-ce que tu veux dire ? interroge Cyril, soupçonneux.

— Enfin, comme ça… parce que je crois que chez ton père ça sent un peu le cochon !

Alors Cyril, piquant une colère à la Marelier, l'attrape par le col, lui assène un coup de poing en pleine figure avec tellement de soudaineté que Denis, pourtant bien baraqué, n'a pas le temps d'esquiver et tombe par terre. Cyril est déjà sur lui et le roue littéralement de coups. Il est dans une telle furie qu'il ne réalise pas qu'il peut le tuer. Il a perdu tout contrôle de lui-même, il cogne et cogne encore un Bonnaril à demi inconscient, qui essaye tant bien que mal de se protéger avec les bras, sans la moindre chance de reprendre le dessus, Cyril ne lui laissant aucun répit. Heureusement que l'abbé

Albert avait à se rendre chez une paroissienne ! Il s'interpose immédiatement en leur ordonnant de s'arrêter. Il crie assez fort pour que Jacques Barin entende et vienne à l'aide. Cyril est maintenant debout, ceinturé par l'abbé, et crache au visage de son adversaire encore allongé par terre et qui n'a pas tout à fait repris ses esprits.

— Qu'est-ce qui t'a pris ? Pourquoi t'as fait ça, espèce de salaud ? hurle Cyril.

— Parce qu'il nous empêche de partir, articule difficilement Denis, en essuyant avec sa manche un filet de sang qui coule de son nez.

— En tout cas, il ne t'empêche pas d'être con ! réplique Cyril cherchant à se dégager pour frapper encore.

— Je lui ai mis du fumier devant sa porte parce que c'est un fumier de ne pas vouloir signer la pétition. Il se prend pour le bon Dieu ou quoi, ton père ?

Le curé intervient :

— Ah ! non, Denis, tu ne vas pas en plus blasphémer ! Déjà que c'est im-par-don-nable ce que tu as fait et parfaitement hon-teux ! Que vont penser de toi Mariette et la petite Louise, quand elles sauront ?

— Et tout le village ! ajoute Jacques Barin.

Un petit attroupement encercle les combattants. Des hommes et quelques enfants. Les femmes, à cette heure, ont trop à faire dans leur maison pour se mêler aux badauds. Par sa fonction de maire-adjoint, Jacques se doit de régler cet incident.

— Denis, il faut t'excuser. L'abbé a raison. Pour ta femme, pour tes enfants et même pour ton père qui doit avoir bien honte en te regardant.

L'abbé enfonce le clou à sa manière :

— Dieu ne pourra pas te pardonner tant que tu ne te seras pas excusé.

— Ça je m'en fous, ronchonne Denis en se relevant doucement avec un air de chien battu, et tenant toujours son nez d'une manche pour arrêter le saignement. Je ne lui ai pas pardonné non plus pour mon père, alors comme ça, on sera quittes !

L'abbé Albert se signe :

— Tu ne sais plus ce que tu dis.

Jacques Barin à son tour :

— Tu devrais avoir vergogne[1] de ce que tu as fait. Ce n'est pas injurieux seulement pour les Marelier, mais aussi pour nous tous.

— Il n'a qu'à nous laisser...

— Tais-toi. Ça suffit ! N'essaye surtout pas de te justifier ! Je te dis que j'ai vergogne pour toi. (Et puis après un temps :) et ta femme, je suppose qu'elle n'est pas au courant, sinon elle t'aurait empêché de faire ça ?

— Je l'ai fait à la nuit. Elle dormait déjà.

Maintenant tout penaud il ajoute :

— Jacques, c'est en pensant à ce que tu m'as dit hier après-midi que j'ai piqué une colère.

— Bon, voilà que ça va être de ma faute ! Je t'avais dit quoi ?

— Qu'il fallait que tout le monde signe pour envoyer la pétition.

— Et tu crois que c'est avec ton tas de merde que tu feras changer d'avis un Marelier ? Tu es vraiment complètement gargaréu[2] !

— Moi, je te garantis autre chose, siffle Cyril qui ne décolère toujours pas. Tu t'excuseras, les pieds devant s'il le faut !

— Allons, allons, intervient Barin. Pas de ça ! Pas de menaces que vous pourriez regretter. D'ailleurs, votre

1. Vergogne : honte.
2. Gargaréu : idiot.

père n'apprécierait pas. Inutile d'aggraver l'incident. Je crois que Denis est encore victime de ses coups de sang qui lui montent de temps en temps à la tête. Quand il sera calmé, il ira s'excuser et on n'en parlera plus. Que chacun rentre chez soi. Denis, propose-t-il en le soutenant par le bras, je vais te raccompagner, et toi, Cyril, tu vas tranquillement retrouver ta Léonie et tu salueras pour moi les Daille.

— Dis à Mariette que je passerai la voir demain, après la messe du matin, prévient l'abbé.

Denis attendra trois jours avant d'oser se présenter chez les Marelier. Tout Chaudun sera bien entendu au courant de sa bêtise et personne n'acceptera de l'aider ni même de lui adresser la parole tant qu'il n'aura pas fait cette démarche. Il viendra, à la nuit tombée, une pommette encore gonflée et les côtes douloureuses, accompagné de Jacques Barin qui parlera le premier :

— Philippe, tout le village est vraiment désolé et indigné. C'est vraiment lamentable.

Denis poursuivra dans un murmure, en baissant les yeux :

— Ouais, j'ai dérapé. Je m'excuse monsieur le maire.

Jacques reprendra :

— J'ai consulté le conseil. Nous proposons que Denis fasse deux jours de battage pour toi. Ça te va ?

Philippe refusera de la tête :

— Ce n'est pas la peine. Il a trop à faire en ce moment. Il doit s'occuper de ses cochons et de son rucher et il a une famille à nourrir.

— Mais je suis d'accord pour le faire, insistera Denis, surpris.

— J'accepte tes excuses et ça suffit comme ça. Si j'ai besoin d'un coup de main plus tard, disons que je te demanderai. (Il ajoutera, tristement :) cette pétition, tu vois, elle met le désordre entre nous ! Elle constitue un grand danger pour le village. C'est un oiseau de mauvais augure qui plane sur nous.

On en resta là. L'incident était clos. Denis ignorait que Mariette était déjà allée présenter ses excuses à Julie au lendemain de la bagarre, apportant même une tourte aux cerises cuisinée tout exprès. Elle était, expliqua-t-elle, si humiliée qu'elle osait à peine sortir de chez elle. Pourtant son mari était un homme gentil, et tendre, parfois. Malheureusement, de temps en temps, quand il se butait, il était capable de faire n'importe quoi. Elle avait ajouté avec une sincère compassion :

— Votre mari, après sa grosse insolation, il n'avait pas besoin de ça en plus !

— C'est vrai que, depuis, il a un peu changé, avoua Julie. Dans cette affaire, il n'a même pas piqué de colère et c'est Cyril qui s'est fâché ! Quand ce n'est pas l'un, c'est l'autre, essaya-t-elle de plaisanter. (Puis elle demanda des nouvelles du petit.) Maintenant cinq mois, compta-t-elle.

— Oui, il commence à attraper avec ses mains et à porter à la bouche.

— J'ai aperçu la petite, hier. Elle jouait avec les enfants Villard. Elle me semble en pleine forme et très maligne. Elle est contente d'avoir un petit frère ?

— Ah, ça oui ! Elle le cajole, joue à la maman, empêchant même le chien de l'approcher. Tiens, l'autre jour, elle a même interdit à son père de l'embrasser parce qu'il piquait !

Elles bavardèrent encore un moment, mais elles avaient toutes les deux beaucoup trop à faire pour s'attarder longtemps.

On collabore!

Une semaine plus tard, un peu partout sur les chemins qui mènent aux terres, en haut ou en bas du petit Buëch, c'est un va-et-vient de charrettes attelées à des vaches ou à des mulets qui se croisent, vides ou pleines de gerbes moissonnées et séchées. En attendant de pouvoir faire les semis d'automne, on engrange. À la ferme, s'organise une chaîne. Un homme fourche les faisceaux et les transmet à un compagnon plus haut, qui les empile sur le gerbier. Celui-ci range au mieux, en forme d'escalier. Dans le peu de place disponible, pour avoir de quoi nourrir tout le monde le restant de l'année, les animaux comme la famille, il faut stocker le plus possible.

Chez Philippe, en raison de la pente, la grange est au-dessus de l'étable et l'entrée donc de plain-pied. Chez les Patorel, il est indispensable de construire une rampe d'accès avec du remblai. Chez l'un comme chez l'autre, les portes sont étroites et il faut faire attention en arrivant de ne pas les manquer!

Pendant ce temps, les femmes continuent à ramasser les épis restés sur les champs. Il n'y a pas de petites économies et folle serait celle qui ne ferait pas de glanage pour la consommation familiale. Plus tard, on battra toutes ces gerbes au fléau : pas de machine ici! Pas encore?

Chaudun regarde le ciel avec inquiétude. Fin septembre, pour le deuxième labour, il faudrait absolument de l'eau. Les paysans ont des calendriers saisonniers bien définis, que le ciel ne respecte pas toujours. Parfois il a de l'avance, parfois il a du retard. Et là, il a franchement du retard!

Les bergers, quant à eux, comptent et recomptent les bêtes, les déplacent d'un herbage à un autre, assurent les traites et fabriquent fromages et beurre qui seront vendus aux marchés de la région par ceux qui montent apporter du sel, des provisions et prendre des nouvelles, tels que Jean-Pierre Daille, Victor Taix ou Jacques Barin. Les propriétaires aiment bien venir voir leurs troupeaux. Denis Bonnaril restera là-haut jusqu'à ce que l'hiver commande le retour général. À cette époque-là, l'essaimage devient bien plus rare et les ruches ont moins besoin de sa surveillance. Et puis, au village, il était par trop obligé de faire profil bas, suite à son histoire de fumier, et préférait s'éloigner quelque temps pour se faire oublier.

Ce matin de mi-septembre, l'orage a grondé, cette fois de l'autre côté, vers Valgaudemar et l'Oisans. Un avertissement du changement météorologique. Plus qu'une question de jours. Une grosse pluie permettrait ce second labour pré-hivernal. Alors la saison aura été bonne. Le colporteur, qui est passé la veille, a affirmé qu'une première averse était tombée sur Gap. Un signe encourageant. Celui-là, on le connaît suffisamment pour qu'il n'ait pas besoin de présenter le livret de la préfecture ; on lui fait confiance... enfin autant qu'on peut faire confiance à un colporteur ! Tous les ans, il va de ferme en ferme à cette époque où il y a un peu de sous de rentrés. Il est arrivé avec sa balle[1] sur son dos et Julie lui a acheté quelques mouchoirs et aiguilles, madame Varalin un chapelet, Mariette Bonnaril quelques dentelles pour faire une robe à sa Louise. C'est d'ailleurs dans sa grange qu'il a dormi avant de reprendre au petit matin son tour des villages.

Philippe était perché en haut d'une charrette quand il aperçut l'abbé Albert qui venait vers lui, ses cheveux

---

1. Balle : hotte.

en grand désordre sous son béret qu'il maintenait d'une main pour lutter contre les bourrasques de vent :

— Tiens voilà le curé qui vient voir ses ouailles aux champs ! gouailla-t-il gentiment.

— Pas tout à fait, monsieur le maire. C'est vous que je viens voir. Nous avons du pain sur la planche ! répondit-il, tout sourire, en essayant de ranger ses cheveux sous sa calotte que le vent avait poussée de travers.

— Comme vous y allez ! Vous voulez déjà du pain alors que nous n'en sommes qu'à moissonner ! Le moulin, ce n'est pas pour demain, continua à plaisanter un Philippe enjoué, sautant à terre. Il se doutait bien que cette rencontre n'était pas désintéressée.

Certes, au village il n'y avait plus personne à visiter à part quelques vieux, et l'abbé venait souvent, à l'heure de la pause-repas, bavarder avec les familles... quoique rarement avec la sienne.

— La saison a été particulièrement bénéfique cette année, nota l'abbé.

— N'est-ce pas la preuve que Dieu approuve nos efforts ?

— Je ne sais pas s'il faut Le voir intervenir dans ce résultat, même s'Il est partout. J'ai plaisir à constater que vous êtes en pleine forme et que votre petit accident de santé semble complètement oublié.

— Eh oui ! Ce n'est pas encore demain que vous ferez une belle homélie sur ma tombe !

— Oh ! Je ne suis pas pressé. J'espère même n'avoir jamais à le faire, se récria l'abbé, il est vrai que j'aurais plus à dire sur vous qu'au sujet de votre père à une certaine époque ! (Il enchaîna sur un ton plus sérieux :) trêve de taquineries, je suis venu jusqu'ici pour un problème ennuyeux qu'il serait bien que nous résolvions ensemble.

L'abbé Albert lui raconta alors qu'Irène Varalin, celle-là même qui avait voulu assister à l'accouchement de Mariette Bonnaril, était enceinte, que le géniteur était de Saint-Jacques, qu'elle avait d'abord reçu une vraie rouste en annonçant la nouvelle et qu'elle avait interdiction de sortir de chez elle tant que l'affaire ne serait pas réglée.

Madame Henriette Varalin – une bonne paroissienne, soit dit en passant – était venue le voir, obsédée par l'idée du péché mortel commis par sa fille.

— Dans cette affaire, en fait pas si mortelle que ça, l'important est d'assurer un père à ce petit. Alors, on pourrait convenir que je m'occupe des âmes de tout ce jeune monde, comme vous me l'avez conseillé une fois, pendant que vous vous chargerez de trouver le père et de lui faire reconnaître son enfant.

— Et de les faire s'installer ici, ajouta Philippe.

— Si vous le pouvez, ça me va ! conclut l'abbé, relevant sa soutane pour enjamber les gerbes. Je suis ravi que nous collaborions. Je savais que notre brouille ne serait que passagère.

— N'allez pas trop vite en besogne. C'est un cas particulier cette affaire... et qui n'est pas encore résolu, qui plus est. Profitons-en pour parler d'un autre souci : Antoine Parini.

— Ah, ça : depuis le décès de son ami, il ne dessaoule plus !

— Et cause de plus en plus de désordre. Ça fait pitié de le voir comme ça.

— Je sais, je sais... mais que voulez-vous : je ne pouvais plus le garder comme bedeau ! Imaginez une messe avec lui dans cet état !

— Tout de même, vous l'enfoncez un peu plus dans sa solitude et son désespoir. Il se sent responsable de ce qui est arrivé à son ami. Vous devriez lui parler, le raisonner et trouver à lui occuper la tête.

— D'accord, je vais y réfléchir. Dans l'immédiat, l'urgent c'est le cas Varalin.

— Je vais voir ce que je peux faire pour Irène. Tout dépend si le garçon est bien disposé. Sinon l'autre solution, c'est que vous, ou votre confrère de Saint-Jacques, le confessiez ! En tout cas, je m'en occupe tout de suite pendant que, de votre côté, vous évitez le scandale dans Chaudun. Pas la peine que ça s'ébruite, n'est-ce pas ?

Philippe fut accueilli chez les Varalin poliment, mais froidement. La famille n'avait pas envie que l'affaire s'évente et moins on en dirait mieux ça vaudrait. Il proposa d'intervenir comme un futur tsamaraude. Irène, houspillée par son père, accepta de confirmer qui était le fautif, promit-jura que ce ne pouvait pas être un autre, expliqua que son amoureux, qui s'appelait Albert, était bûcheron, avait deux frères et une sœur et qu'il était le benjamin. Elle ne savait pas bien son âge, autour de 17-18 ans. Elle affirma qu'il était gentil, très doux, que c'était elle qui avait *voulu*, (là, la mère implora le Ciel !) et qu'il ne fallait donc rien lui reprocher. Quand elle poursuivit, dans une envolée passionnée, en disant qu'elle se refusait de l'obliger à l'épouser, et que s'il ne voulait pas d'elle, elle élèverait son bébé toute seule, ça devint trop ! Complètement acabé[1], le père ! Il charcla[2] tout rouge à nouveau, faillit lui mettre une taloche et lui ordonna d'un ton impérieux de se taire... ce qui, de fait, valait infiniment mieux ! Philippe calma tout le monde et promit d'aller dès le lendemain à Saint-Jacques rencontrer cette famille et voir ce qu'il pouvait arranger. L'affaire n'était pas si grave. Une simple étourderie de

1. Acabé : accablé.
2. Charcler : piquer une colère.

gamins, assura-t-il, qui pourrait parfaitement se terminer par un beau et heureux mariage. C'est vrai qu'avec l'éducation sentimentale reçue de son père, Philippe n'était pas autrement choqué des petites aventures de jeunesse, même s'il valait mieux éviter d'engrosser la fille. Ce garçon avait été maladroit, *un point c'est tout*, comme aurait dit Célestin. De retour chez lui, il en parla à Julie qui lui proposa de l'accompagner.

— Les femmes ont des approches plus pragmatiques de ces problèmes-là que les hommes, et je pourrai discuter avec la mère plus facilement que toi. Cette affaire à régler tombe à point… si on la règle bien.

— Qu'est-ce que tu veux dire ?

— Après ta maladie, dont tout le monde a craint des conséquences, et les disputes du genre de celle de Cyril avec Denis, l'arrangement que tu vas organiser raffermira ton image et ton autorité de maire. Ce sera bon pour toi.

— Tu sais que tu es une excellente conseillère ? Tu aurais pu faire une carrière politique à Paris ! s'esclaffa Philippe, en lui donnant un baiser… hélas pour Julie, pas très appuyé.

L'Albert ne contesta rien et se déclara prêt à assumer ses responsabilités. Ses parents grondèrent bien un peu pour le principe, se demandant si leur garçon n'était pas victime d'une dévergondée, sujet sur lequel Julie apporta toutes les assurances nécessaires, dont le fait que la famille concernée était très pratiquante. En outre, qu'Irène ait participé à l'accouchement d'Élie prouvait qu'elle saurait être une bonne mère. Il fut donc aisément convenu qu'il fallait arranger un mariage et que le plus tôt serait le mieux, vu les circonstances. Après avoir trinqué, les Marelier repartirent pour Chaudun. Philippe avait agi pour le bonheur d'un futur jeune couple, démontré qu'il était toujours disponible et efficace pour ses administrés. Julie lui fit remarquer que les fiançailles auraient lieu à Chaudun et le mariage à Saint-Jacques. C'était mieux ainsi : on jaserait moins sur la rondeur de la mariée.

Seulement deux allers-retours furent nécessaires entre les familles. Les dates des cérémonies furent arrêtées à fin septembre pour les fiançailles, l'essentiel des travaux aux champs étant achevé, et début octobre pour le mariage, en espérant que les premières neiges ne viendraient pas gâcher la fête. Les fiançailles et le mariage se suivraient donc de près vu les circonstances. Ces deux moineaux n'avaient plus le temps de roucouler.

Encore un départ !

Fin août, Truchet était rentré comme prévu de son stage à l'école normale de Gap et en résuma l'essentiel à Philippe. La formation avait commencé par un discours du directeur rappelant les devoirs de la fonction, la laïcité de l'enseignement et les obligations de la commune, bref les lois Ferry que l'on se devait de défendre. Avait été également précisé, un peu plus tard, qu'en aucune façon l'instituteur ne devait accomplir d'autres tâches rémunérées, étant suffisamment payé avec un minimum de 1 000 francs par an. Devant la grimace du maire, Pierre s'empressa d'ajouter qu'en réalité beaucoup de ses confrères, nommés dans des villages, faisaient comme lui. Pour le reste, ils avaient eu droit à un véritable cours sur la constitution de la République, les valeurs qu'elle défendait et qui devaient être bien mises en exergue en éducation civique. La conclusion était que l'école primaire avait pour fonction d'apprendre à lire, écrire et compter. Rien de nouveau !

Il n'avait pas rencontré son inspecteur, sans doute encore en vacances. Mais en discutant avec d'autres, il avait compris qu'ils avaient tous de grandes circonscriptions à visiter, et des priorités dont les petits villages, tels que le sien, ne faisaient pas partie. Pour conclure son rapide compte rendu, Pierre avait ajouté, mine de rien :

— J'allais oublier : j'ai pu aussi parler de Séraphine avec le directeur.

— C'est gentil, mais je ne vois pas à quoi ça pourrait servir !

Pierre avait tout de même esquissé un petit geste de contentement. Ils en étaient restés là de cette conversation. Deux jours plus tard, Émile, le facteur, avait apporté une lettre nommément pour Séraphine, événement suffisamment rare pour éveiller la curiosité de ses parents. Elle émanait de l'école normale de Gap, l'informait que son dossier était accepté, et qu'elle devait se présenter le 12 septembre à 9 heures. Philippe resta bouche bée d'étonnement. Il était bien le seul ! L'affaire avait été préparée en grand secret avec le concours de Julie pour les frais d'inscription – *Moi, je n'ai pas besoin d'un petit carnet*, taquina-t-elle son mari – et de Pierre, qui avait emmené le dossier. Il avait souligné, en le déposant, que Séraphine avait acquis une réelle expérience en l'aidant et qu'elle démontrait un sens certain de la pédagogie.

Qu'est-ce qui l'avait décidée la Séraphine, jusqu'alors si hésitante ? Les discussions avec l'instituteur ? Le temps de réflexion en pâturage ? La vie mûrit l'âme… avant de pourrir le corps. La maladie de son père lui avait fait reconsidérer ses relations avec les parents. Les mariages successifs de son frère et de sa sœur jumelle la laissaient seule avec sa révolte passive d'adolescente. Elle devait se résoudre à prendre une décision par elle-même, sans attendre ni le destin ni le prince charmant. Son père avait raison : la vie monastique n'était pas pour elle. D'ailleurs sa foi avait en ce moment quelques ratés. Alors, pourquoi pas institutrice ? Le désir d'être utile... une nature Marelier s'était-elle persuadée. En route pour l'école de Gap ! Tout était si bien préparé que Pierre avait déjà passé accord avec le lycée voisin pour qu'elle puisse y être logée gratuitement en échange d'heures de surveillance de l'étude du soir. Bien entendu, ce départ était conditionné à l'assentiment du père, insista Julie, diplomatiquement. Pourquoi et comment aurait-il pu refuser ?

Philippe fut à la fois ravi et triste. Sentiments contraires qui nous tiraillent toujours un peu. D'un côté, une excellente nouvelle, sa fille se donnant enfin un avenir. De l'autre, la frustration qu'elle s'éloigne au moment où ils s'étaient rapprochés. Séraphine fit remarquer affectueusement à ses parents qu'elle pourrait revenir aux vacances. Par comparaison avec sa sœur qui partirait s'installer à Grenoble, Gap c'était la porte à côté ! Pour monsieur le maire, c'était aussi, et encore, une âme de moins à Chaudun. Il y pensa en se reprochant aussitôt d'y avoir pensé. Il s'agissait de l'avenir de sa fille !

Pour fêter l'événement, Philippe tua un poulet et Julie fit une tourte aux fruits. Cyril arriva en compagnie de Léonie, Agnès sans son Célestin, fournissant un prétexte dont personne ne fut dupe. En sauvant les apparences, celui-ci arrangeait tout le monde. Pierre Truchet avait bien mérité d'être du repas et lui aussi avait secrètement un cœur bien partagé. Séraphine le savait-elle en lui faisant, au dessert, une bise appuyée pour le remercier ? Cyril plaisanta en appelant sa sœur *maîtresse* d'une petite voix qu'il voulait enfantine, Agnès se dit fière de sa jumelle et s'amusa de l'idée qu'elle aurait pu suivre certains cours à sa place sans que personne ne s'en aperçoive si elle était partie habiter à Gap.

N'empêche que Julie et Philippe allaient se retrouver seuls. Un drôle de vide, un retour à la case départ de leur mariage, avec les années en plus, une vie de couple un peu cabossée, des projets communs en moins ! L'histoire de tous les parents ? Pas tout à fait. À Chaudun, la plupart des enfants restaient sur l'exploitation familiale, quitte à la morceler un peu plus. Chez les Marelier, de toute évidence, on ne restait pas. Un paradoxe ?

Nouvelles du Canada

Fiançailles et mariage d'Irène Varalin se déroulèrent au mieux. À part les bergers, toujours en alpage, les deux villages se rendirent visite tour à tour pour festoyer. Trois jours plus tard, les premiers flocons de neige furent signalés sur les cimes. L'hiver arrivant tôt, on hâta le retour des bêtes. Même chemin, même ordre. Les boucs ouvraient fièrement la marche avec une barbe qui leur descendait jusqu'aux genoux ; les moutons, dodus à souhait et recouverts d'une première toison, suivaient ; les vaches, bien grasses, secouaient leurs senailles avec vigueur ; les chiens s'activaient avec attention. Derrière le troupeau apparurent les bergers au teint bruni, les yeux encore émerveillés de la somptuosité des montagnes, heureux de retrouver village et familles. Une fois les bêtes confiées à leurs propriétaires respectifs et conduits à leurs pâturages d'hiver, le calme revint. Restait tout de même à finir les moissons de blé noir et quelques labours, sans compter que chaque ferme allait devoir à nouveau s'occuper de son bétail et traire matin et soir.

Ce jour-là précisément, Émile apporta journaux et courrier. Il avait à raconter et fut un peu déçu de ne pas attirer beaucoup d'auditeurs, tant le village fêtait le retour de l'estive. C'est que, s'il n'avait pas gagné le concours de boules, injustement, rappelait-il, il venait d'emporter la coupe de dominos de Gap ! 80 candidats tout de même ! Une compétition importante, que le *Courrier des Alpes* ne relatait même pas, regretta-t-il. Il avait emporté la dernière partie aux points, en bloquant le jeu volontairement avec un 6/4, ayant calculé que son adversaire ne pouvait plus avoir de 4 alors que lui-même n'avait plus en main que 5 points en 2 dominos, dont le double blanc ! (Fallait faire au moins semblant de suivre son explication.) Un peu de chance, concéda-t-il faussement modeste, mais aussi une grosse concentration, compléta-t-il. Ceux qui l'écoutèrent le félicitèrent, promirent de raconter son exploit et l'assurèrent être fiers de lui.

Il apportait à la mairie deux lettres, une de Lyon et une du Canada.

Philippe devina tout de suite le contenu de la première à en-tête de l'hôtel-Dieu. Angeline était décédée et enterrée à Lyon, sur la demande de la famille. Il en fut très triste. Il l'aimait bien, Angeline. Une personne de caractère, toujours attentionnée avec tout le monde et à qui tout le village rendait son affection. Dès la nouvelle connue, il fut décidé de se cotiser pour une messe à sa mémoire. On se souvenait encore de son départ dans la charrette de Marelier, chacun sachant alors qu'elle ne reviendrait pas. Le village n'aurait plus à payer sa pension, pourtant… même si chaque franc comptait, personne ne se réjouissait de cette économie.

La seconde lettre provenait du jeune Jeannot Patorel. Elle était assez courte, d'une écriture hésitante, mais appliquée, sans doute une des premières de sa main.

(Une autre, plus longue, avait été distribuée à ses parents.) Il y expliquait avoir rencontré quelqu'un à Québec qui avait bien connu le curé de Chaudun vers 1885-1886. Or, cette personne lui avait révélé que la mission de l'abbé Albert avait été brutalement interrompue quand l'évêque s'était aperçu qu'il vivait avec une femme. Il aurait été renvoyé en France pour éviter le scandale. *Le monde est bien petit!* concluait-il.

Philippe fit partager sa stupéfaction à Julie qui lui suggéra de garder le secret sur cette lettre.

— Pourtant, marmonna-t-il, je serais bien content de lui rabattre son caquet, à celui-là!

— Vos rapports se sont améliorés, et c'est bien comme ça.

— En apparence. Mais c'est plus fort que lui, il continue de conseiller à chacun de quitter Chaudun. À mon avis, il voudrait être nommé ailleurs.

— Il le pense, c'est tout.

— Eh bien moi, je crois qu'il ferait mieux d'aller penser loin d'ici! Je me demande, à la réflexion, si nous sommes au bout de nos surprises car enfin... quand il est rentré de là-bas, il a d'abord été envoyé à Bersac et il n'y est même pas resté un an. Qu'est-ce qu'il y a fabriqué? Il a peut-être encore voulu abuser des charmes d'une gentille paroissienne!

— Allons, allons, ne gamberge pas comme ça! s'exclama Julie, soucieuse de le calmer.

— Oui, je sais que tu as raison. Ébruiter cette histoire ne servirait à rien. Quand même... je tombe des nues! Notre curé qui avait pris femme, tu te rends compte?

Les gelées blanches arrivaient, les aiguilles des mélèzes commençaient à tomber et les oiseaux, pressentant les frimas, s'attroupaient pour partir. Compte tenu de la sécheresse, le rendement du regain[1] serait assez modeste. Jean-Pierre et quelques autres éleveurs s'occupaient à vendre les moutons et brebis qu'ils ne pouvaient pas hiverner, faute de place ou d'assez de foin. Joseph Bouchan en aurait bien acheté quelques têtes, mais il n'avait pas de sous. Il n'était pas question d'en demander davantage à monsieur Marelier, qu'il faudrait, au contraire, entreprendre de rembourser la saison prochaine !

Philippe ne dit mot à personne de la lettre du petit Jeannot et la garda encore plus précieusement que son petit carnet. Ce qu'il en ferait, il ne le savait pas encore. Il pensait tenir l'abbé par où il avait péché !

La pétition

La neige est maintenant descendue des cimes et par petites touches commence à blanchir la vallée. Dans certaines fermes, on se met au battage du blé pour qu'à la Toussaint on puisse cuire le pain.

Chez les Marelier, c'est Cyril et deux jeunes journaliers qui s'y collent. Il grimpe sur le gerbier et jette une dizaine de gerbes sur le plancher, au préalable soigneusement nettoyé, attentivement inspecté, et les jours bouchés un par un avec du papier. On va débuter par l'orge, la céréale la plus difficile. Il faut marteler longtemps les épis pour enlever la barbe qui reste au bout des grains. En cadence, les trois hommes tapent sur les bottes pour extraire les graines qui voltigent de tous les côtés. Plus ils frappent vite, plus la paille est secouée et ils sont capables de lever le fléau bien trente à quarante fois à la minute pendant des heures. C'est à

---

1. Regain : deuxième coupe des foins.

qui ralentira le dernier ! Philippe, plus en âge pour cet exercice, s'occupe de passer les grains au ventoir pour les séparer des balles. Quand ils s'arrêtent, ils ont soif et faim et dévorent les bons morceaux de lard préparés par les femmes. Julie est fière de son fils ; il est devenu un bel homme !

Ce soir-là, Cyril et Léonie partagent la soupe avec les parents. À quatre mois de grossesse, le ventre déjà bien rond, elle n'a pas ralenti ses activités malgré les inquiétudes des familles et de son mari. Mais c'est d'accord, elle accouchera à Gap... enfin si le chemin est suffisamment dégagé pour y aller, ce qui est loin d'être sûr ! D'ailleurs, Cyril l'emmènera prochainement consulter à l'hôpital. Philippe propose de les y conduire.

— Je vous remercie, père, c'est gentil, mais j'ai aussi autre chose à y faire, répond Cyril, embarrassé.

— Pas rendre visite à une ancienne petite amie, plaisante Philippe.

— Non, pas du tout. (Après un silence d'hésitation, il poursuit :) Vous vous souvenez de notre conversation quand vous êtes monté me voir cet été ?

— Oui, bien sûr ! T'aurais-je fait changer d'avis ? La saison que nous venons de faire vous a-t-elle fait abandonner cette idée ?

Le ton démontre qu'il n'y croit pas vraiment lui-même.

— Père, une hirondelle ne fait pas le printemps : une bonne récolte cette année pour combien de mauvaises à venir ? D'ailleurs, elle permettra sans doute de passer l'hiver, mais pas de commencer à rembourser les dettes. Je sais que cette nouvelle va beaucoup vous chagriner. Pourtant je dois vous la dire. J'ai en charge de porter cette pétition au préfet pour qu'il la transmette officiellement au ministre de l'Agriculture...

Les femmes, Julie, Léonie et Séraphine, se regardent et, sur un petit signe de la mère, se lèvent pour débarrasser et faire la vaisselle. Vaut mieux laisser père et fils en tête à tête… tout en les surveillant du coin de l'œil. Philippe s'esclaffe :

— Au ministre, carrément! Comme vous y allez! Déjà que le préfet ne nous répond pas, alors un ministre!

— Justement. Puisqu'il s'agit, à l'origine, d'une initiative de l'État, on s'est dit qu'il valait mieux s'adresser à Dieu plutôt qu'à ses saints… et puis on verra bien et ça ne coûte rien.

Philippe est très calme, même pas étonné. Il est vrai que Julie, tenue au courant par son fils, l'a prudemment préparé à cette nouvelle, les jours précédents, par quelques allusions qu'il est assez futé pour avoir comprises.

— Et pourquoi toi, Cyril?

— Sans doute parce que je suis votre fils, père! répond-il en souriant. Les Chauduniers ont confiance dans le Marelier que je suis. Par votre exemple, ils me savent concerné par la chose collective.

Malgré une moue très dubitative, Philippe est tout de même touché par l'argument.

— Tu voudrais que je sois fier que tu deviennes mon adversaire politique?

— Père, je vous en prie, ce n'est pas ce que j'ai dit. Nous avons déjà eu cette discussion. Nous pouvons bien avoir tous les deux des opinions opposées sur un sujet sans nous chamailler.

Cyril a peur, comme les femmes, que son père ne s'emballe. C'est que, depuis sa maladie, la famille cherche à le protéger. Pourtant c'est toujours tranquillement que Philippe poursuit :

— Rassure-toi, je ne veux pas me disputer avec toi! Simplement, tu ne m'enlèveras pas de l'idée que c'est une erreur profonde. L'homme a ses racines là où il naît, c'est là qu'il doit laisser le souvenir de son passage sur terre, c'est là que Dieu l'a placé. (Il soupire.) Aujourd'hui, nos concitoyens ne croient plus en rien d'autre que le confort, la sécurité et l'argent ! (Un long silence que Cyril se garde d'interrompre.) C'est donc toi le meneur de cette affaire ! C'était pour ça que personne ne voulait me le nommer ! J'ai soupçonné beaucoup de personnes, jamais mon propre fils !

— Je n'ai rien mené, père, et je ne suis pas à l'origine du projet. Il n'a d'ailleurs pris corps que très progressivement. Au début, il était imprécis et n'intéressait que quelques jeunes familles. Il fut même abandonné un temps puis repris...

— Sur l'incitation du curé, n'est-ce pas ?

— Un peu, c'est vrai, concède Cyril, mais davantage par des discussions avec des mandataires des Compagnies maritimes.

— Évidemment, c'est leur gagne-pain ! Et moi qui ai cru, tout ce temps, qu'il suffisait d'attendre que le rêve se dégonfle. Je me suis complètement agouré. J'aurais dû combattre de front ce complot. Je n'aurais pas dû suivre le conseil de Pierre Truchet.

— De toute façon, père, vous savez bien que personne ne vous demande d'adhérer à cette démarche, encore moins de la porter puisque...

Philippe l'interrompt autoritairement :

— Combien de Chauduniers ont signé ce papier ?

— Tous, sauf vous, Joseph Bouchan et Élie Pauras.

— Ah ! seulement ces deux-là ? s'étonne Philippe. Tu veux dire que tu as quarante signatures ?

— Oui... et encore : Joseph ne signe pas parce qu'il estime que ce serait vous trahir.

— Et Élie ?

— Il n'est pas d'accord sur le prix proposé. Il trouve que c'est trop peu.

— Pourtant, toutes les familles ne sont pas aussi pauvres qu'elles veulent bien le prétendre. Quelques-unes ont même des réserves conséquentes !

— C'est vrai, père, mais l'émigration est la perspective d'immenses étendues fertiles et inoccupées avec l'assurance que leurs enfants ne grandiront pas dans le besoin. Sans compter la dispense de conscription, deux ans de leur vie ainsi récupérés. En plus, ils en ont tous assez de ces charges sans cesse croissantes, imposées par un État toujours plus dépensier.

— Sur ce dernier point, je dois reconnaître que ce n'est pas faux ! Et Jean-Pierre, il a signé aussi, alors ? Lui qui me conseillait au printemps de laisser faire, que cette idée passerait toute seule, il ne me l'a même pas dit ! C'est curieux, non ?

Julie pose rapidement sa pile d'assiettes pour se placer derrière son mari et, les mains affectueusement posées sur ses épaules, précise doucement :

— Philippe, il est venu un jour t'en parler, accompagné du curé et de l'instituteur. Comme tu es tombé malade juste après, tu ne t'en souviens pas.

— … Ou j'ai préféré ne pas m'en souvenir, répond-il avec un petit sourire énigmatique. (Suit un long silence avant qu'il ne déclare d'un ton décidé :) très bien… dans ces conditions, c'est à moi de remettre officiellement ce document.

Ils restent tous médusés. Pour être inattendu, c'est inattendu. Philippe regarde sa famille d'un air amusé et confirme :

— Absolument, c'est à moi de le faire, même si je ne suis pas d'accord… et je ne le suis toujours pas, ai-je besoin de le préciser ? Je me demande d'ailleurs pourquoi ils m'ont encore désigné maire en avril dernier puisqu'ils savaient que j'étais contre leur projet ! Enfin, disons qu'ainsi je justifierai après coup le maintien de leur confiance. Je me dois, en tant que maire élu, de porter, dans tous les sens du terme, une volonté qui fait tant l'unanimité des Chauduniers. Quand je suis monté te voir en estive, tu m'as expliqué que je devrais *accompagner cette volonté collective*. Voilà, je t'ai écouté ! souligne-t-il avec un large geste de la main, en arborant un petit air réjoui d'autosatisfaction.

De toute évidence, il avait anticipé, réfléchi, préparé, mûri, concocté cette nouvelle position, attendant l'opportunité de l'exposer. Un joli coup !

— Père, finit par reprendre Cyril, en se levant pour l'embrasser – témoignage rare d'affection dans la famille –, je suis fier de vous, très fier, vraiment. Nous allons épater tout le monde, nous les Marelier !

— Bon, montre-moi ce papier, s'empresse de demander Philippe, toujours embarrassé par les effusions sentimentales.

— Est-ce que je peux faire savoir cette nouvelle autour de moi ?

— Oui, mais sans tambour ni trompette. N'en fais pas un événement. Évitons de laisser croire que cette démarche a des chances d'aboutir. Tu connais le proverbe : il ne faut pas faire le civet avant d'avoir le lièvre !

Il se plonge dans la lecture du document. On n'entend plus que les bruits d'assiettes que range Séraphine, jusqu'à :

— C'est d'un ridicule à pleurer ! Écoute ça, Julie : *pour ces déshérités de la nature*[1], *le combat de la vie est terrible, continuel et souvent fatal*. Et nos parents, ils ont fait comment ?

1. Voir texte complet en annexe.

Ni Julie ni Cyril ne souhaitent répondre. Il reprend sa lecture avant de soupirer, quelques secondes plus tard :

— C'est d'un long, ce machin ! Qui l'a rédigé ?

— Ce « machin », comme vous dites, a beaucoup circulé et, chacun voulant y ajouter un paragraphe, Jacques Barin a écrit une sorte de concentré et...

— Jacques ! J'ai donc été trahi par mon propre adjoint ! Il ne m'en a même pas parlé, quel...

— Allons, allons, intervient rapidement Julie, tu avais assez clairement exprimé ton opposition. Tu ne peux donc pas lui reprocher de ne pas t'en avoir parlé ! En plus, ce différend aurait été une bonne raison de se présenter contre toi aux élections, et il ne l'a pas fait. Il t'a été, au contraire, fidèle.

Apparemment Philippe n'est pas vraiment fâché, semblant plutôt s'amuser de la situation.

— Tu as une manière bien à toi d'exposer les choses ! Si les femmes avaient le droit de faire de la politique, tu aurais été parfaite comme maire... dommage que le mot n'existe pas au féminin ! s'esclaffe-t-il en riant. Bon, ajoute-t-il en s'adressant à Cyril, vous auriez pu au moins demander à l'instituteur de la rédiger, votre espèce de supplique !

— Je lui ai bien demandé ! Il a refusé catégoriquement de le faire sans votre accord. Il m'a répondu d'abord qu'il était contre, qu'ensuite ce n'était pas dans sa fonction, qu'il n'avait pas à s'en mêler puisqu'il n'était pas propriétaire, et qu'enfin il n'était même pas Chaudunier !

— Même si ses conseils ne sont pas toujours les bons, ce Pierre Truchet c'est vraiment un homme bien ! Dommage qu'il n'ait pas demandé la main de Séraphine ! approuve Philippe, finissant sa lecture. Ah non ! ça, c'est inexact ! sursaute-t-il.

— ...

— Tous les habitants de la commune de Chaudun, soussignés, s'engagent par la pièce présente à vendre à l'administration... Ils auraient dû écrire : *seulement les habitants soussignés*, non pas tous les habitants. Il en manque trois dont le maire, excusez du peu !

— Je sais et je le leur avais fait remarquer au moment de la rédaction. Ils ont considéré que ce léger mensonge rendait leur démarche plus crédible.

— Crédible comme l'arrivée du père Noël, se moque Philippe. (Se tournant vers Léonie :) quand veux-tu aller voir le docteur ?

— Quand vous voulez, mais avant qu'il neige trop !

— Tu as raison. Dès qu'on aura fini le battage, on partira pour Gap. Après tout, j'ai aussi à y faire.

Personne ne se risque à demander quoi. Mieux vaut ne pas relancer cette discussion. Philippe replie les feuillets de la pétition, les replace soigneusement dans l'enveloppe qu'il pose sur le buffet, précisant tout de même : *bien entendu, puisqu'elle est signée par un collectif de propriétaires, je ne peux pas lui mettre le cachet de la mairie !* Qu'il soit sérieux ou qu'il blague, sur le fond, il a raison.

Et puis l'essentiel est acquis : l'unanimité des propriétaires chauduniers (moins trois voix) demandait à être expropriée moyennant indemnisation. Cette requête était adressée au ministre de l'Agriculture. Elle était l'espoir de tout un village... ou presque. Celui de s'expatrier. L'État, ayant besoin de colons, offrait des concessions de terrains à des familles voulant les exploiter. En Algérie, au Canada, ou encore aux États-Unis, là où les agents transitaires certifiaient complaisamment que d'autres avaient déjà fait fortune.

Un peu plus tard, Philippe fit tout de même remarquer que les prix proposés étaient bradés : 600 francs l'hectare de 1ère classe et 500 celui de 2ème classe contre respectivement 1 500 et 600 calculés par les contributions directes dix ans avant !

— C'est pour ça qu'Élie refuse de signer, lui confirma Cyril. Il dit que ça ne lui solderait même pas ses dettes.

— Il n'a pas tort. Sans même parler de celles qu'il a contractées avec moi ! Une fois payé son passage, supposons pour l'Algérie, il lui resterait à peine de quoi s'offrir un jardin potager !

Pour que tout le monde puisse prendre connaissance de la pétition[1], y compris les *sans-terre*, il décida d'en recopier intégralement le texte et de l'afficher à la porte de la mairie. Il n'y demeura que deux jours ! Qui l'avait enlevé ? Qui avait osé ?

---

1. Texte intégral de la pétition en annexe.

Troisième période

RENAISSANCE OU MORT LENTE ?

Le feu

La pétition n'était que la marque d'un souhait collectif, à des conditions mal définies, et à la réalisation incertaine. Huit longues années vont passer avant que ne se décide le sort du village. Huit longues années de vie communale, avec ses hauts et ses bas, ses espoirs et ses déceptions. Le 1er avril 1896, la réalité sera-t-elle celle imaginée ?

Fin octobre 1888, comme annoncé, Philippe s'était bien rendu à la préfecture pour y déposer la pétition. Il partit, accompagné de Cyril, de Léonie et, de façon inattendue, d'Antoine Parini dont la présence s'expliquait par ce qui se produisit la veille.

À l'aube à peine naissante, Jacques Barin sortait de chez lui quand le vent lui avait apporté une odeur inhabituelle, légèrement râpeuse, venant du côté des Clôts. C'était à cette heure qui n'est plus vraiment la nuit, mais pas encore le jour, quand le ciel d'un gris ardoise est juste assez clair pour que l'on distingue son chemin et trop sombre pour qu'on voie au loin. Inquiet, il hésite un court instant et décide d'approcher. À peine est-il arrivé au niveau des Aillants qu'il aperçoit une fumée grisâtre s'échappant par porte et fenêtre du domicile d'Antoine Parini. Comprenant aussitôt, il hurle *Au feu !* et se rue vers la maison. Il ne faut que quelques secondes pour que Joseph Bouchan, son bonnet de nuit blanc sur la tête, sorte de l'habitation voisine et saisisse le danger. *Antoine, Antoine, réveille-toi, Antoine, Antoine !* appelle-t-il, les mains en porte-voix. La fumée dégorge maintenant des volutes de plus en plus épaisses, denses, légèrement jaunâtres. *Je vais le chercher*, s'écrie Joseph en se précipitant sur la porte. Quand il l'ouvre, un grand panache orange se dégage et le fait reculer. Les premières flammes s'échappent par la sortie ainsi créée. Il n'hésite pourtant pas et pénètre courageusement à l'intérieur. L'atmosphère est quasiment irrespirable. Il faut agir très vite. Pendant ce temps, les appels de Jacques ont été entendus et relayés. L'abbé se met à sonner un sinistre autant qu'inutile tocsin, tout le village affluant déjà, avec des seaux. À Chaudun, il n'y a aucun équipement spécial pour lutter contre les incendies, même pas une pompe à main ! Le fils Parini qui, ce soir-là, dormait du côté des Brauas dans les bras d'une gentille fille d'une famille dont on taira courtoisement le nom, arrive en courant. Il veut secourir son père, plonger à son tour dans le brasier, mais Joseph en ressort tirant par les aisselles un Antoine inconscient. Ivre ? Intoxiqué ? Ou les deux ? Ils se sont à peine éloignés que toute la maison s'embrase d'un seul souffle. Encore hors d'haleine, Philippe donne l'ordre de ne plus s'occuper de l'habitation et d'arroser aussi abondamment que possible tout autour. Il s'agit maintenant d'éviter la propagation du feu à celle des Bouchan. La chaîne de l'entraide s'est spontanément organisée entre la rivière proche et le lieu de l'incendie. Une procession dans une demi-obscurité. Un cérémonial fantomatique, irréel et presque silencieux. Pas le temps de parler. Chacun a beau se hâter, dans un ordre improvisé et intuitif, comme une fourmi au service de sa fourmilière, cette bonne volonté collective reste dérisoire par rapport à l'ampleur du sinistre. Philippe a raison, il faut sauver ce qui peut l'être, c'est-à-dire l'alentour de la maison Parini. Elle-même n'est plus qu'un immense brasier, le toit de chaume s'enflammant à une vitesse foudroyante, avant que toute la charpente ne s'effondre dans des craquements sinistres et une recrudescence de crépitements du feu. Un rideau rouge écarlate s'élève et empourpre un ciel étain.

Pendant ce temps, Antoine a repris conscience. Il hurle comme un démoniaque et gesticule tant que trois fortes femmes n'arrivent qu'avec peine à le maintenir. Il veut absolument retourner chercher on ne sait quoi et on ne sait où puisqu'il n'y a plus de maison. Ses propos sont inintelligibles. Elles essayent de le calmer et lui donnent à boire de l'eau. Henriette Villard l'examine. Il est indemne. Il doit la vie à la rapidité d'intervention de Jacques et à la témérité de Joseph. Ce dernier porte quelques brûlures, heureusement pas trop graves, au bras gauche, probablement occasionnées par sa volonté de se protéger le visage. Irène Varalin se hâte de confectionner et de lui appliquer un emplâtre à base de confiture de groseilles.

On devinera un peu plus tard qu'Antoine s'était endormi sans éteindre sa lampe à pétrole et qu'il avait dû la faire tomber en se retournant… enfin, c'est ce qui sera supposé, ses propres explications étant à la limite de l'incohérence !

Le soleil apparaît à l'horizon de la crête de la Coste folle. Le feu s'est éteint faute d'aliment et la maison n'est plus qu'un petit tas de cendres encore chaudes, desquelles se dégage une fumée âcre et mollassonne. Ici quelques morceaux de bois calcinés, là des gravats brunis et sales. Un bout de poutre noircie tient en un équilibre impossible sur un angle de mur dérisoirement resté debout. Antoine n'a plus d'abri et la mémoire d'une vie s'est consumée en quelques brèves minutes. Les Chauduniers restent pétrifiés, silencieux, consternés. Aucun mot pour traduire leur stupeur. Une catastrophe qui porte son propre miracle : grâce à l'arrosage préventif, seuls quelques brandons ont atteint la maison de Joseph et aucun sa grange, remplie de fourrage !

La mère Caudray vient seulement d'arriver, complètement esploumassée[1]. Elle n'avait rien entendu, même pas le tocsin. Il est vrai que le curé a rapidement délaissé ses cloches pour participer aux secours.

— Oh pécaïre ! Je vous l'avais bien dit, monsieur le preïre[2], que le père Antoine il lui arriverait quelque chose. À force de s'empéguer[3], il est devenu complètement toti[4] ! Fallait pas le laisser tout seul ! reproche-t-elle vivement à l'abbé Albert.

— Moi aussi je l'avais dit, confirme Philippe en opinant de la tête.

— C'est comme ça qu'est mort mon pauvre mari ! Dans l'incendie de sa grange. Le feu est allé si vite que le toit lui est tombé dessus avant qu'il puisse sortir. C'était un matin, comme aujourd'hui ! L'année où il a fait un hiver si froid en, voyons… L'abbé Albert lui coupe la parole. Pas le moment de la laisser évoquer ses souvenirs. C'est qu'avec ses soixante-dix ans et sa mémoire toujours solide, des souvenirs elle en a plus que tout le cimetière réuni ! S'adressant donc ostensiblement à Philippe, il proteste :

— J'ai fait quelque chose ! Mais nous n'avons pas encore eu le temps d'en parler. J'ai écrit à l'évêché et

1. Esploumassée : décoiffée.
2. Preïre : curé.
3. S'empéguer : se saouler.
4. Toti : dérangé.

cette fois ils m'ont répondu… sans passer par la préfecture, si vous voyez ce que je veux dire. (Il laisse passer un instant, histoire de souligner ce qu'il va annoncer :) compte tenu des services rendus par Antoine Parini en tant que bedeau, il lui est proposé de résider gratuitement dans un établissement, près de Gap, appartenant au clergé… disons pour s'y reposer. On l'y aidera à soigner son esprit, malade de la mort de son ami, et son corps de l'alcoolisme.

— D'un bedeau vous voulez faire un curé ?

— Je ne pense pas que son cheminement puisse aller jusque-là !

— Très bien, reprit Philippe, redevenu sérieux. Alors, je propose de l'y emmener demain puisque je dois me rendre à la préfecture… je suppose que vous savez pourquoi.

— Bien entendu, et je vous témoigne d'ailleurs tout mon respect de vous être porté volontaire pour cette démarche !

— Bien aimable à vous ! Cette démarche je vous la dois un peu, non ?

— Je vous ai déjà dit cent fois que non ! proteste encore l'abbé en levant les bras au ciel. N'ayez pas cette rogne[1] contre votre curé, ce n'est pas moi qui ai conçu cette loi ! Il est vrai que, compte tenu de l'extrême pauvreté de mes paroissiens, j'estime qu'elle est la providence de Chaudun. Opinion que je ne cache pas.

— Providence pour vous et malédiction pour moi !

— Nous verrons bien, monsieur le maire. Vous croyez en Dieu, n'est-ce pas ? Alors laissez-le décider !

Après une courte réflexion Philippe bougonne : *si je ne croyais pas en Dieu, où serait mon père ?*

1. Rogne : colère.

Voilà donc pourquoi, le lendemain matin, quand Philippe avait pris de bonne heure le chemin de Gap, avec son fils et sa bru, il était aussi accompagné d'Antoine Parini. Bien entendu, la carriole n'était pas encore attelée que Grinoux avait déjà sauté sur le siège avant. Son maître lui ordonna d'abord d'en descendre – ils étaient assez serrés comme ça – mais la tristesse du chien et ses gémissements implorants l'emportèrent. *Après tout*, lui dit Philippe, *tu garderas l'attelage. Je n'entrerai pas avec dans la cour de la préfecture !*

Sur le chemin, Philippe doutait d'avoir eu raison de vouloir présenter cette pétition. Si une parole donnée ne se reprend pas, cette supplication restait une erreur ! Heureusement qu'elle serait sans suite et qu'ainsi on en finirait ! En était-il encore persuadé ?

Il avait d'abord déposé Antoine, l'établissement étant sur le chemin. Une grande bâtisse toute grise entourée d'un parc boisé hautement emmuré. La mère Bernadette les accueillit très gentiment. Philippe se présenta en tant que maire de Chaudun, raconta l'incendie et le comportement de Parini, qui en l'instant semblait indifférent à son sort. Bernadette se voulut rassurante :

— Ne vous en faites pas. On va bien s'occuper de monsieur Parini et vous le remettre en état. (Puis s'adressant directement à lui :) vous allez être bichonné, vous allez vous reposer, vous allez être au calme pendant quelque temps. (Enfin, après avoir consulté un registre :) venez, je vais vous conduire à votre chambre et en chemin je vous expliquerai le fonctionnement de notre maison.

Philippe la remercia, salua l'Antoine, lui demandant de donner de ses nouvelles, et repartit, le cœur un peu serré.

Ils passèrent ensuite par l'hôpital pour Léonie. L'attente pour la consultation allait être longue et les deux hommes avaient donc largement le temps de se rendre à la préfecture. Philippe déclina son identité et sa fonction à un huissier et précisa, en se tenant droit comme un I, qu'il venait remettre en mains propres à monsieur le préfet une pétition tout à fait importante de la part des propriétaires du village de Chaudun. Il avait insisté sur *en mains propres*, mais, quelques minutes plus tard, celui-ci fit répondre qu'il regrettait, qu'il était en réunion, que son chef de cabinet recevrait monsieur le maire et lui transmettrait ensuite le document et les commentaires qu'il voudrait bien lui exprimer. Philippe maugréa, hésita, délibéra un instant en aparté avec Cyril, et dut finir par accepter. Ils furent accueillis dans un grand bureau tout en boiserie. Ledit chef de cabinet se leva à leur arrivée, se présenta avec civilité et donna une solide poignée de main au père comme au fils en se déclarant très honoré de les rencontrer.

Philippe, bien que considérant qu'il n'était pas nécessaire de faire un long discours à cet homme qui n'était – après tout – qu'un coursier, tint tout de même à lui déclarer avec solennité et gravité :

— Je viens remettre à monsieur le préfet une lettre destinée à monsieur le ministre de l'Agriculture. Celui-ci sera certainement ravi d'apprendre que les Chauduniers sont, dans leur grande majorité, d'accord pour abandonner leur village contre indemnisation. Il pourra ainsi faire planter à la place de leurs maisons, de leurs cultures et de leurs pâturages, tous les arbres qu'il voudra ! Je compte sur monsieur le préfet pour que cette lettre parvienne en mains propres à monsieur le ministre.

Le chef de cabinet prit un air très sérieux et très respectueux pour déclarer que le nécessaire serait fait avec diligence, que monsieur le préfet était désolé de ne pouvoir les recevoir et qu'il remerciait monsieur le maire de son déplacement. L'entretien avait duré six minutes. Philippe en ressortit à la fois soulagé, insatisfait et mal à l'aise. Il était venu vendre son village. Il avait fait ça ! Une fois dans la cour de l'immeuble, il proposa à Cyril :

— J'ai une autre course à faire. Va retrouver ta femme et dès que j'ai fini je vous rejoins.

Cette course-là allait lui donner un peu de baume au cœur. Il ne put rencontrer directement l'évêque, pas plus qu'il n'avait pu parler au préfet. Il fut reçu par son premier vicaire, son chef de cabinet en quelque sorte, qui témoigna beaucoup d'attention à ce qu'il avait à lui dire, et lui promit d'en faire part sans tarder. Il sortit de cet entretien moins content qu'il l'aurait voulu. Il avait finalement un peu vergogne de sa démarche.

L'examen médical de Léonie était très rassurant. Sa grossesse se déroulait normalement et l'accouchement était annoncé pour mi-février. Il était conseillé à Léonie de vivre au ralenti et d'éviter les efforts violents. Des paroles de médecin, plus faciles à dire qu'à faire, surtout à Chaudun. *Tu auras un beau bébé*, certifia Philippe sur le chemin du retour.

Ce soir-là, il fit l'amour deux fois, avec une ardeur que Julie ne lui connaissait plus.

— Je ne t'en demandais pas tant ! commenta-t-elle en souriant, une fois le feu éteint. Et d'ajouter :

— C'est la proximité d'être grand-père qui te met ainsi en joie ?

— Peut-être. (Après un temps de réflexion, il compléta :) cette journée fut pleine d'émotions fortes et contrastées.

— Alors, continue à avoir des émotions, ça te réussit, rit Julie en l'embrassant.

Mais ce soir-là ne fut qu'une exception et Julie attendit longtemps d'autres élans.

Le lendemain, il y avait conseil municipal. Alphonsine avait un peu nettoyé la salle et avait même déposé au milieu de la table un bouquet de fleurs des champs. Il fut rapidement déplacé sur le buffet, à côté de Marianne et du chapeau de Philippe, car il empêchait ces messieurs de se voir. Si le point principal de l'ordre du jour était l'attribution des lots de bois, Philippe commença par commenter l'incendie et parler d'Antoine qu'il souhaitait de retour au village le plus vite possible. Il n'aurait pas abordé sa visite à la préfecture, s'obstinant toujours à considérer que celle-ci n'était pas du ressort de cette représentation, si Jacques Barin ne l'en avait pas remercié au nom des Chauduniers. Sa réponse fut on ne peut plus brève.

— Ne me remerciez pas ! Vous savez ce que je pense de ce bout de papier. Passons plutôt aux choses sérieuses. Ne devrions-nous pas mettre à l'ordre du jour l'achat d'une pompe à incendie ? Nous avons frôlé la catastrophe et si nous avions un départ de feu dans le centre de Chaudun, ce serait tout le village qui partirait en fumée !

— Ce serait une sage précaution si nous avions des sous ! répondit Alphonse Barin.

Philippe se tourna, interrogatif, vers l'instituteur :

— On pourrait faire une requête à la préfecture. Il me semble qu'il s'agit d'un équipement quasi obligatoire et…

Élie Pauras ne put s'empêcher d'intervenir, comme à son habitude sèchement :

— Maintenant que vous avez tous demandé à partir, vous n'allez pas réclamer des sous. Sachant qu'on nous répondra encore moins qu'avant.

Philippe n'a jamais aimé qu'on lui coupe la parole :

— Soyons clairs : cette pétition, je l'ai remise à qui de droit, comme vous le vouliez. N'empêche que, selon moi, elle a encore moins de probabilité d'aboutir que nos requêtes de subventions. Vous vous êtes, tous, agités pour rien. Nos rochers sont plus sages que vous. C'est un sac d'illusions. Arrêtez donc de pantailler[1] ! Nous allons continuer à vivre normalement et à nous débrouiller par nous-mêmes. Est-ce que je me fais bien comprendre ?

Élie ronchonna :

— De toute façon, je ne l'ai pas signé, ce bout de papier. Et je ne partirai pas.

— À propos de ce bout de papier, ce n'est pas toi qui l'as enlevé de l'affichage ? demanda insidieusement Alphonse Barin.

— Voilà autre chose ! s'exclama l'intéressé, indigné.

— C'est vrai que chacun s'interroge dans le village sur cette disparition et ce n'est pas bon, fit remarquer Philippe.

Victor Blaix s'empressa de revenir à l'ordre du jour pour éviter à la conversation de s'envenimer :

— Je serais d'accord pour la pompe à incendie, il est exact qu'avec nos seaux on n'est pas très efficaces. Faudrait d'abord savoir combien ça coûterait.

Il fut donc décidé d'en reparler à un prochain conseil. Pour tout le monde, voir son village partir en fumée était une idée encore plus déplaisante que celle de l'expropriation ! On passa à l'attribution du bois, car il était temps de faire les provisions pour l'hiver. La mairie devait allouer à chacun sa part dans un périmètre défini. Chacun y abattait les arbres à sa convenance et s'arrangeait ensuite avec ses voisins pour

---

1. Pantailler : rêver.

le transporter. La délibération fut rapide et Philippe ne put s'empêcher de faire remarquer avec un petit sourire :

— Tant que nous avons assez de bois à couper pour l'hiver, je ne vois pas pourquoi ces messieurs des forêts voudraient reboiser... si ce n'est pour justifier leurs salaires !

Personne ne jugea bon d'épiloguer derrière lui. Avant de lever la séance, il fit un bilan de la saison et constata que le meunier pourrait moudre assez de farine pour cuire du pain pour l'hiver et qu'on avait gerbé assez de fourrage pour nourrir les bêtes. Le nouvel assolement montrait ses avantages et il serait profitable de l'étendre davantage au prochain printemps. Il ajouta, comme pour mieux enfoncer le clou :

— On ne peut pas empêcher des bras actifs de partir trouver du travail ailleurs. Du coup, malgré les naissances nous ne sommes plus que 132 habitants au dernier dénombrement. Il faudra du temps pour inverser la tendance, on n'y peut rien. Par contre, là où on peut sans doute quelque chose, c'est sur la surface des pâturages. Il a fallu vendre quelques agneaux et chevreaux, faute de place. C'est vraiment dommage ! Que penseriez-vous de déboiser sous le chemin des Brauas pour agrandir la surface déjà existante en lisière du bois ?

Si Élie Pauras grogna, bien entendu, que ce serait toujours mieux que de brader le village, la plupart des présents désapprouvèrent ostensiblement de la tête. Défricher quelques hectares était une chose, y faire un pâturage en était une autre. Il faudrait d'abord labourer et semer... pour un résultat au bout de combien de temps ? Quel bénéfice quand chacun est persuadé qu'il partira bientôt en Algérie, au Canada ou en Amérique ? Devant ce silence, le maire revint à la charge :

— Si l'État a proposé à d'autres villages de les exproprier et pas à nous, c'est que nous ne les intéressons pas. Nous devons absolument continuer à ne compter que sur nous-mêmes et ne pas rester les bras croisés.

Il plaidait dans le vide. Les Chauduniers étaient maintenant butés. Il fallait qu'ils partent. Ils partiraient. C'était comme s'ils étaient déjà partis... sauf Élie Pauras. Hélas, la réalité ne fait jamais longtemps bon ménage avec le fantasme.

Le temps du pain

Ce matin de début novembre, c'est l'événement. Les Barin mettent le moulin en route. Un peu plus loin, Victor Taix, tiré au sort pour être le premier fournier, va, de son côté, préparer le four communal. Les deux bâtiments sont situés au carrefour des torrents des Aillants et du Melesec, suffisamment distants des maisons pour leur éviter toute propagation du feu en cas d'incendie. Quand Jacques et son fils Alphonse arrivent, les premiers villageois à apporter leurs sacs de blé sont déjà là et accueillent gentiment leurs meuniers par quelques applaudissements. L'un des Chauduniers plaisante : *lequel de vous deux a pris la pétition?* Père et fils ont la même réaction de retourner leurs poches. Depuis quelques jours, c'est le grand jeu dans tout le village. Enfin... un jeu qui révèle un climat malsain de suspicion qui risquait un jour de mal se terminer. *Bon, ce n'est pas le tout*, annonce Jacques, *si vous voulez remplir les vôtres, de poches, avec autre chose que du papier, il faut que je fasse de la farine.*

Au moment où le père ouvre la porte, la petite Camille Mouchet glisse rapidement sa main dans celle d'Alphonse en lui adressant un beau sourire. Devait-il lui refuser d'entrer ? Pouvait-il anticiper un tant soit peu l'embarras que provoquerait sa gentillesse ? Gentillesse qui lui vaut, en l'instant, une grosse bise de la fillette, hissée sur la pointe des pieds. Elle n'a que douze ans, des joues encore toutes potelées de l'enfance, une poitrine déjà un peu ronde et surtout des yeux vert émeraude qui roulent de curiosité.

Voilà une dizaine d'années que Jacques Barin fait exercice de meunier pour le village. Lui, c'est sûr, il fera une bonne farine, il ne perdra pas trop de grains, et il ne prélèvera, pour lui-même, que la pugnère[1] normale et pas plus.

Trois jours que les Barin ont préparé l'ouverture du moulin. À l'extérieur, ils ont dû remettre en état la pachère[2] pour freiner le courant du Buëch, évacuer les graviers, cailloux et sable accumulés dans la retenue, et régler le débit de la vanne d'alimentation. À l'intérieur ils ont nettoyé toutes les pièces : meules, frayon, rouet, huche...

Alphonse, suivi comme son ombre par Camille, remplit la trémie d'un premier sac de tuzelle. Les grains commencent à rouler sur l'auget au grand amusement de la fillette, pendant que Jacques, en bas, ouvre la guillotine. L'eau se précipite dans le coursier. Le grain roule entre les deux meules. Tout fonctionne dans un vacarme assourdissant. La petite Camille écoute les bruits qui se mélangent : le staccato de l'eau venant frapper les godets, le trica-traca du sabot contre le frayon, au rythme un peu sourd d'un vieux wagon sur ses rails, et le caquètement de poule provoqué par le frottement des meules entre elles. Dans ce concert de grincements, tressautements et cliquetis, surgit le son de la clochette,

1. Pugnère : poignée de grains.
2. Pachère : barrage.

qui s'agite fébrilement contre l'auget et fait sursauter Camille. Elle pouffe de rire en voyant Alphonse faire le pitre en se précipitant pour remettre du grain dans la trémie. Le chambard et la trépidation sont si assourdissants qu'ils ont envahi tout le vallon ! Maintenant, il lui montre du doigt son père occupé à régler la pente de l'auget pour réguler l'écoulement du grain.

— Regarde bien le bout, en forme de tête de cheval, c'est le *cabalet*. Il a été sculpté par notre apprenti ébéniste, Varalin. Il est tout fier de nous montrer ce qu'il sait faire. Alors, tu lui diras que son cabalet est très beau, n'est-ce pas ?

Il fait sombre dans le moulin, tout juste éclairé par une étroite fenêtre latérale et une petite lampe à pétrole accrochée au plafond et c'est presque à l'aveugle que Jacques teste la farine en la roulant entre ses doigts.

Au bout d'un moment, lassée par la régularité du cycle, Camille décide de rejoindre Victor Taix au four communal. Il a commencé à nettoyer la maie et à chauffer le four. Deux vieilles sont venues profiter de la chaleur du fournil où sont entreposées les paillasses remplies de pâte. La pièce est encore imprégnée de cette odeur âcre de chanci et, en entrant, la fillette se pince le nez avec une grimace qui les fait rire. Attendri, comme Alphonse un peu plus tôt, Victor lui permet de prendre le grand riable[1] et de faire tourner les braises d'un feu qu'il entretient soigneusement avec des javéous[2] de branches apportés tout exprès. À voir la longueur de la langue qu'elle tire, elle est très attentive. Il reste bien à côté d'elle ; faudrait pas qu'elle se brûle !

— Grâce à toi, la sole va être bien chaude partout ! l'encourage-t-il.

1. Riable : racloir en bois.
2. Javéous : fagots de bois.

— Sûr, intervient l'une des femmes en riant, que c'est grâce à la gamine que le pain sera bien cuit!

À douze ans, on se vexe pour rien : Camille rend l'outil et disparaît sans un mot!

Le lendemain, elle débarque à nouveau au moulin, fait une bise rapide à Jacques, avant d'en offrir une, beaucoup plus appuyée, à Alphonse. Il vient de verser dans le blutoir, installé un peu plus loin, la mouture fournie par son père et s'apprête à faire tourner le cylindre.

— Mais revoilà mon précieux bras droit!

Au lieu de regarder passer la farine dans les différents tamis, elle ne le quitte pas des yeux. En ce moment, il est Dieu le père! À chaque rotation, les masselottes en bois cognent contre l'armature faisant un roulement de tambour qui résonne sous le toit. Comme tous les enfants, Camille ne tient pas en place et veut faire la navette entre le moulin et le four. Avant de repartir, elle se tourne vers Alphonse, en tendant ses bras. Il se baisse pour recevoir, pense-t-il, un simple bisou, mais voilà qu'elle lui donne un vrai baiser, un baiser sur la bouche, et pas du tout furtif, un baiser bien appuyé! Il en est tellement surpris qu'il n'a pas le temps de détourner la tête, sous le regard, à la fois étonné et amusé, de son père qui s'exclame : *eh bien, vous ne vous en faites pas, tous les deux! Qu'est-ce que je vais dire à ma bru, moi?* Ajoutant : *et moi je n'ai eu droit à rien! C'est pourtant encore moi le meunier ici!* Camille lui consent alors une petite bise rapide et file, sans un mot, en sautillant gaiement. Elle pourrait être la petite-fille qu'il n'a pas, se dit Jacques. Le travail reprend, les deux hommes s'amusant de ce mouvement un peu trop affectueux et sans importance. Sans importance?

Au four communal, Victor vient tous les jours une petite heure pour bien tout chauffer, assécher et pour imprégner la sole[1] de la chaleur. Des amis sont venus l'aider et se sont mis par deux à pétrir jusqu'à obtenir une pâte bien homogène. Pétrisseur, c'est un travail long et éprouvant, dévolu aux hommes vigoureux et qui n'ont pas mal au dos ! Près de deux heures à chaque fois, une opération à répéter six ou sept fois. On s'arrête de temps en temps pour boire un café noir mélangé à un peu de vin rouge. Ça revigore ! Les femmes, sans oublier Camille, quand elle veut, découperont et modèleront les miches, et les laisseront ensuite lever jusqu'au lendemain.

Toute la farine est maintenant ensachée, mais il reste le travail le plus difficile, le nettoyage. Habiller les meules, c'est, dans des villages plus riches, affaire de professionnel. Ici, seuls les Barin savent le faire. Ne manquerait donc plus qu'ils décident d'émigrer !

Quand Camille arrive, Alphonse se méfie et présente ostensiblement son profil aux lèvres de la fillette. Il a bien remarqué ses yeux de plus en plus énamourés et son numéro de charme à elle qui tortille du popotin. Elle n'a que douze ans tout de même. Il faut prendre garde aux sentiments des enfants qui peuvent être aussi entiers que précoces. Il lui confie une brosse et, toute fière, elle s'applique en tirant la langue, décidément son principal outil !

Vient maintenant le travail le plus dur : d'abord soulever la meule tournante avec la barre à mine, la pivoter à la verticale avec une poulie bricolage maison, et surtout bien la caler avant de commencer le piquetage. Camille veut les aider à déplacer la roue en la poussant de toutes ses forces. Elle a beau y mettre du cœur, la pierre ne bouge pas. Les deux hommes n'auraient pas

---

1. Sole : plancher du four.

dû rire. Du coup, elle repart à toutes jambes vers le four communal, sans donner de bises. Ils sont punis.

Victor vient de coincer un épi de blé dans la pelle qu'il enfourne dans l'enfer[1]. Il le ressort tout noir et sentant le brûlé. *Tu vois, le four est trop chaud et le pain serait trop cuit.* Il attend un peu avant de recommencer et cette fois l'épi est d'un joli brun. *Ce sera la couleur de la croûte de la miche. Elle sera belle, n'est-ce pas ?* Camille acquiesce en souriant. Il nettoie bien tout avec le racloir ; les braises tombent dans le cendrier, un simple trou creusé à droite du four. Comme tout le monde ici, il est d'excellente humeur. Chacun hume avec plaisir ce mélange exquis d'arôme de chocolat noir et de café qui emplirait de bonheur le plus malheureux des hommes. En une seule fournée, il va faire une dizaine de pains, chacun de quatre à six kilos. Il a le gaubi pour enfourner les pains et retirer la pelle d'un coup sec. Ça sent bon jusqu'au paradis[2] le pain chaud et le levain, tandis que les amis goûtent la première miche. Sa croûte a un léger goût d'amande amère. Camille veut jouer à son tour au fournier mais il refuse, la pelle étant trop lourde pour elle. Victor doit se presser, d'autres attendent la place et elle devient un peu encombrante, la fillette ! Elle s'assoit dans un coin et tire la tronche. Il s'étonne :

— Dis-moi, Camille, tu n'as pas école, en ce moment ?

— J'ai mal au ventre, maronne-t-elle.

— Au point de ne pas aller en classe ?

Elle prend un air fataliste, hausse les épaules :

— De toute façon, je ne vais plus avoir le temps d'y aller, à l'école.

---

1. L'enfer : le four.
2. Le paradis : le grenier.

— Ah, bon, et pourquoi ça ? continue de s'étonner Victor.

— Je suis enceinte, alors je devrai m'occuper de mon bébé, chuchote-t-elle.

Un chuchotement que toute la salle a entendu, dans un silence général de stupéfaction. Madame Mouchet, qui a choisi ce moment pour arriver, se dirige vers sa fille et, en premier réflexe, lui administre une solide paire de taloches.

— C'est quoi encore cette invention ?

En se frottant les joues, au bord des larmes, mais trop fière pour les laisser couler, elle complète :

— La preuve, j'ai les seins qui gonflent !

Les hommes retiennent un petit sourire.

— Et ce serait qui le père ? poursuit la mère qui, visiblement, ne croit absolument pas à cette histoire. Avec sept enfants, elle a eu le temps d'éprouver leur capacité de fabulation. Celle-là, en particulier, a beaucoup d'imagination.

— Alphonse, souffle-t-elle.

— Alphonse, Alphonse qui ? s'énerve la mère.

— Alphonse Barin.

— Alors là, c'est impossible ! s'exclame Victor. Il est sérieux, Alphonse. Et puis il est marié et bien trop vieux pour toi !

— Je serais très étonnée aussi, bien qu'avec les hommes on ne sache jamais, déclare la mère avant de décider, en prenant Camille par le coude d'un geste ferme, d'aller discuter avec l'intéressé.

Évidemment, tout le monde suit, y compris Victor. La fournée attendra. Alphonse est très occupé à brosser soigneusement la dormante, tandis que son père, maillette en main, retaille les rainures. La tête des Barin en voyant cet envahissement du moulin et en apprenant l'accusation de la fillette ! On en rira longtemps après.

Pas sur le moment ! Assez vite, Jacques devine l'origine de cette histoire et explique, maintenant au bord du fou rire, la scène du baiser. Affabulation ou ignorance ? Camille s'entête. Avec un regard de défi, les yeux pointés sur Alphonse, dans un geste trop rapide pour qu'il soit arrêté, elle soulève sa jupe et affirme : *d'ailleurs, il m'a fait mal. Regardez, je saigne !* Une nouvelle taloche arrive, pour soulager les nerfs de la mère. *Ma fille, tu as tout simplement tes premières règles ! Et, crois-moi, ce n'est pas un baiser qui va t'engrosser !* Un silence passe quand elle ajoute, avec un semblant de sourire : *il faudra tout de même perdre l'habitude d'embrasser les hommes sur la bouche !*

L'incident en resta là, on asticota un peu Alphonse et chacun se remit au travail ; Camille à l'école, les Barin à nettoyer le moulin et Victor le four. Il avait encore à astiquer le chœur de la chapelle. La chapelle ! « Enfer », « paradis », « chapelle », un véritable édifice religieux ! D'ailleurs, n'y papote-t-on pas comme à la sortie de la messe du dimanche matin, tout en étant plus au chaud ? Ce parfum de havane et de pain d'épice qui se propage dans le village, comme la garantie pour chacun de pouvoir se nourrir cet hiver, vaut bien celui de l'encens dans l'église. Il est à la fois le juste retour de la peine au labeur et la récompense divine. L'abbé Albert connaît bien l'importance de ce rituel et n'avait surtout pas manqué de bénir moulin et four. S'il avait été bien compris par tous en citant cette parole de l'évangile : *l'homme bienveillant sera béni, car il donne de son pain au pauvre*, il s'était attiré en revanche quelques sourires à peine voilés de ses paroissiens en concluant : *voyez, vous avez semé et vous avez récolté.* Il n'avait pas résisté à placer sa phrase préférée ! À chacun sa petite marotte.

Vers minuit, quand Victor aura fini de tout nettoyer et quand la charrette sera pleine de tous ses pains encore chauds, il offrira un croûton à son bourricot. Lui aussi a le droit à une friandise en récompense, hommes et animaux sont ici unis dans un même sort et une réciproque dépendance. Malgré la fatigue générale, son épouse fera à manger tourtes, cochonnailles et tartelettes pour tous ceux qui ont donné un coup de main, avec femmes et enfants. Jusqu'à tard dans la nuit, on boira abondamment… pour compenser la chaleur de la chapelle et jouir ensemble de ce moment festif.

Le tirage au sort voulut que le lendemain soit le tour d'Élie Pauras. Un mauvais hasard car, bien entendu, il bougonnera que le four a été mal nettoyé et qu'il sentait le brûlé. Heureusement, plus personne ne fait attention à ses rouspétances ! Élie, celui qui ne veut pas vendre ! Après lui, défilera tout Chaudun. Tout le monde fait un peu de grain, même les éleveurs. Le dernier sera Jacques Barin, avec sa farine, dont la pugnère, y compris la part promise pour les nécessiteux.

Pendant toute cette période, dans un climat d'entraide, malgré quelques chamailleries, s'était ordonné entre le village, le moulin et le four un singulier défilé. Chaque foyer apportait ses grains à moudre, qui sur une charrette, qui à dos de mulet, qui à l'épaule, repartait avec ses sacs de farine pour les déposer dans sa grange, venait les vider dans la maie quand arrivait son tour de préparer sa pâte, se présentait le lendemain matin pour les enfourner et enfin rentrait chez soi avec ses provisions pour l'hiver et, pour bien finir, festoyait avec famille et amis. C'était Chaudun-la-Ruche !

Un jour, Denis Bonnaril fit le pari qu'il porterait tout seul jusqu'à chez lui trois saches[1]. On se moqua de lui.

---

1. Sache : un sac de farine de 120 kilos.

Pas longtemps! Il en prit un sur le dos, un sous chaque bras et fit son chemin sans faillir. L'homme était peut-être têtu et parfois emporté, mais il était costaud! Il avait bien mérité un verre de clairet et les perdants arrosèrent volontiers avec lui son exploit… les perdants et d'autres!

Départs de l'hiver

Dans les jardins on se hâtait. Françoise récoltait ses derniers légumes : betteraves, carottes, poireaux et radis. Julie couvrait des sols d'une épaisse couche de paille pendant qu'Alphonsine épandait de la cendre sur les autres. Il ne fallait pas perdre de temps, l'hiver arrivait. Quelques jours plus tard, il ne resterait plus qu'à nettoyer les outils en les brossant consciencieusement pour enlever la terre et à les graisser pour qu'ils ne rouillent pas. Il fallait être soigneux et économe. Pas facile et trop coûteux de les remplacer au printemps.

Quand le froid arrive, les arbres perdent leurs feuilles, devenues inutiles à leur survie, et Chaudun ses forces vives, qui doivent se résigner à s'éloigner. Séraphine avait dû faire ses bagages pour la rentrée de son école à Gap. Au moment de son départ, Julie n'avait pu retenir quelques larmes. Philippe avait eu l'intelligence de lui dire toute sa confiance dans la réussite de ses études, évitant les recommandations traditionnelles, aussi superflues que vite oubliées au premier tournant de la route. Cyril, parlant d'expérience, avait conseillé à sa sœur, avec un grand sourire espiègle, de bien profiter de la ville et de s'amuser un peu, déclenchant une petite bourrade dans l'épaule par son père.

— Heureusement, ta sœur est sérieuse, elle! l'avait-il repris, et puis une fille doit faire plus attention et surveiller ses fréquentations, ajouta-t-il, moitié plaisantant moitié sérieux.

— Je le ferai, s'était-elle empressée de le rassurer. D'ailleurs, vous savez bien que les garçons ne m'intéressent guère !

Le père avait fait la moue, le frère avait gloussé, Julie avait suggéré que, tout de même, si elle se trouvait un gentil mari, il aurait chez eux porte grande ouverte. Agnès, enfin, avait mis son grain de sel par une recommandation typiquement de sœur : *l'essentiel c'est que tu l'aimes, comme moi le mien... mais s'il est beau et riche, ce sera encore mieux !* Séraphine, souhaitant changer de sujet, avait promis d'écrire, mais chacun savait qu'avec l'hiver la distribution du courrier deviendrait aléatoire. Quant à monter à Chaudun pour les vacances : pour celles de Noël le sentier serait impraticable ! Elle n'avait pas voulu que ses parents l'emmènent. Pas davantage Pierre Truchet pour qui l'école avait repris. Étonnamment, elle avait demandé de la conduire à Louis Barin le berger, il est vrai beaucoup moins occupé depuis que les bêtes étaient rentrées des alpages. Alphonse leur avait volontiers prêté sa petite carriole et son mulet. *Décidément, elle l'aime bien ce Louis*, avait pensé Julie, préférant garder pour elle sa réflexion. Après son départ, Julie et Philippe s'étaient regardés, contents pour elle et tristes pour eux.

Puis ce fut au tour d'Agnès et de Célestin. Un départ définitif et lointain. Encore plus difficile de se résigner. Grenoble, on n'y va pas avec sa charrette ! Si Agnès montrait maintenant une rondeur pas loin de valoir celle de Léonie – Célestin avait bien semé – non seulement le bébé ne naîtrait pas à Chaudun, mais, pire : il n'y grandirait pas. On fit toutefois bonne figure. Prenant Célestin à part, Philippe lui fit jurer de rendre heureuse son épouse. Celui-ci lui répondit avec la fermeté d'une conviction sincère :

— Bien sûr que je ferai tout pour la rendre heureuse mon Agnès : ce n'est pas pour rien que je l'ai voulue. Et puis avec ma nouvelle situation de chef de rayon, je vais bien gagner ma vie et je pourrai lui faire plein d'enfants... si Dieu le permet.

Pour une fois, il s'abstint d'ajouter *un point c'est tout*. L'émotion peut-être ?

L'abbé Albert voulut dire au revoir à ses ouailles, qu'il ne reverrait sans doute plus, et les bénir ainsi que le fruit des entrailles d'Agnès. Jean-Pierre Daille les conduisit jusqu'à Gap, ayant à s'y rendre pour des achats et emmenant également le fils Parini, qui allait à Grenoble reprendre son poste de garçon de café. Son père parti, pas certain qu'il reviendra un jour à Chaudun celui-là, pensa Philippe. Petite consolation, probablement provisoire, pour les Marelier : demeuraient tout de même leur fils aîné, sa femme et la perspective d'un bébé à pouponner.

Depuis quelques jours, la neige tombait dru, le sol se ouatait, la température baissait. Les bêtes étaient rentrées définitivement à l'étable, les granges étaient pleines de foin, et les appentis des maisons de piles de bois. Les deux hirondelles, nichées tout en haut du mélèze, en face de la maison des Marelier, s'étaient envolées le matin avec leurs sœurs vers des contrées plus propices. Migraient, hélas, également les journaliers et les jeunes à la recherche d'une embauche. Cette fois Honoré Combe, en bonne santé, préféra partir tout en ignorant ce qu'il trouverait comme travail. Il prévoyait de proposer ses services du côté de Saint-Léger et, à défaut, de descendre vers Chorges. Alain Varalin retournait chez l'ébéniste de Montmaur parfaire son savoir. Il avait des progrès à faire, à voir la sculpture du cabalet, pensèrent en souriant quelques Chauduniers !

L'hiver revenant, les veillées reprenaient, tant du côté de Brouas que du Poureau, des Clôts ou du bourg. Dans l'étable de l'un ou de l'autre, presque tous les soirs, on s'assemblait sous la lume[1], pour écouter les diseurs. Philippe et François Varalin excellaient dans cet exercice, avec leurs savoureux fatorgues[2] qu'ils tenaient de leur père. Les femmes apportaient leur rouet et leur quenouille, les filles leur corbeille de laine et les hommes les sacs de haricots à trier, le chanvre à tiller et chacun sa bûche. Personne n'oubliait sa langue et on allait ainsi parfois jusqu'à minuit, terminant souvent par des prières en commun. Ce jour-là, c'est un Raboutin qui apporta le courrier, confié par Émile. Il resterait le soir chez les Mouchet pour faire une partie de mounes, ce jeu de cartes auquel tout le monde savait jouer ! Il y avait des nouvelles d'Antoine Parini, émanant de la mère Bernadette, lui ne sachant ni lire ni écrire. Il allait bien, se reposait et, à part une bouteille, venue un jour on ne sait d'où et trouvée dans sa chambre, il ne buvait plus que de l'eau. Son sommeil était encore agité mais ses entretiens avec le curé du couvent commençaient à porter leurs fruits. D'ailleurs il avait proposé de servir la messe de temps en temps et le faisait visiblement avec plaisir. Une autre lettre de la même provenance était destinée à l'abbé Albert, mais – du moins à l'en croire – elle n'en disait pas plus, si ce n'est de prier pour le rétablissement de cet homme en péril. Ainsi, à la messe du dimanche suivant un *Notre-Père* fut récité par tous les fidèles à son intention. Une lettre de l'évêché confirmait simplement à Philippe

---

1. Lume : lampe à huile.
2. Fatorgues : contes régionaux.

que monseigneur Berthet avait bien porté attention à sa démarche et qu'il réfléchissait à la suite à donner. Quand Julie voulut savoir de quoi il s'agissait, il se contenta d'un rapide *un truc administratif, comme toujours. Sans importance.* Il y avait aussi des nouvelles de Séraphine. Tout se passait bien et elle avait bon moral. Elle s'était déjà fait des amies, les cours étaient très intéressants, mais elle trouvait difficile d'assurer la surveillance du soir et de travailler en même temps pour elle-même. Elle embrassait tendrement ses parents, son frère et Léonie.

Fort de sa propre expérience pour venir à Chaudun, le Raboutin déconseilla hautement à Julie d'aller au marché de Saint-Bonnet cette semaine-là :

— En supposant que vous y arriviez, vous risqueriez de ne pas en revenir avant le printemps ! blagua-t-il.

Aussi têtue que son mari, elle essaiera tout de même le surlendemain, prétextant des commandes importantes à livrer, et devra, toute dépitée, faire demi-tour en cours de route. Philippe commentera gentiment son retour :

— Tu voulais t'envoler et ne revenir qu'au printemps, telle une hirondelle ?

Première réponse

Un matin de début janvier de cet hiver de 1889, la mère Caudray, maintenant soixante et onze ans, entendant de drôles de bruits sourds à l'extérieur de sa maison, avait eu le mauvais réflexe d'ouvrir sa fenêtre pour voir de quoi il s'agissait. Elle fut instantanément bousculée et renversée par un paquet de neige qui rentra dans un « whump » caractéristique et la recouvrit avant même qu'elle ait pu esquisser le moindre mouvement pour l'éviter. Elle serait morte asphyxiée sans l'intervention rapide de Victor Blaix et de Cyril qui la dégagèrent. Il fallut ensuite tout déblayer et tout nettoyer. Par chance, la seule casse porta sur une chaise et un peu de vaisselle. Si elle fut tout de même très choquée sur le moment, deux jours plus tard, elle racontait qu'elle en avait vu d'autres, notamment en 1870 un hiver où... On ne faisait que semblant de l'écouter. L'avalanche avait fait d'autres dégâts. Le toit de la grange Mouchet s'était écroulé sous le poids de la neige, tuant une mule et deux poulets. Plus grave encore, les deux tiers de leur récolte de foin étaient trempés et il n'y en aurait plus assez pour nourrir les bêtes. C'était tout le travail accompli, avec effort, patience et opiniâtreté qui disparaissait en une seconde, qui plus est dans une famille qui avait la charge de six enfants. Le coup était rude, même en comptant sur la solidarité du village !

Quelques jours plus tard, Léonie avait mis au monde, avec l'aide d'Henriette Villard, fidèle au poste, un petit François, prénommé ainsi en mémoire du grand-père maternel. Impossible d'aller accoucher à Gap. Le bébé fut baptisé le lendemain. Les batisailles réunirent les deux familles, de même que le parrain et la marraine, Victor Blaix et Irène Varalin, elle-même venue de Saint-Jacques bien qu'enceinte jusqu'aux yeux de son Albert.

Fin février, le ciel leur avait accordé un redoux exceptionnel. Si la neige recouvrait encore Chaudun, elle avait assez fondu sur le sentier pour permettre à Émile de faire une apparition. Grinoux aboya d'abord, puis entreprit de se faire pardonner son erreur en se précipitant dans les jambes du facteur... pourtant déjà assez encombré. Il apportait un bon paquet de courrier.

Une lettre de Jeannot Patorel, une pour l'abbé Albert en provenance de son évêché, quelques autres émanant d'enfants émigrés. Agnès racontait qu'à Grenoble tout allait bien, que l'arrivée du bébé était prévue pour début juin, qu'elle était fière de son Célestin qui travaillait beaucoup, qu'elle commençait à faire connaissance avec des gens autour d'elle, que la vie dans une grande ville était très différente de celle d'un village et qu'elle les embrassait bien fort. Séraphine rassurait ses parents : c'était dur, mais elle persévérait (un mot nouveau dans sa bouche). Elle entendait les rejoindre pendant les vacances estivales. Antoine quant à lui avait fait écrire qu'il se portait beaucoup mieux, qu'il ne buvait plus une goutte d'alcool, même pas un verre de vin à table, et qu'il resterait au couvent aussi longtemps qu'on voudrait bien de lui. Il servait la messe de temps en temps et entretenait soigneusement le parc, ce qui le maintenait en forme et lui donnait l'agréable sentiment d'être encore utile, ce qui n'était plus le cas à Chaudun.

Le facteur avait aussi remis à Philippe une liasse de notes administratives et un rappel d'impôts pour la municipalité. Rien à l'en-tête d'un quelconque ministère qui puisse ressembler à une réponse officielle à la pétition. Pourtant une lettre du « Conservateur des forêts », datée du 18 février, prévenait monsieur le maire que, sur demande de monsieur le ministre de l'Intérieur, il était chargé de *procéder à une enquête sur les causes qui ont amené à un état de complète misère la commune de Chaudun qui se suffisait autrefois à elle-même.* Il donnait donc mission à monsieur Billecard, inspecteur, de se rendre sur place dès que l'accès serait possible. Comment Émile était-il au courant de la démarche de Chaudun ? C'est un mystère de la profession : les facteurs savent toujours tout sur tout avant tout le monde. Ce n'est pas que leur honnêteté soit en cause ; non, c'est un fait établi que la science ne peut pas expliquer. Toujours est-il qu'il avait cru bon de raconter à Philippe que le village de Raviou avait décliné, voilà plus d'un an, la proposition de partir faite par l'État, bien qu'ils soient aussi pauvres que les Chauduniers. Question de fierté et d'histoire de vies : ainsi avaient-ils motivé leur refus. Philippe aurait pu voir dans cette information une confirmation que la démarche n'aboutirait pas, si la lettre qu'il avait en main ne prouvait pas le contraire. Visiblement, on s'occupait de Chaudun en haut lieu ! À sa lecture, le premier sentiment de Philippe avait été une très grande amertume. Ce libellé *qui se suffisait autrefois à elle-même* lui faisait mal. Remontrance cinglante d'un échec constaté, mission de maire non remplie, indigne de son père. Pourtant ce n'était pas faute d'avoir tout essayé, au moins dans ses moyens ! Alors, pourquoi son village était-il *en complète misère* ? L'insulte le rendait à cette heure incapable d'avoir le recul nécessaire pour trouver une réponse. Il en oubliait de se souvenir que les impôts avaient triplé en dix ans, alors que les surfaces cultivables se réduisaient, que les moutons se vendaient moins cher qu'autrefois sur les marchés en raison d'une concurrence « exotique », essentiellement italienne, et enfin que l'homme n'est pas Dieu et ne dispose pas de tout. Julie aurait pu également le réconforter s'il ne continuait de refuser de s'alléger sur les autres de son propre fardeau. En relisant cette lettre, assez brève, il fit une autre constatation : non seulement il y avait une réponse, non seulement elle n'était pas négative comme il l'attendait, mais la venue de cet « inspecteur » matérialisait l'hypothèse d'un départ des Chauduniers, et donc de la disparition possible de son village. Une éventualité qu'il s'était toujours refusé d'envisager. En fait un déni de réalité.

Plus le rêve de ses administrés prenait corps, plus le sien s'effaçait.

Ledit Billecard s'était présenté quelques jours plus tard. Il n'était pas un inconnu!

— Alors je croyais que vous faisiez un recensement, monsieur l'inspecteur! avait ironisé Philippe à son arrivée.

— C'était bien le cas la première fois. Si je suis revenu, c'est seulement suite à votre requête, monsieur le maire, avait répondu l'inspecteur très calmement.

— À la requête de certains! n'avait pu s'empêcher de préciser Philippe.

— Comme vous voulez, monsieur Marelier. Vous savez, je ne suis chargé que de faire un rapport, c'est tout. Je ne décide de rien. J'ai été choisi pour cette mission parce que je connais un peu votre situation, ce qui fera gagner du temps au dossier.

Il resta une bonne partie de la journée, rencontra le curé, l'instituteur, le maire-adjoint et discuta avec quelques autres villageois qui tenaient à lui parler. Pour finir, il revint saluer Philippe et, pressé de questions, il avait consenti à préciser qu'il donnerait un avis favorable à la requête… tout en soulignant qu'il ne s'agissait que d'un avis personnel. Il avait également fait ressortir la complexité de la démarche. Par le passé, l'État avait bien aidé quelques hameaux de quelques familles à s'exiler dans les colonies. Dans le cas qui les occupait, l'objectif était carrément de supprimer un village tout entier de la carte administrative, ce qui était bien différent et, à sa connaissance, ne s'était jamais produit dans l'histoire du pays. Il avait ajouté que les Chauduniers allaient devoir se montrer très patients. Il ferait un rapport à son supérieur qui transmettrait au préfet qui lui-même l'enverrait au ministre, lequel ferait suivre le même chemin à sa réponse. Il ne fallait donc rien attendre rapidement, chaque étape pouvant prendre un temps certain, c'est-à-dire indéterminé.

Julie s'était étonnée que son mari ne l'ait pas avertie du courrier annonçant cette visite.

— Tu ne me faisais pas tant de mystères avant.

— Nous avons des nouvelles de nos filles, c'est plus important, non ?

— C'est vrai, et nous voilà bien loin d'Agnès et de son futur bébé ! avait-elle soupiré. Tout de même, autrefois tu m'aurais montré cette lettre tout de suite. Maintenant, tu es devenu cachottier. (Une hésitation et puis encore :) Philippe, tu ne me parles plus comme avant, tu ne me cajoles plus comme avant. M'aimes-tu toujours ?

— Bien sûr, voyons ! s'était-il exclamé, c'est que je vieillis et pas toi… et puis j'ai trop de soucis. (Un silence avant de demander sur un ton qu'il voulait anodin :) s'il y avait une suite à cette affaire, tu accepterais de quitter Chaudun, toi aussi ?

Surprise par la question, Julie avait hésité à répondre. Ce n'était pas sur ce terrain qu'elle cherchait à le retrouver.

— Pourquoi pas ? Agnès est partie, Séraphine ne reviendra peut-être pas non plus et Cyril me semble avoir envie de s'enfuir. Qu'est-ce qui me retiendrait ici ?

— Simplement que c'est chez nous !

À quoi bon insister ? Visiblement, cette visite de l'inspecteur l'avait bouleversé plus qu'il ne voulait le laisser paraître. Son couple attendrait, estima Julie.

Tout le monde en parla. La pétition avait eu une réponse. Pourquoi le ministre ne suivrait-il pas les conclusions du rapport ? Monsieur le maire, quant à lui, répétait sans cesse que ce qui comptait pour l'instant était de passer l'hiver et de labourer dès que possible.

Début mars, Cyril accepta, avec l'autorisation de Léonie, d'accompagner son père au cimetière pour présenter François au grand-père. Philippe voulait lui montrer fièrement la continuité du nom et peut-être, inconsciemment, motiver son fils à rester sur sa terre natale pour qu'il y ait, après lui, encore des Marelier chauduniers.

— S'il y avait une suite à cette visite de l'inspecteur, tu en penserais quoi ? avait-il demandé tout bas.

— J'en penserais, père, que si l'État ne veut pas acheter nos terres aujourd'hui, demain elles ne vaudront plus rien et il les obtiendra pour un franc symbolique !

— Tu es si pessimiste que ça pour l'avenir ?

— Non, réaliste, père. Malgré tous vos efforts et toute votre volonté, voyez ce qui se passe : les terrains s'abîment, les pâturages ne sont plus assez productifs, nos moutons se vendent de moins en moins cher et enfin les impôts et droits divers ne cessent de nous étouffer !

— Tu ne noircis pas le tableau, tout de même ?

— Pas du tout ! Contribution foncière, contribution des portes et fenêtres, maintenant impôt sur les biens mobiliers, vous verrez qu'un jour ils imagineront de nous taxer sur tout ce qu'on possède, même sans avoir de revenu pour payer ! Voilà, c'est comme ça. Vous n'y pouvez rien !

— C'est justement ce qui m'est insupportable, de ne rien y pouvoir, soupira Philippe. Tu proposes quoi, alors ?

— Rien, père ! Rien. Puisque vous me le demandez, ici, devant grand-père, je vous dis aussi simplement que calmement : un jour, d'une manière ou d'une autre, je devrai partir, avec ma petite famille. Où et comment, je ne sais pas, mais je veux pouvoir offrir à François et à ma femme un avenir meilleur.

— Tu nous enlèverais François ? Tu ferais ce chagrin à ta mère ? La voix de Philippe avait monté, il en oubliait le lieu où il se trouvait.

— Venez avec nous ! Il y a plein de terres à exploiter dans les colonies, et l'État aide d'autant plus volontiers à l'achat de concessions que l'on vient regroupés en famille. Oui, partez avec nous !

— Tu me demandes de déserter en rase campagne !

— Père, les plus grands généraux sont ceux qui savent à temps qu'ils ont perdu une bataille et changent de terrain et de tactique pour la suivante, plaisanta Cyril en souriant, sur un ton qu'il voulait garder volontairement badin.

Chacun fit plus ou moins semblant de se recueillir, quand Philippe chuchota : *père, aidez-moi. Je ne sais plus quoi faire ! Je voudrais tant que vous puissiez voir grandir notre petit-fils. Je ne sais plus comment les retenir, vos Chauduniers. La pauvreté leur fait oublier leur dignité.*

Puis sur un ton plus haut, cette fois plus évidemment à destination de son fils, il enchaîna :

— De toute manière, rien n'est fait. Ce n'est pas parce qu'un petit inspecteur à casquette est favorable à l'expropriation des terres que l'État suivra son avis. Des rapports qui ne servent à rien, il doit y en avoir plein les armoires de la République.

Cyril choisit de se taire. Avant de rentrer, ils firent un détour chez les Bonnaril, histoire de partager un moment avec le petit François et, en cette occasion, de se radouber[1].

Se radouber entre eux, les Chauduniers en auront bien besoin dans les temps qui vont suivre ! Réussite ou échec du projet auraient été plus supportables que la longue et paralysante incertitude à laquelle ils devront faire face. Même les plus optimistes y deviendront pessimistes, les plus paisibles irritables, les plus sociables querelleurs.

1. Radouber : raccommoder.

Mauvaise passe

Le 1er juillet 1889 précisément, l'abbé Albert avait quitté Chaudun pour Lacou, sur décision de l'évêché. À l'annonce de ce départ, Marelier n'avait pu retenir un sourire de plaisir.

— Tu sais pourquoi il part à Lacou ? lui avait demandé Julie.

— À Lacou non, mais pourquoi il part, ça, j'en ai une petite idée ! avait-il acquiescé avec un air satisfait.

Elle avait alors réfléchi quelques secondes avant de s'exclamer :

— Je sais ! C'était ça ta visite à l'évêché, le jour où tu as emmené Léonie à l'hôpital, n'est-ce pas ?

— Ab-so-lu-ment, détacha un Philippe triomphant. Un curé qui couche avec une femme ne peut pas prétendre donner des leçons de morale aux Chauduniers et leur dire ce qu'ils ont à faire.

— Ce que tu as fait n'est pas bien, Philippe. C'est ton orgueil qui t'a conduit et ce n'est pas bien.

— Tu ne l'appréciais pas plus que ça non plus !

— C'est possible, mais ça ne change rien à l'affaire. Estime-toi heureux que personne ne sache la vraie raison de son départ. J'espère qu'il l'ignore lui-même.

— Sa sanction avait été d'être nommé à Chaudun : maintenant elle est levée. Il doit être content ! En tout cas, je n'en ai aucun marrissement[1], s'était obstiné Philippe.

— Tais-toi. Parfois, tu es bien couillèti[2] mon mari !

L'abbé Albert avait été remplacé par le père Joseph Pategrain. Avant son arrivée, Pierre Truchet avait dû

1. Marrissement : regret.
2. Couillèti : couillon.

monter une fois de plus sur les toits du presbytère et de l'église pour les réparer... toujours – et plus que jamais – provisoirement. Il était devenu d'ailleurs presque aussi urgent à cette époque de rafistoler la maison de l'école, ce pourquoi le conseil municipal avait envoyé une nouvelle demande de subvention au préfet. En attendant la décision de Paris, la vie devait continuer comme avant, aidée par quelques subsides complémentaires de l'État, ressentis par tous comme fruits d'une humiliante mendicité.

Pategrain était un jeune curé fort sympathique, vingt-quatre ans, on ne peut plus « pays » puisque né à Julien-en-Champsaur. De ce fait, il fut adopté très rapidement par les Chauduniers. Il connaissait les soucis du village et l'existence de la pétition. Il n'avait donc pas besoin de militer comme son prédécesseur, la messe étant déjà dite, et chacun, dont lui-même, de penser qu'il ne resterait pas longtemps ici. Hélas, des circonstances dramatiques firent qu'il exerça bien moins longtemps que prévu ! Le 18 février 1890, veille du jour de son anniversaire, le jeune curé décidait en effet de rendre visite à son collègue du village de La Fare, à cinq kilomètres de là, histoire de fêter ensemble l'évènement. Pour raccourcir sa route, il voulut passer par le col de Moutet, bien qu'il soit à plus de 2 000 mètres d'altitude et très enneigé à cette époque de l'année. Sa jeunesse n'avait pas peur des obstacles. Il atteignit aisément ce col dans la matinée. Il ne lui restait plus que deux kilomètres à parcourir. Le plus difficile étant fait et, se sentant quasiment arrivé, avait-il relâché son attention ? Peut-être ! Toujours est-il qu'il se laissa surprendre par une plaque de verglas. Il perdit l'équilibre, ne put se retenir à quoi que ce soit et fit une chute de plus de 500 mètres. On retrouva son cadavre atrocement méconnaissable au lieu-dit Les Mans. Il fut enterré le lendemain à son village, le jour même de ses vingt-quatre ans !

Ce drame traumatisa les Chauduniers qui commencèrent à y voir le mauvais œil ; il ne faisait pas bon être leur curé ! En outre, toutes les Hautes-Alpes furent informées de cet accident par le biais du journal, ce qui n'était pas non plus bon pour leur réputation. Après quelques jours d'hésitation, l'évêché décida de rattacher la paroisse à celle de Rabou, attendant probablement de savoir ce qu'il allait advenir du village. L'abbé Parceline, celui-là même qui était invité chaque année à la fête patronale par l'abbé Albert, prit l'habitude de venir à Chaudun une fois la semaine, généralement le mercredi. Plus de messe le dimanche, sauf circonstance particulière ! Il fallait aller à Rabou ; trop loin pour beaucoup, dont les plus âgés. Cette restriction fut ressentie par tous comme une humiliation et une amputation discriminatoire. Tous, à l'exception du maire, qui en déduisait, avec un peu de remords, que sa démarche à l'évêché n'avait été que moyennement appréciée.

Cette année-là avait été par ailleurs très mauvaise. L'hiver avait été exceptionnellement froid et, à l'automne, des orages avaient détruit une grande partie des récoltes, avant même le début de la moisson. Nombreux avaient été les départs définitifs, la patience n'étant que rarement l'apanage de la jeunesse, si bien qu'il ne restait plus que 112 habitants, soit un tiers de moins en trois ans. 112 habitants découragés et en colère contre ce pays qui les avait oubliés, puisqu'il ne leur répondait pas !

Qui plus est, malgré les exhortations de leur maire et de quelques autres comme Jean-Pierre Daille ou Jacques Barin, la plupart avaient cessé de travailler leur terre avec autant d'ardeur qu'auparavant. Ils s'étaient persuadés, sur le seul fondement du passage de l'inspecteur Billecard, qu'ils partiraient rapidement et donc ne récolteraient pas ce qu'ils sèmeraient. Certains éleveurs avaient même, bien imprudemment, commencé à vendre du bétail, pariant qu'ils feraient une meilleure affaire en s'y prenant à l'avance plutôt qu'au dernier moment. Tant et si bien que les Chauduniers étaient au bout du rouleau et que ce ciel peu clément était interprété comme un signe de Dieu voulant les chasser par la misère. La ténacité de Philippe Marelier ne suffisait plus et les dettes s'accumulaient, pour le village comme pour ses habitants. Le maire avait encore consenti quelques prêts malgré les cris de Julie, et le petit carnet se remplissait sans qu'aucun nom ne soit rayé. Ceux qui étaient partis n'avaient pas pour autant acquitté leurs créances. Bien au contraire, ils avaient emprunté un peu plus, auprès d'organismes pas trop regardants, pour se payer le voyage, persuadés de pouvoir tout rembourser lors de l'imminente expropriation. Seule petite note positive pour la commune : la commission départementale avait accordé, sur les fonds des amendes de police correctionnelle, 150 francs pour l'achat d'une pompe à incendie. Restait à décider où la placer, ce qui faisait débat tant les esprits étaient devenus chicoutiers[1] et grincheux.

Les relations entre les époux Marelier avaient continué à se détériorer jusqu'à l'instauration d'un véritable hiver conjugal. Non seulement ils ne faisaient plus l'amour, ce qui désespérait Julie dont le corps avait encore des attentes, mais même la tendresse avait disparu. Leurs tête-à-tête devenaient silencieux et embarrassés. Ils n'avaient plus rien à se dire, ou du moins plus le goût de l'échange, Philippe emmuré dans ses

1. Chicoutier : chamailleur.

obsessions municipales, sa femme désarmée par cette froideur impénétrable. Seule la visite du petit François, arrivant dans les bras de son père ou de sa mère, ramenait des moments de bonne humeur. Julie se rendait de plus en plus souvent et de plus en plus longtemps à Saint-Bonnet et certaines langues commençaient à murmurer qu'elle n'y allait pas que pour le marché. Partant toujours la veille de celui-ci, elle n'en revenait que le lendemain, arguant qu'il était préférable de se reposer un peu avant de reprendre la route. Après tout, ces jours-là, Alphonsine s'occupait du linge de son mari, du ménage et de ses repas. Il ne manquait donc de rien et d'ailleurs ne se plaignait pas. Il y avait peu encore, ce « rien » leur aurait beaucoup manqué à tous les deux !

Si, comme prévu par l'inspecteur Billecard, la réponse du ministère tardait, ce silence divisait les Chauduniers. La plupart s'obstinaient à croire en une réaction favorable, refusant de procéder au moindre investissement tant pour leur commune que pour eux-mêmes. Quelques autres commençaient tout de même à se dire que leur maire avait eu raison de se méfier et qu'il fallait se remettre au travail. Deux ans s'étaient écoulés depuis la pétition, et rien ne venait. Ils constataient par exemple que Jean-Pierre Daille, lui, n'avait rien changé à sa conduite et s'était bien gardé de vendre plus de bétail que d'habitude. Il n'hésitait qu'à propos de son taureau, certes devenu trop vieux, mais dont le remplacement coûterait cher.

Quelques jeunes avaient décidé que l'absence de réponse valait réponse négative et trouvaient en Élie Pauras le bouc émissaire de leur désillusion. À lui tout seul, le testori[1] qui avait refusé de signer la pétition

---

1. Testori : têtu.

cristallisait tout le ressentiment. Ce soir-là, il rentrait chez lui en passant, comme d'habitude, par le jardin, derrière sa maison, quand quatre garçons, armés de bâtons, se dressèrent devant lui. Un guet-apens. *Tron de Dieu, tu vas la vendre ta maison, espèce d'enflure!* s'écrie l'un d'eux, visiblement le chef de bande, en le frappant d'un violent coup dans les reins. Il n'a pas le temps de se défendre qu'un autre lui donne un furieux coup de pied dans les jambes qui le fait tomber. Comprenant qu'il ne s'en sortira pas tout seul, Élie commence à appeler au secours, tout en insultant ces jeunots : *bande de counas, de bayanèaux*[1]*, de brancassis*[2]*!* Il reçoit un nouveau coup, cette fois au front et se met à saigner abondamment. Sa femme est accourue. Par surprise, elle casse une cruche sur la tête du troisième qui, jusqu'ici, se contentait de regarder et qui se retrouve à terre, un peu étourdi. Avant qu'il ne puisse se relever, elle lui donne des coups de sabot dans les reins. *Tiens, prends ça, espèce de brigandas*[3]*!* Le garçon rampe maintenant le plus vite qu'il peut pour se dégager et préfère prendre ses jambes à son cou. *Bande de petits minots, vous ne me faites pas peur!* assure-t-elle, en ramassant le bâton abandonné. Les trois autres, pendant ce temps, s'acharnent sur Élie. Courageusement, elle se mêle à la lutte pour secourir son mari. Trois hommes, dont Denis Bonnaril, alertés par les cris, arrivent. Loin de secourir les Pauras, ils commentent la bagarre, en badauds amusés.

— Suffirait que tu promettes de vendre tes terres comme tout le monde, rigole l'un.

— Aidez-moi! implore Élie.

1. Bayanèau : idiot.
2. Brancassis : incapables.
3. Brigandas : bon à rien.

— Oh ! ce n'est pas bien, les garçons de vous en prendre ainsi à des vieux ! s'exclame Denis hilare, et sans doute un peu saoul.

— Tous des fatche de cons ! s'écrie la femme Pauras tout en administrant une volée à celui qui semble être le chef de bande.

— Va chercher le fusil ! hurle Élie à sa femme, en se protégeant la tête avec les mains de la pluie de coups qui lui tombe dessus.

Cette bagarre aurait pu se terminer très mal si Robert, le vacher des Daille, n'était accouru. Il sauta, sans hésitation, à la gorge du plus teigneux, le jeta à terre et l'immobilisa avec ses genoux sur son ventre. Pendant ce temps, Élie avait repris l'avantage sur son vis-à-vis, également au sol, le harcelant de coups de pied dans les côtes, tandis que le troisième avait décampé. L'embuscade n'avait duré que quelques minutes et personne n'était gravement blessé. Les quatre agresseurs, enfants de familles chaudunières, n'étaient pas des inconnus. Le maire n'aurait pu empêcher les Pauras d'aller à la gendarmerie de Gap porter plainte si les parents n'avaient tout fait pour éviter la prison à leurs garnements, même pour une leçon méritée. Le chef de bande s'enrôla dans l'armée pour deux ans, son second s'engagea pour un emploi en Australie. Les deux autres, plutôt des suiveurs, vinrent s'excuser, conduits par leur père, et firent chacun trois jours de travail à titre de réparation au profit d'Élie. Celui-ci, têtu mais pas idiot, accepta les arrangements. Refuser n'aurait fait qu'aggraver son différend et lui rendre la vie impossible. Approuver cette conciliation lui donnait au contraire le bon rôle et assurait sa tranquillité. Un mot du maire, après délibération exceptionnelle du conseil, fut affiché à la porte de la Maison du peuple, désapprouvant les comportements belliqueux de certains qui faisaient vergogne à tout le village. Il en profita pour rappeler que l'inspecteur Billecard avait prévenu que la réponse à la pétition serait longue à venir, qu'il fallait patienter. Donc, avait-il ajouté, nous devons continuer à travailler normalement et dans le calme. Il n'empêche que cette bagarre était le reflet d'une ambiance délétère, exacerbée par cette interminable attente.

Une réponse, il finit par en arriver une. Pas celle espérée !

Désillusion

Un pli chargé : jamais l'Émile ne l'aurait laissé à Rabou. Il fallait le remettre en mains propres, quelle que soit la difficulté pour monter. Celui-ci, daté du 10 mars 1891, venait du conservateur des forêts. Le facteur était-il ce jour-là un corbeau porteur d'une mauvaise nouvelle ou au contraire une hirondelle printanière ? Le cœur de Philippe s'était emballé et Julie, tout aussi tendue, lui avait serré le bras d'une main crispée. Il avait remercié le facteur d'avoir ainsi bravé la neige, et son épouse l'avait gratifié, comme toujours, d'un potage bien chaud. Pas question d'ouvrir la lettre devant Émile, pas question de faire courir la rumeur. Le conservateur informait monsieur le maire que l'administration n'était disposée à acquérir, *pour le moment du moins*, que les terrains communaux, les seuls réellement indispensables à l'œuvre de reboisement. Il convenait donc, sans engager l'administration en quoi que ce soit, de provoquer une délibération du conseil municipal de ladite commune tendant à la cession amiable des 423 hectares compris dans le projet.

La missive tant espérée était enfin arrivée… pour une réponse désespérante, une grande désillusion, ressemblant à une fin de non-recevoir. En quoi cette œuvre de reboisement des communaux pouvait-elle correspondre aux attentes des Chauduniers ? Comment envisager de vivre sans les communaux ? Sans église, sans mairie, sans école et sans les terrains non bâtis ? Bien sûr, cette vente paierait le solde des dettes de la commune... Mais après ? Il fallait vraiment tout ignorer de ce qu'était la vie d'un village rural pour oser une telle proposition ! Et ces gens-là sont censés nous représenter ! Napoléon, lui, qui avait été reçu triomphalement dans la région, n'aurait certainement pas eu cette idée saugrenue ! Tous des fadas, des facho de coun, capoun[1] de pas Dieu. On se moquait de son village : aussi le maire, qui aurait pourtant pu trouver dans cette réponse l'écho de ce qu'il n'avait cessé de dire, piqua une grosse colère, tapa sur la table, éructa tous les jurons qu'il connaissait... et il en connaissait beaucoup. L'orage tonna si fort qu'au bout d'un moment Philippe commença à se plaindre d'un mal de tête si douloureux qu'il se mit à trembler, puis brusquement à vomir, et qu'il dut s'allonger. Julie, craignant de reconnaître les symptômes de cette maladie qui leur avait tant fait peur, prépara hâtivement une grande cruche d'infusion de mélisse pendant qu'Alphonsine, heureusement dans les parages, courut chercher Cyril. Voyant son père ainsi recroquevillé sur lui-même, blanc comme un linge, il voulut quérir le médecin de Gap, mais Philippe s'y opposa violemment. Il avait les idées claires, cette crispation n'était provoquée que par la douleur et cette maudite migraine finirait par passer avant même que Cyril ait parcouru la moitié du chemin.

— Je crois que c'est Dieu qui me punit, dit-il, mi-sérieux mi-plaisantant.

1. Capoun : voyou.

— Ce serait plutôt le diable alors, pour vous mettre dans pareil état ! répondit Cyril.

— Non, c'est la justice de Dieu pour avoir tout raté.

— Allons, père, vous ne portez pas le monde sur vos épaules !

— Pas le monde. Chaudun et ma famille... enfin, c'est ce que je devais faire !

— Et vous vous démenez pour eux, au-delà de vos forces.

— Pour quel résultat, Cyril ? Je n'ai réussi ni à développer notre village, ni à le faire émigrer. À cause d'un foutu gouvernement de barjots, mes filles sont parties, mon fils veut en faire autant et je vois bien que ta mère s'éloigne de moi et finira, comme que comme[1], par me quitter, elle aussi.

Gêné, Cyril préféra ne pas relever ce qui concernait la relation entre ses parents. Qui, du moral et du corps, entraînait l'autre à ce moment ? Il parcourut rapidement la lettre pour suggérer :

— Dans toute négociation, il y a des moments difficiles, père. Vous allez répondre et expliquer. C'est vrai que, de là-bas, ils n'ont rien compris, mais vous n'avez pas l'habitude de lâcher au premier revers et l'affaire n'est certainement pas close. Dans l'immédiat, l'important est de vous reposer. Quand vous irez mieux, tout vous redeviendra clair.

Cette réponse de l'office des forêts, bien qu'officielle, ne fut, dans un premier temps, ni affichée ni communiquée aux élus. Était-il nécessaire de jeter le désarroi sans avoir d'abord de solution à proposer ? Une sagesse peu démocratique, une sagesse pourtant !

---

1. Comme que comme : de toute façon.

Un maire visionnaire?

Baisser les bras n'était effectivement pas dans la nature d'un Marelier. Aussi, deux jours plus tard, ayant retrouvé toutes ses facultés, monsieur le maire se mit à consulter discrètement autour de lui. Jean-Pierre Daille, Jacques Barin, Victor Blaix, François Varalin, ainsi que trois autres villageois qu'il estimait. Tout comme le curé de Rabou quand il vint dire sa messe. L'un et l'autre voyaient Dieu dans les événements. Pour Philippe, la bonne moisson de l'été dernier prouvait qu'Il appuyait l'effort des Chauduniers et que, par cette lettre, Il condamnait l'idée même de l'exil. Le père Parceline, tout au contraire, affirmait que la loi avait été inspirée par Dieu pour donner un destin meilleur aux villageois, que la belle moisson n'était qu'un signe de bienveillance pendant les négociations qu'il fallait donc poursuivre. Bref, chacun voyait Dieu à sa porte!

Marelier réfléchissait à ce qu'il devait faire. À chaque étape, que ce soit la parution de cet article du *Courrier des Alpes*, la pétition des propriétaires, la première visite de cet inspecteur des forêts, la seconde avec son enquête et maintenant cette missive absurde, il avait sous-estimé les conséquences et avait eu le tort de suivre le conseil de l'instituteur de ne pas s'en mêler. Il aurait dû, tout au contraire, mettre son autorité de maire dans la balance et proposer sa démission, même si Jean-Pierre lui répétait sans cesse que c'était mieux pour le village qu'il soit resté à son poste. Pourquoi ne l'avait-il pas fait lorsqu'il avait eu connaissance de cette foutue pétition? Il laissa encore s'écouler une petite semaine pendant laquelle il dormit mal, se sentant toujours oppressé, et rendit souvent des visites nocturnes à son mulet avec lequel il conversa beaucoup. Ils étaient d'accord tous les deux sur le fait qu'il devait reprendre l'initiative ! Laquelle ? L'animal, bien que compatissant, ne savait tout de même pas !

Un matin, profitant d'un moment où Julie s'affairait ailleurs pour ne pas avoir à s'expliquer, il remplit une besace avec du pain, du fromage, de l'eau et une couverture, déposa un petit mot sur la table indiquant qu'il s'absentait deux jours et qu'il ne fallait pas s'inquiéter, et partit. Il ne précisa ni sa destination ni le motif. Il rentra le lendemain, en toute fin d'après-midi comme promis, souriant, calme et détendu. Avant même que Julie ait le temps de l'interroger, il l'embrassa et lui déclara :

— Tout va bien, ne t'en fais pas. J'ai passé la nuit au col de Gleize pour réfléchir posément avant de prendre une décision importante. Elle va à la fois t'étonner et te faire plaisir.

Bien qu'il soit un peu fatigué de sa randonnée, une fois qu'elle l'eut écouté, elle le récompensa à sa manière en y mettant beaucoup de cœur, par un langage corporel plus expressif que tous les mots et il n'eut, cette fois, aucune panne. Il convia le surlendemain toute la population de Chaudun à une « grande réunion publique » sur la place de la mairie et s'y rendit dans sa « tenue de maire », la moustache bien lissée. Contrairement à un certain cauchemar du 22 février 1888, il trouva aisément son capeou en feutre gris sur la patère derrière la porte, son épouse n'était pas partie avant lui, il ne fut pas en retard et si l'esprit de son père était là, il ne haranguait pas les villageois. C'était bien lui, Philippe Marelier, qui serait cette fois l'orateur, son discours bien dans sa poche et pas du tout improvisé. Personne ne manquait à l'appel, tout Chaudun était assemblé, même la mère Caudray, assise au premier rang sur un tabouret qu'elle avait apporté. Rien n'avait fuité des intentions du maire et beaucoup craignaient qu'il annonce tout simplement démissionner de ses fonctions municipales. Juché sur une table, il déplia tranquillement une feuille de papier et commença avec une certaine solennité :

— Mes amis et concitoyens, vous voilà tous acambés[1] pour m'écouter. Vous voulez quitter Chaudun, et ceux qui sont propriétaires d'un lopin de terre ont signé, voilà pas mal de temps, la pétition, excusez-moi j'allais dire la reddition. J'ai bien essayé de vous prouver que nous pouvions nous en sortir ici et par nous-mêmes. Seulement, voilà qu'à cause d'une foutue loi pondue par des foutus politiciens parisiens (ce passage-là n'était pas sur son papier), je vois bien qu'aujourd'hui vous n'êtes plus prêts à vous battre. Par ailleurs, nos drolles[2] partent, soit pour s'installer dans le Champsaur, soit pour vendre leurs bras dans des pays lointains, brisant nos liens familiaux et toute possibilité d'une vie pérenne ici. (Le maire marqua un premier arrêt pour bien souligner ce qui allait suivre.) Seulement, voilà, il se trouve que votre demande n'a pas été bien comprise en haut lieu. J'ai, en effet, reçu une lettre du directeur des Forêts qui me fait savoir que l'État ne veut acheter pour l'instant que les terrains communaux. (Un brouhaha réprobateur commença à monter qu'il interrompit d'un geste de la main.) Attendez, dit-il en souriant. Vous avez raison de rugner[3] : c'est évidemment une proposition de bestassiou[4], sauf à noter que dans la phrase il y a l'expression *pour l'instant*, et donc qu'on peut encore négocier.

1. Acambés : rassemblés.
2. Drolles : jeunes.
3. Rugner : rouspéter.
4. Bestassiou : imbécile.

(Il se tut quelques secondes en parcourant des yeux l'assemblée qui le fixait avec attention et reprit :) alors voilà, j'ai longuement réfléchi, et j'ai une proposition à vous faire. (Philippe s'amusa à faire durer l'attente quelques secondes en regardant Julie avec un sourire complice. Il reprit enfin :) vous voulez vendre vos propriétés ? Très bien. Eh bien, vendons le tout ! Le communal et le privé. Pas l'un sans l'autre. Et avec l'argent que nous allons recevoir de cette vente-là, partons tous ensemble en Algérie créer un nouveau Chaudun. Là-bas, l'État nous accordera des terres fertiles, nous serons exemptés de tous ces impôts qui nous écrasent, nous pourrons vivre convenablement de notre travail, personne ne sera obligé de nous quitter l'hiver, parents, enfants et petits-enfants continueront à vivre ensemble. Nous pourrons même emmener avec nous les *sans-terre* qui sont des Chauduniers comme les autres. Nous aurons besoin de tout le monde. Avec l'argent de la vente des communaux, nous construirons une nouvelle église pour un curé qui ne sera que le nôtre, une mairie que nous ferons plus accueillante et une école que nous devrons agrandir constamment pour répondre à des besoins croissants. Oui, nous allons installer un nouveau Chaudun pérenne et où nous serons heureux de vivre ! Voilà, je vous propose en quelque sorte une régénération du village ! Nous resterons unis par une même terre et par une même foi dans l'avenir.

Philippe, qui n'avait pu s'empêcher de prendre progressivement un ton très déclamatoire, s'arrêta net pour jouir de l'effet provoqué et replia sa feuille. Ce fut d'abord un silence de complète stupéfaction. Celui qui refusait obstinément de signer la pétition, qui s'était, jusqu'ici, opposé avec toute son énergie et opiniâtreté au principe même du départ, tout d'un coup, virait de caïre[1] et proposait d'organiser un exode collectif! Le temps de réaliser, de se regarder, de vérifier qu'on avait tous bien capité[2] la même chose et le triomphe monta. Philippe savoura un moment avant de faire signe qu'il voulait ajouter quelque chose :

— Oui, tout ça est un beau projet. Mais attention! Rien n'est fait, rien n'est sûr, rien n'est signé. Vous le savez bien, l'administration n'est rapide que pour recouvrir les impôts et nous aurons encore au moins un hiver ou deux à vivre ici. Il va falloir patienter et n'allez pas engimbrer[3] que nous pouvons arrêter de travailler nos terres et de faire paître nos bêtes. Nous aurons encore bien des veillées à passer ensemble avant de parvenir à un accord. Or, nous ne pouvons pas nous contenter d'attendre, les bras croisés. Vous n'avez jamais été des fainiantas[4], alors ne le devenez pas maintenant! Et puis n'oubliez pas que si nous devons encore emprunter, individuellement ou collectivement, les ventes de nos biens serviront ensuite à rembourser, avant qu'il n'en reste assez pour payer le voyage et l'installation en Algérie!

Il avait à peine fini qu'Élie Pauras, toujours avec cette hâte qui le caractérisait, et s'attirant huées, rires et sifflements de toute l'assemblée, s'étonna que monsieur le maire ait pris cette décision si importante sans consulter d'abord le conseil municipal. Philippe, sur un ton grand seigneur, lui répondit :

— Mon cher Élie, toujours aussi teluquet[5]! Rassure-toi, le conseil aura à voter à toutes les étapes de la vente éventuelle, je dis bien éventuelle, des municipaux. Il me

1. Virer de caïre : tourner sa veste.
2. Capiter : comprendre.
3. Engimbrer : imaginer.
4. Fainiantas : paresseux.
5. Teluquet : tatillon.

fallait auparavant vérifier que mon idée avait l'aval de tous ! Après tout, ne suis-je pas le maire de tous les Chauduniers avant d'être celui des élus du conseil ?

Cette réponse provoqua un nouveau tonnerre d'applaudissements, mêlé de quelques rires aux dépens d'Élie. Quand monsieur le maire descendit de sa table, sa feuille dans sa poche, chacun voulut lui serrer la main, le féliciter, le remercier. Cyril, quant à lui, resta soigneusement à distance et ne se rapprocha de son père qu'une fois que tous les autres eurent fini leurs compliments.

— Père, c'est une décision courageuse que vous avez prise et je suis certain que grand-père vous approuve ! En tout cas, moi, je suis fier d'être votre fils.

Philippe fut touché de cette déclaration tout en s'appliquant à ne pas le laisser paraître. Il s'empressa de lui expliquer que la perspective de les voir, lui, Léonie et François s'en aller, après Agnès, lui avait été insupportable et qu'il n'avait donc trouvé d'autre solution que de partir avec eux, comme son fils le lui avait d'ailleurs suggéré. Il avait alors compris qu'il en était ainsi pour toutes les familles dont les enfants s'exilaient et qu'il n'y avait finalement plus que lui de véritablement attaché au sol des aïeux.

— Je crois toujours que cet abandon est une lâcheté, cependant je ne peux obliger personne et cette partie-là est perdue d'avance. Le petit Buëch ne coule que dans un sens. Alors, je suis monté au pic de Gleize, comme mon père me le conseillait autrefois, pour retrouver un sens à ma vie d'homme et à mon action de maire. De là-haut, loin de la loupe du quotidien, j'ai vu le Champsaur, l'Oisan, le Valgaudemar, la montagne de Chaudun, Gap et sa vallée. J'ai vu aussi le soleil couchant disparaître derrière la montagne de Barge et, face à ce joli crépuscule, il m'est devenu évident qu'il fallait réinstaller Chaudun au-delà de cet horizon, très au-delà… de l'autre côté de la Méditerranée.

Il s'arrêta de parler, la gorge un peu nouée, ne pouvant empêcher l'émotion de s'échapper avec ses paroles, plus encore maintenant en face de son fils que tout à l'heure devant la population. Les Chauduniers restèrent encore longtemps assemblés par petits groupes à commenter le discours, le maire allant de l'un à l'autre, ayant droit aux sourires de tout le monde et à la bise des femmes, y compris de la mère Caudray. Il répéta à tous que la saison était au travail et qu'il ne fallait compter que sur soi pour pas mal de temps. Chacun savait qu'il avait raison même si on le pensait pessimiste lorsqu'il parlait en années. La réalité paysanne est incontournable. Les animaux attendent la traite et les champs leurs semences. Le reste n'est, pendant ce temps, que rêve et bavardage. Ce nouveau projet redonna à Philippe un optimisme et une énergie dont profita une Julie tout heureuse de retrouver enfin son époux. Il défit son tablier et elle se prêta d'autant volontiers à la suite qu'il n'était plus nécessaire de se cacher dans la grange, puisqu'il n'y avait plus d'enfant à la maison. Elle en oublia de retourner l'image pieuse ! Il ne regrettait plus de ne pas avoir démissionné, il avait une raison d'exister, il maîtrisait à nouveau sa mairie. Du haut de ses quarante-quatre ans, il se trouvait encore assez jeune pour mener à terme cette aventure, allant même jusqu'à la défendre auprès de son père… qui ne dut sans doute pas s'y opposer.

Un nouveau conseil municipal fut rapidement organisé avec pour seul ordre du jour la réponse à donner au directeur des Forêts, Jean-Pierre étant invité à participer à la réunion. Philippe lut la lettre qu'il avait reçue et qu'il commenta sobrement :

— Puisqu'on nous enjoint de délibérer, délibérons !

Comme par hasard, ce fut encore la voix d'Élie Pauras qui se fit entendre en premier :

— Moi, je ne l'ai pas signée votre pétition, alors je ne suis toujours pas vendeur. Je n'ai pas changé d'avis. Je vous avais bien dit que, d'une façon ou d'une autre, on se ferait avoir. Même bradés, vos terrains, ils n'en veulent pas ! Vous pouvez aussi essayer gratis et vous finirez par payer pour partir !

— Évidemment toi, tu n'es jamais d'accord avec personne et tu es contre tout. Si on ne tente rien, on n'a rien, le reprit en grondant Victor Blaix.

Ces deux-là seraient décidément toujours en bisbille !

François Varalin (qui avait remplacé Denis Bonnaril aux dernières élections) s'en mêla avec vigueur :

— Moi, je trouve cette lettre positive ! Elle laisse entendre qu'ils achèteront les terrains privés, une fois les communaux vendus.

Au bout de quelques minutes, Jean-Pierre prit la parole, calmement comme à son habitude, et tout le monde l'écouta.

— Il serait dangereux d'accepter de séparer les négociations. Une fois les communaux vendus, nous n'aurions plus qu'à nous plier à leurs conditions pour les terrains privés, sans même pouvoir patchier[1] le moindre sou. D'ailleurs, notre intention première n'était pas de vendre les communaux et, à ma connaissance, aucune délibération du conseil municipal ne permet encore de dire que nous sommes d'accord pour le faire... même si j'ai cru comprendre à travers le beau discours de monsieur le maire qu'il y serait désormais favorable. Il fit un clin d'œil complice à Philippe qui acquiesça.

On vota donc à l'unanimité moins une voix, bien entendu celle d'Élie Pauras, que le conseil municipal,

---

1. Patchier : négocier.

après avoir délibéré, décidait d'accepter de vendre à l'État français tous les communaux à condition qu'on leur donne l'assurance d'acheter leurs propriétés particulières à un prix raisonnable, et pas l'un sans l'autre.

Pour l'instant, le maire triomphait. Il triomphait de porter un nouvel espoir. Un beau discours pour une promesse d'avenir dont l'aboutissement ne dépendait cependant pas de lui. Un discours de bon politicien, en somme!

Était-ce possible?

Le projet de Philippe Marelier de créer un second Chaudun en Algérie était-il une prospective réaliste? Peut-être que oui si la vente s'était concrétisée rapidement, permettant ainsi de partir tous ensemble, en même temps et au même endroit. L'inertie administrative était-elle inévitable? L'affaire va encore traîner trois longues années. Uniquement de la faute de l'État? Certes, ses représentants se montrèrent tatillons, mais la radiation pure et simple d'un village de la carte du pays était une première dont il fallait inventer la procédure. Et puis, que l'État achète des terrains communaux était une chose, mais des biens privés, c'est beaucoup plus compliqué. Faut-il déjà en connaître les propriétaires! L'affaire ne pouvait que traîner.

En outre, quelle était la volonté réelle du gouvernement de l'époque de faire aboutir cette affaire? C'est qu'entre 1890 et 1896 il se passait en France des événements bien plus importants pour le pays que la disparition d'un petit village, déjà à demi déserté. Le suicide du général Boulanger en 1891, les attentats anarchistes en 1892, la grande grève des mineurs la même année, plus tard, en 1894, l'assassinat de Sadi Carnot et l'arrestation du capitaine Dreyfus accaparaient aussi bien le gouvernement que la presse. Jean Jaurès avait bien d'autres priorités que le sort d'un petit point sur la carte, et les journaux bien d'autres articles à composer. D'ailleurs, il fallut attendre le départ officiel du 1er avril 1896 pour que le Courrier des Alpes *relate, avec un certain piquant, cet événement somme toute local, même si, prématurément,* Le Gaulois *du 25 novembre 1891 signalait déjà, brièvement, cette disparition programmée.*

La loi sur la mission des Eaux et Forêts, point de départ de l'expropriation de Chaudun, date de 1882. La pétition est d'octobre 1888. Mais ce n'est que le 7 mai 1893 que le conseil municipal offre officiellement de céder à l'État toutes les propriétés communales et ce ne sera qu'en septembre 1896 que le président Félix Faure signera le décret effaçant définitivement un village que les derniers occupants auront déjà quitté le 1er avril de la même année. Ferions-nous plus rapidement aujourd'hui ?

Négociations

Il fallait désormais attendre la réponse d'en haut. Attendre : ce verbe allait dominer la vie chaudunière jusqu'au 1er avril 1896. Soit huit longues années depuis l'envoi de la pétition !

En cette année 1891, la fête paroissiale s'était déroulée dans une ambiance enjouée. L'abbé Parceline obtint de l'évêché la présence à l'office, et même au repas qui suivit, de l'abbé Paratel, vicaire général. Un honneur pour le village. Une première, pas une dernière. Il reviendrait par deux fois. On y mangea tous ensemble, on y but abondamment, violoneux et accordéoniste firent danser. On organisa mât de cocagne, concours de chant, jeu de boules, auquel participa d'ailleurs Émile, encore second ! Toutefois, les amis s'étaient déplacés de moins loin, et les filles des cantons environnants moins nombreuses, suscitant plus de bagarres que d'habitude entre les garçons à propos des conquêtes féminines, réelles ou potentielles. Comme si, pour les autres villages, celui-ci n'existait déjà plus, alors même que le projet d'un Chaudun algérien avait totalement réconforté ses habitants. Non seulement ils n'avaient plus l'impression de trahir leurs aïeux, mais ils se voyaient en conquérants d'un Nouveau Monde. Conception qui avait cimenté une sorte de fraternité toute neuve entre Chauduniers, à l'exception d'Élie Pauras, toujours désigné comme un empêcheur de tourner en rond. Joseph Bouchan, quant à lui, avait rapidement indiqué qu'il irait volontiers en Algérie puisque cette idée était devenue celle du maire... et de son créancier.

Ce fut en plein mois d'août, alors que Chaudun était presque désert, comme toujours à l'époque des pâturages, qu'Émile apporta une nouvelle dépêche pour affaire d'intérêt public. Cette fois un courrier du conservateur dans lequel celui-ci déclarait avoir été autorisé par le directeur des Forêts *à entrer en pourparlers tant auprès du conseil municipal pour toutes les propriétés communales qu'auprès des particuliers pour obtenir des promesses de vente amiable dont l'ensemble ne devra pas dépasser 200 000 francs.* L'inspecteur Billecard était chargé de recueillir les différents accords.

Il avait donc fallu attendre rien moins que cinq mois après l'envoi de la délibération du conseil municipal pour obtenir enfin une réponse.

Cette nouvelle, un grand soulagement pour tous, se répandit dans les alpages le jour même de son arrivée comme un écho entre les montagnes. Ce que ne surent jamais les Chauduniers, c'est ce que cet inspecteur avait préconisé dans son rapport. Selon lui, il n'était pas nécessaire de dépasser les prix proposés dans la pétition, bien qu'inférieurs à ceux établis pour le calcul de l'impôt foncier. Ils seraient aisément acceptés si on autorisait *la répartition entre les habitants des fonds provenant de l'aliénation des biens communaux, fonds qui resteront sans emploi par suite de la dissolution de la commune.*

Si le maire aurait voulu prendre le temps de négocier convenablement les biens communaux, les habitants le pressaient d'aboutir. Chacun se voyait déjà sur le bateau pour l'Algérie et calculait que, de toute manière, sa quote-part serait dérisoire et qu'elle ne valait donc pas de retarder la signature d'un accord. Tout de même : non seulement Philippe avait la nette impression de se faire avoir, ce qu'il n'aimait naturellement pas, mais il fut blessé de la rédaction du projet d'acte qui lui était présenté. 12 600 francs pour les 162 hectares de propriétés boisées, soit 274 francs pour les 916 hectares de ruines et rochers non imposables, peu importe. Par contre 3 260 francs pour les 672 hectares de landes et pâtures sous prétexte qu'elles étaient dégradées, là, c'était injurieux... dans le libellé encore plus que dans le prix. Dégradées par le mauvais temps, d'accord, mais quand il était précisé par le « surpâturage », alors, non ! C'était un motif absolument vexatoire pour lui qui, justement, n'avait eu de cesse de préconiser l'augmentation des troupeaux pour améliorer le revenu de chacun ! Que représentait cette indemnité ? Environ le prix de 270 chèvres : vraiment pas grand-chose ! Pour les bâtis, il n'y avait pas matière à discuter : Philippe avait suffisamment sollicité d'aides en invoquant leur mauvais état pour ne pas contester ! On prendrait donc ce qu'on accordait, soit 500 francs pour l'église et le cimetière, 300 pour la maison d'école et 1 200 pour le presbytère. Des chiffres ronds. Tiens, pensa-t-il, le presbytère qu'ils avaient dû entretenir valait moins que les pâtures communales ! Pour les terrains privés, les 41 propriétaires se partageraient 180 000 francs. Daille recevrait évidemment la somme la plus importante soit 12 534 francs et Antoine Parini, pour son potager, la plus petite soit 100 francs, même pas le prix d'un mulet ! Les propriétés des Marelier étaient estimées à 8 227 francs. La moitié de sa valeur pensa Philippe. Il diviserait l'ensemble en quatre : une part par enfant et une pour Julie et lui. Et puis, se disait-il sans trop d'illusions, il percevrait aussi quelques remboursements de ses emprunteurs. Ne restait donc plus qu'un réfractaire, Élie Pauras qui, entre nous, avait raison d'affirmer que les Chauduniers se faisaient escroquer ! Plus personne ne pensait vraiment qu'à lui seul il pourrait bloquer le tout.

De nouveau, plus rien n'advint. Aucune nouvelle. Chaudun, un petit point sur la carte de France, semblait oublié. L'enthousiasme était retombé, l'Algérie s'était éloignée.

Une nuit de cet hiver, particulièrement long et enneigé, les Villard entendirent des beuglements et des bêlements anormaux dans leur étable. Le temps de se précipiter, Gaston ne put qu'apercevoir deux silhouettes de loups détaler. La faim les avait encouragés à venir jusqu'au village, un phénomène pourtant devenu rare. Un agneau et un chevreau étaient égorgés, le premier déjà à moitié dépecé. En voyant ce spectacle poignant et terrible, Henriette se mit à pleurer tandis que son mari serrait les poings de rage. Il fallait trouver ces loups et les abattre, sans quoi aucune ferme ne serait plus en sécurité et les pertes pourraient être considérables. Tous les chiens furent rapidement équipés de colliers cloutés pour mieux se défendre et pendant plusieurs jours on chercha, fusil à la main, où les bêtes s'étaient rembuchées. Tous les hommes, par deux ou trois, furent mobilisés. Les premières battues ne donnant rien, on décida de mettre un appât à l'entrée du village, du côté des Aillants où Gaston avait vu filer les loups. On utilisa l'estomac du chevreau égorgé qu'on attacha contre un arbre et qu'on relia par une corde à une sonnette. On surveilla encore deux jours en se relayant dans le plus grand silence. C'était Denis Bonnaril et Victor Taix qui se trouvaient de garde quand le piège fonctionna. Bien qu'il fît presque nuit, une bête fut abattue au premier tir et l'autre mortellement blessée, les deux hommes ayant fait feu en même temps. Il s'agissait d'un couple, le mâle étant particulièrement puissant, avec des épaules musclées et des crocs acérés. Ils venaient sans doute chercher de quoi nourrir leurs petits. Des appâts empoisonnés à base d'extraits de noix furent placés à différents endroits ; assez loin du village pour éviter qu'ils soient mangés par les chiens. En droit, la présentation de ces charognes pouvait donner lieu à une prime de quinze francs par bête, mais ici, en plein hiver, comment espérer croiser un représentant de l'État ? Les Villard se contentèrent donc de faire des fourrures avec les deux peaux.

La peur s'y étant installée, l'étable demeura agitée pendant plusieurs jours et les traites furent moins productives. Ne manquaient plus que les loups ! Ce drame conforta encore un peu plus la famille... et les autres, dans le désir de s'en aller. La concrétisation de ce projet devait être imminente. Ne restait-il plus qu'à signer les actes de vente ? Tout juste si on ne pensait pas déjà aux bagages. Ils se fixeraient avec plaisir dans « la France africaine ». (Villard avait trouvé cette expression pour la pétition, trouvant qu'elle sonnait bien!) L'espoir battait en brèche la sagesse paysanne.

L'attente

Certes, le directeur des Forêts, dépendant lui-même du ministère de l'Agriculture, avait reconnu l'utilité et la convenance de l'acquisition amiable au compte de l'État moyennant le prix de 181 000 francs des biens appartenant à la commune de Chaudun et de ses habitants, et certes le conseil municipal avait accepté officiellement la cession des communaux. Toutefois, sans qu'on y prête ici attention, le ministère avait précisé en même temps : *il convient maintenant d'étudier l'origine et l'établissement de la propriété dont il s'agit, de faire connaître l'état civil et la situation hypothécaire des vendeurs et enfin, de dresser les projets d'actes de vente.*

Dresser les projets d'actes de vente... oui, mais voilà : entre les actes non authentifiés de transactions traditionnellement orales, les propriétaires déjà partis on ne savait où, voire décédés, certaines petites parcelles aux origines jamais identifiées, les chicaneries sur les surfaces et les contestations sur les valeurs des bâtis, la procédure ne pouvait qu'être longue. Très longue, beaucoup trop longue. Et si les notaires gesticulaient, les greffiers notaient, les experts enquêtaient, ils ne faisaient que retarder un accord pourtant inéluctable.

Restait le cas d'Élie Pauras, refusant toujours le montant de l'indemnité. La proposition officielle était de 1 600 francs quand il estimait son terrain à 2 000 francs, sur la base même du calcul utilisé par les contributions. Philippe, ne pouvant lui donner tort, ne disait trop rien, tout en souhaitant que les transactions se fassent rapidement pour que le projet d'exode collectif puisse prendre corps. Hélas ! L'inspecteur Billecard avait recommandé dans son rapport de ne pas céder. *Toute concession faite aurait motivé des réclamations de la part des autres habitants de la commune, dont les propriétés avaient été estimées sur les mêmes bases et sans conteste. Il ne persistera certainement pas dans ses intentions lorsqu'il se trouvera seul à habiter à Chaudun et s'il persiste il sera temps alors d'examiner si l'administration doit faire droit.*

Le 8 octobre 1892, monsieur le maire écrivit une première relance en attirant l'attention du ministre sur le grand préjudice porté aux Chauduniers par l'absence de solution. Mais tant que les enquêtes juridiques ne seraient pas terminées, rien ne pourrait se faire, et rien ne bougerait vraiment avant 1895. L'inspecteur avait bien demandé la possibilité que soit réalisée en premier la vente des communaux pour dépanner financièrement, mais de Paris, une procédure est une procédure et ne se court-circuite pas. La situation devint alarmante.

Les Chauduniers commençaient à manquer de tout, même d'espoir. Plusieurs familles décidèrent de partir sans attendre davantage. Les Varalin se rapprochèrent de Gap pour permettre à leur petit Gérard de reprendre l'école. Au bout d'une année scolaire, son niveau étant trop bas par rapport au collège, il retourna travailler avec son père, endetté jusqu'au cou par un emprunt qu'il avait cru pouvoir rembourser rapidement par la vente de sa terre de Chaudun. Claudine Marcelin décéda, jamais remise de cette longue maladie dont on ne connaissait pas le nom. Eugène, son frère, trouva un emploi dans la région et installa son père handicapé et sa mère près de lui. La mère Coudray s'éteignit tranquillement au cours de l'hiver 1893. Les Patorel empruntèrent à leur tour l'argent nécessaire pour rejoindre le Jeannot au Québec. Le prix de trois vaches par personne, précisèrent-ils. Les Mouchet affirmaient sans cesse vouloir partir, n'importe où mais partir. Quant à madame Touchaut, elle se vit récompensée de tous les cierges offerts à son église en donnant naissance à des triplés, dont, hélas, l'un ne survécut que deux jours, le temps d'être baptisé.

En 1894, Cyril décida d'emmener sa petite famille en Algérie en se faisant embaucher comme contremaître dans une grande exploitation des Hautes Plaines. Quand la vente de Chaudun serait conclue, il achèterait une ferme et pourrait y accueillir ses parents. Il partait en éclaireur, et pourquoi pas, pour le village. Lui non plus ne voulait plus patienter. Ni pour François, ni pour Agnès, ni pour le deuxième bébé qu'ils n'auraient qu'une fois installés là-bas. Puisque le départ était inéluctable, rien ne lui servait de rester encore… encore combien de temps ? Ce fut évidemment un déchirement pour Julie et une punition pour Philippe, impuissant à accélérer les procédures en cours.

La petite consolation familiale avait été la nomination, sur sa demande, de Séraphine comme institutrice à Chaudun, en remplacement de Pierre Truchet, lui-même nommé à Ancelle au début de l'été précédent. Pour ce dernier, une promotion, une vie un peu plus confortable et surtout un éloignement nécessaire d'un amour sans espoir, pour elle et pour ses parents : une grande fierté. Puisque Séraphine avait décroché, à dix-neuf ans, son brevet de capacité, l'administration estima que Chaudun serait un excellent apprentissage puisqu'il ne restait que sept élèves (dont Baptiste Bonnaril et sa sœur Louise maintenant en âge de préparer le brevet). Après tout, le poste serait tout aussi provisoire que le village et, en tout état de cause, elle était la seule volontaire. Elle refusa d'habiter chez ses parents. Institutrice, elle prenait le logement de fonction ! Si sa mère comprit très bien cette décision, son père eut plus de mal à l'accepter, ne pouvant imaginer combien il le regretterait plus tard ! Pour l'instant, ce qui chagrinait le plus ses parents, c'était qu'elle n'avait pas trouvé de fiancé à Gap et que ce n'était pas ici qu'elle en trouverait un, vu le peu de jeunes qui restaient ! Louis Barin, visiblement son meilleur ami, ne pouvait évidemment pas faire un bon fiancé !

Les années avaient marqué les uns et les autres. Les yeux de Julie ne brillaient plus de cette lumière qui attirait les hommes, la naissance de ses seins s'était légèrement ridée et sa taille estompée. Le visage de Philippe était couperosé et ses cheveux devenus trop épars pour faire une coiffure. Entre eux, la tendresse tenait lieu de plus en plus de désir et l'on faisait avec. Du côté des Daille, c'est Françoise qui avait encore le moins changé, mais Jean-Pierre, cinquante-cinq ans depuis quelques semaines, un peu voûté, la hanche de plus en plus douloureuse, clopinait en grimaçant. Pour tous, l'horloge du temps tournait implacablement.

L'âme du village, appauvri et sans avenir, s'était aussi altérée. Malgré l'énergie développée par Philippe, et ses avertissements à la limite du harcèlement, les habitants avaient cessé peu à peu de cultiver correctement leurs terres et d'entretenir leur territoire. La solidarité laissait de plus en plus place à l'aigreur et à la chamaillerie. C'est ainsi qu'une petite subvention (toujours prélevée sur les contraventions de correctionnelle) obtenue pour réparer l'école avait incité un Chaudunier à écrire au préfet pour réclamer la démission du maire. Selon lui, monsieur Marelier utilisait les fonds publics à un usage non indispensable au seul motif que sa fille était l'institutrice. Pendant ce temps, des pauvres manquaient de pain. Il fallut beaucoup d'entremetteurs pour éviter une grosse bagarre. Philippe était évidemment fou furieux. Vraiment pas le moment de montrer de la désunion vis-à-vis des autorités ! Ce courrier, qui n'eut aucune suite, témoigne de l'esprit grincheux et querelleur qui régnait alors.

Il était vraiment temps d'en finir avec cette situation déplorable et ruineuse. Pendant l'hiver 1895, les Chauduniers avaient adressé une supplique[1] désespérée au directeur des Forêts et au préfet. Voilà sept ans qu'ils attendaient ! Billecard était également intervenu, davantage par intérêt que par commisération, en soulignant que *l'administration des forêts doit faire toutes les concessions de formes pour dégager la responsabilité d'une situation que l'opinion publique qui lui est si peu favorable dans ce département ne manquerait pas de faire retomber sur elle.*

Certes, le ministre de l'Intérieur, par courrier du 16 juillet, autorisera enfin la commune à aliéner les biens communaux, mais, en voulant préciser les conditions administratives, il mit en route une énième enquête et ne fit qu'allonger encore la procédure ! Chacun sait que le formalisme est l'oxygène de toute administration, à quelque siècle que ce soit, quitte à étouffer les administrés.

Pendant cette période, l'Émile était devenu un héros régional. Il n'avait toujours pas gagné le concours de boules de Saint-Bonnet, ni reproduit son exploit aux dominos, faute de chance évidemment. Il avait fait bien plus que cela ! Un certain 28 février 1893, il montait à Chaudun, regrettant de ne pouvoir se contenter de

1. Publiée en annexe.

confier le courrier à un Raboutin, tant la neige tombait dru, devoir et conscience professionnelle l'obligeant encore. Ce n'était pas tous les jours qu'il avait une lettre officielle de la préfecture à remettre à monsieur le maire. Il avait atteint le col de Gleize, bien que s'enfonçant parfois jusqu'à mi-corps, ce qui rendait la marche particulièrement harassante. Il amorçait les quatre kilomètres restants quand il entendit, venant d'un peu plus haut dans les gorges du petit Buëch, un appel à l'aide répété et angoissé. Deux gendarmes, en patrouille, s'étaient égarés un peu loin de la sente et l'un d'eux avait glissé si proche du ravin qu'il n'osait plus bouger, accroché désespérément à une branche providentielle. Ils recherchaient des maraudeurs italiens, déjà condamnés par le tribunal de police pour des vols de porte-monnaie sur les marchés, et aperçus récemment dans les environs. Émile se porta à leur secours. En montagne, la question ne se pose pas et, lui, connaissait le chemin par cœur, qu'il soit recouvert ou non par la neige. Ne se contentant pas d'aider ces gendarmes à sortir de ce mauvais pas, il tint prudemment à les guider jusqu'en vue de Gap, et remonta même finir son service pour que celui-ci n'ait pas de retard. Les deux hommes l'avaient chaleureusement remercié et, ne voulant pas en rester là, avaient rédigé un rapport à leur supérieur, estimant, à juste titre, lui devoir la vie. C'est ainsi que le 14 juillet qui suivit, à Rabou, le directeur des Postes de Gap, accompagné du sous-préfet, lui remit la médaille d'honneur du travail. Elle récompensait la qualité exceptionnelle de son initiative, le courage et le dévouement témoignés dans l'exercice de sa profession. Cerise sur le gâteau, qui fit un peu sourire, le sous-préfet tint à souligner sa modestie en cette affaire puisqu'il n'avait cru bon de raconter son exploit ni à sa hiérarchie, ni même aux autres postiers ruraux. Une gratification lui fut également accordée, non imposable, précisa-t-il aux amis pendant le vin d'honneur.

Pendant ces longues années, il y avait bien eu encore quelques naissances, notamment celle d'un petit garçon chez les Bonnaril. Hélas, sans qu'elles puissent compenser les départs et les décès. Celui d'Élie Pauras, mort soudainement d'apoplexie, eut pour conséquence que son épouse accepta la proposition d'indemnisation de l'État sur les bases initiales. Peu à peu, les enquêtes aboutissaient et les protocoles se signaient. Vint le moment de parapher officiellement l'accord de vente des biens communaux. Ce fut le 29 août 1895. Chaudun ne comprenait plus que 92 habitants. L'attente avait été trop longue, les « opportunités » présentées par les agents d'émigration trop tentantes, des « monsieur Zubert » il y en avait beaucoup dans la région. Face à ces « vautours », le projet du Chaudun algérien était trop aléatoire et trop flou, malgré les courriers encourageants de Cyril qui parlait d'un autre monde. Ceux qui ne restèrent pas dans les Hautes-Alpes partirent, les uns au Québec, d'autres aux États-Unis, certains en Australie et seulement quelques-uns en Algérie. Trop peu et trop individuellement pour espérer refonder un nouveau Chaudun. Cette idée n'avait été qu'une utopie, aidant un moment à vivre ensemble, mais n'ayant pu empêcher l'éparpillement.

Cette signature devait se faire à Chaudun et avec solennité, question de fierté pour le village. On s'en allait, certes. Mais pas à la sauvette ! Sous un soleil magnifique, le cérémonial se déroula dehors, autour d'une grande table qui servit ensuite à dresser le vin d'honneur. Arrivèrent de concert, au début de l'après-midi, le sous-préfet avec son secrétaire et le vicaire général accompagné de son sacristain. Tous les Chauduniers avaient mis leurs costumes du dimanche avec leurs tailloles de couleurs et les Chaudunières leurs plus beaux atours, dont les coiffes les plus garnies de dentelles. Que restait-il à discuter? Il ne s'agissait que de ratifier la disparition du village, le territoire de Chaudun devenant un simple canton de Gap. L'enregistrement officiel d'un acte de décès. Pourtant l'ambiance était étonnamment joyeuse, peut-être une forme d'aveuglement collectif concernant le futur, dominée par la fierté immédiate de recevoir dignement des gens importants. On posa pour la postérité, devant un photographe missionné par la préfecture, avec un beau sourire et l'impression d'être des célébrités. Les Chauduniers eurent-ils vraiment conscience à ce moment-là que leurs maisons, leur église, leur cimetière allaient disparaître et leur histoire s'effacer? Pensèrent-ils obéir à une sorte de nouvelle « destinée manifeste » en se répandant dans les colonies françaises? Avaient-ils fini par la fantasmer cette émigration, depuis si longtemps réclamée? Était-elle devenue une décision divine? Une mort acceptée par foi dans une renaissance?

Si quelques détails restaient à préciser, il n'y avait plus rien véritablement à patchier. La requête d'un Raboutin voulant garder un droit de passage pour son troupeau fut rapidement rejetée, dans l'indifférence générale et à la seule indignation de Philippe (la dernière?). L'essentiel de la discussion concernait la période de transition entre cette signature et sa date d'effet, fixée au 1er avril 1896. Les habitants réclamaient l'autorisation de continuer d'exploiter, de pâturer et de couper du bois, ce que le sous-préfet accepta d'autant plus volontiers qu'il avait, lui aussi, ses exigences, non négociables. En particulier, le jour du départ, les Chauduniers devaient laisser toutes les maisons vides et les portes ouvertes pour permettre aux ouvriers forestiers de s'installer rapidement, puisqu'ils seraient les nouveaux occupants pendant toute la durée de leur mission. L'église et le presbytère, destinés à devenir des maisons forestières, étaient également concernés, d'où la présence du vicaire général. Bien que l'évêché ne soit pas propriétaire des murs, son accord confirmait que l'usage profane ne troublerait pas le repos des âmes et la veille du grand exode se déroulerait donc une cérémonie de désacralisation. Cette annonce choqua. Ces biens étaient mentionnés dans l'acte de vente et personne n'en avait vraiment réalisé toutes les implications, et quand bien même, ils n'auraient pas pu s'y opposer!

Conscient, plus ou moins clairement, que l'église était le réceptacle le plus important de la mémoire collective, Jacques Barin estima alors qu'il fallait laisser quelque chose pour ceux qui reviendraient éventuellement sur les lieux et surtout pour les générations futures. L'un proposa une stèle, un autre un monument, et l'idée retenue fut celle de construire une chapelle, une petite chapelle. Elle serait une sorte de chenal entre leur passé et leur futur. Le prêtre y déposerait les objets rituels, permettant à ceux qui le voudraient d'y faire célébrer une messe de temps en temps. Quand on part, ce n'est jamais pour toujours. Il est plus supportable de se dire qu'un jour on reviendra, déplantant ainsi le cœur sans l'arracher. Le vicaire approuva cette idée, malgré quelques réticences initiales, aspirant à faire plaisir au curé de Rabou. Celui-ci lui avait exprimé son souhait de récupérer ciboire, ostensoir et tabernacle pour son église, qui était très pauvre. Est-ce pour cette raison? Toujours est-il que le maire fit notifier par écrit que les objets de culte seraient installés dans la chapelle. Cette volonté sera respectée… un certain temps.

Quelques semaines plus tard, les Marelier et les Daille reçurent simultanément un courrier en provenance d'Algérie. Cyril et Léonie avaient eu l'idée de rédiger chacun une lettre à leurs parents respectifs pour leur annoncer la même nouvelle. Attention délicate qui fut appréciée comme elle le devait. Cyril expliquait d'abord que la terre était fertile, qu'il découvrait un autre monde, des méthodes de travail différentes, notamment avec les machines agricoles et quantité d'opportunités d'expansion quand ils arriveraient. Puis il poursuivait : *d'ailleurs c'est pourquoi un deuxième enfant est en route. Si nous ne parvenons pas à créer un nouveau Chaudun, nous finirons par fonder une vraie colonie Marelier !* Il les embrassait très fort et terminait : *rejoignez-nous !* Quant à Léonie, elle commençait par donner des nouvelles de François, un vrai petit bonhomme. Costaud comme son papa, le nez et les yeux de sa maman. Puis elle se déclarait heureuse, notait avec malice qu'elle avait bien fait d'obéir à son père en épousant Cyril et enfin concluait : *d'ailleurs, je suis enceinte de trois mois... mais je demande la permission à mon père de ne pas accoucher à Gap, ça ferait un peu trop loin !* Elle embrassait aussi ses parents chéris et leur suggérait de venir pouponner dans cette belle région. Les lettres lues et échangées, il fallait fêter ensemble cette bonne nouvelle et Françoise organisa un dîner. Ce fut d'ailleurs le dernier de cette sorte. Chacun y expliqua ses projets. Si, pour les Daille, partir rejoindre leur fille et leurs petits-enfants était une décision évidente, côté Marelier c'était plus compliqué puisqu'il y avait trois enfants. Julie savait : elle avait choisi Grenoble, Grenoble plus qu'Agnès. Pas l'envie de s'exiler, plus l'envie de l'aventure. Philippe ne confirma pas qu'il suivrait. Il estimait qu'il avait le temps d'y réfléchir. Françoise s'en étonna un peu :

— Pourtant il faudra bien s'en aller, Philippe !
— Peut-être.
— Comment ça, peut-être ? questionna Jean-Pierre.
— Quand ton grand-père est arrivé à Chaudun, savait-il qu'il y resterait ?
— Non, sans doute pas !
— Eh bien, inversement, je ne sais pas si je vais partir et encore moins où ! Julie veut s'installer près de sa fille à Grenoble et je suis d'accord. Me concernant, je n'ai pas de projet. (Désireux que la conversation s'oriente sur un autre sujet, il demanda sur un ton badin :) d'ailleurs ton grand-père, Jean-Pierre, je n'ai jamais su pourquoi, ni comment il a débarqué là ! Pourquoi un tel secret ?
— Ah, cette curiosité te revient ! Tu sais pourtant que je ne l'ai jamais dit à personne !
— Oui, mais, quelle que soit la bêtise commise, il y a maintenant prescription... sans oublier que le village disparaissant la réponse ne se répandra pas !

Après une longue hésitation, Jean-Pierre expliqua :

— Parce que tu es mon meilleur ami, Philippe, et pour te le prouver encore une fois, je vais te raconter ce que je sais. Mon grand-père était autrichien. Il s'est installé comme bijoutier à la capitale, rue de la Motte-Piquet, après avoir épousé une jolie française, ma grand-mère. Ils eurent rapidement un fils, qu'ils nommèrent Jean. Les affaires prospéraient quand, imprudemment, laissant écouter son cœur profondément républicain, mon grand-père voulut participer, le 14 février 1831, à la manifestation devant l'église Saint-Germain-l'Auxerrois. Nous étions alors, je vous le rappelle, sous la monarchie de Juillet. Malheureusement, ce rassemblement tourna vite à l'émeute. Il fut arrêté, avec beaucoup d'autres, mais n'eut pas, en raison de ses origines, le droit à un procès. Il fut tout simplement reconduit à la frontière, abandonnant à Paris femme, enfant et un joli petit capital. Capital que ma grand-mère n'eut guère le temps d'entamer. Sans doute affaiblie par le chagrin, elle fut emportée par la terrible épidémie de choléra qui frappa Paris l'année suivante. C'est ainsi que mon père se retrouva orphelin, avec une somme coquette dans une banque, dont il ne pouvait toucher un sou avant sa majorité. Sans compter que planait sur lui la menace d'être à son tour expulsé au moindre incident; expulsion qui serait assortie d'une très probable confiscation de ses biens. Il ne fait pas toujours bon être le fils de son père! Voilà comment Jean Taille, jeune garçon solide, courageux et débrouillard, arriva discrètement un jour à Chaudun. Pourquoi là plus qu'ailleurs? Ça, c'est ce qu'on appelle les hasards de la vie. Il aimait la montagne, il aimait les bêtes, c'est une certitude... après?

— Et nous qui pensions qu'il avait fait une grosse ânerie de jeunesse! s'exclama Julie.

— Quoi qu'on dise... ou d'ailleurs qu'on ne dise pas, on est toujours présumé coupable de quelque chose, approuva Jean-Pierre, en hochant la tête.

— Pour vivre caché, il est certain que Chaudun était un choix judicieux. Il n'y a pas lieu plus discret! constata Philippe. Voilà, le secret n'en était plus tout à fait un. C'est quand ils s'apprêtent à se séparer que les hommes arrivent le plus aisément à se connaître et à se comprendre. S'aime-t-on surtout quand on se quitte?

1896

Le grand départ étant fixé au 1er avril 1896, chacun commençait à l'organiser. Pour Denis Bonnaril, le plus délicat était le transfert des ruches. Il s'était mis d'accord avec un Raboutin. Pas question de vendre les essaims, il ne vendait pas les « bêtes du Bon Dieu » ! Il échangeait. Il recevrait la moitié de la récolte des deux premières années, ce qui était un bon accord. Même s'il était content d'éviter ainsi que son élevage soit perdu, abandonner ses abeilles lui serrait tout de même un peu le cœur. Joseph Bouchan, quant à lui, avait déjà cédé ses chèvres et signé une promesse de vente de ses terrains, si bien qu'il avait pu finir de rembourser monsieur le maire du prêt accordé en 1888... pas des précédents. Son nom ne serait pas encore rayé du carnet avant un bout de temps... pas plus que les autres d'ailleurs ! Il s'en était expliqué :

— Le billet du voyage, plus l'achat de la concession, me mangent la maigre recette de l'indemnisation, mais, une fois installé, je vous paierai au fur et à mesure de mes rentrées. Je suis homme de parole, vous le savez.

— Ne te tarabuste donc pas, Joseph. Je sais bien qu'au prix où l'État va te payer tes terres tu ne vas pas devenir pelous[1] d'un coup ! Dis-moi plutôt : où pars-tu ?

— En Algérie, dans les Hautes Plaines du Constantinois.

— Comme Cyril, alors ?

— En fait je vais le rejoindre. J'ai obtenu gratuitement un lot de quatre hectares, sous condition de rester au moins cinq ans. Quand Cyril recevra sa part d'ici, il achètera la parcelle voisine lors d'une vente aux enchères du domaine public et nous nous associerons. Il y a beaucoup à faire là-bas, vous savez !

Philippe plaisanta, sur un ton à demi amer :

— Vous deviendrez alors les pères fondateurs du nouveau Chaudun.

1. Pelous : riche.

— Nous aurions aimé! C'est dommage que les autres ne nous suivent pas et que beaucoup soient déjà partis à droite et à gauche. Vous aviez raison, nous aurions dû rester tous ensemble. Cette colonie française était notre avenir. Et vous, quand nous rejoindrez-vous?

— Je ne sais pas, Joseph. Je ne suis plus un homme d'avenir. Je ne suis plus de ceux qui le construisent. Alors cet argent que tu me dois, tu le donneras à Cyril au fur et à mesure que tu le pourras. Ainsi je participerai à distance à votre réussite.

— Mais, vous, monsieur le maire, vous allez faire quoi? insista Joseph.

— Je te l'ai dit: je ne sais pas, je ne sais vraiment pas. Pour l'instant, j'ai perdu le sens de ma vie. Je suis en pleine mouscaille[1]. Il me faut du temps. Mon village disparaît, ma famille se disperse, je ne sers plus à rien et je ne trouve plus à quoi m'accrocher. (Puis, balayant d'une main sa tristesse, il reprit sur un ton plus enjoué:) je suis content que tu ailles retrouver Cyril et que vous vouliez construire une exploitation ensemble. C'est, pour moi, une vraie consolation. Vous tâcherez de vous multiplier, n'est-ce pas?

Émile continuait à apporter le courrier, mais ses jambes n'étaient plus celles de 1888. Aussi avait-il obtenu récemment la promesse de son directeur d'une modification de sa tournée, plus adaptée à sa quarantaine, qui serait effective à l'occasion du départ des Chauduniers. Les journaliers et les *sans-terre*, les uns après les autres, trouvèrent du travail ailleurs, toujours avec une grande tristesse. Après tout, Chaudun était leur village. Alphonsine et Robert ne s'en iraient que la dernière semaine de mars, une fois vendus les

---

1. Mouscaille : mauvais passage.

troupeaux de Jean-Pierre Daille. Son homme avait obtenu un emploi fixe à Saint-Bonnet et Alphonsine y dénicherait bien une maison où se placer.

De conception modeste et rustique, la réalisation de la chapelle apaisa provisoirement la conscience des Chauduniers. Ils firent en sorte qu'elle soit terminée à temps, n'ayant d'ailleurs plus grand-chose d'autre à faire et les conditions climatiques étant particulièrement clémentes, comme si le ciel avait voulu leur faire regretter de partir! Cet édifice, construit de leurs mains, serait la semence de mémoire de leur histoire commune, le souvenir d'une identité dont ils allaient s'amputer, une manière de laisser ici un peu de leur âme. Un peu d'éternité!

Le mois de mars fut très occupé. Chaudun ressembla à une foire permanente, ou une kermesse, tant tout se déroulait dans la plus grande pagaille. Un garde champêtre aurait été le bienvenu pour organiser un peu ce tohu-bohu. On se serait cru le jour de la transhumance, les bêtes et les musiciens en moins! On y vendait de tout. Les derniers troupeaux s'éloignaient sous la houlette de bergers des villages voisins, on venait y patchier, en trinquant un coup, les volailles, les légumes des jardins potagers, les bottes de foin non consommées, les outils agricoles tels que herses, araires, râteaux, bêchons et autres cercleuses[1]. Rien ne devait rester, il fallait partir avec le moins de bagages possible, du moins pour ceux qui quittaient le pays. Ça oui, il y avait de bonnes affaires à faire qui justifiaient le déplacement! Charrettes, charretons[2] et carrioles se croisaient sans cesse, se hélant pour partager les potins de la région. Chaudun était devenu célèbre. Le *Courrier*

---

1. Cercleuse : sarcleuse.
2. Charreton : charrette à bras.

des Alpes, *Les Alpes démocratiques*[1] et *Le Gaulois*, qui avaient déjà parlé du village, en annonçant, un peu imprudemment, son départ en 1888, ne manqueraient pas de publier de nouveaux articles. Sans compter Émile et tous les autres facteurs qui en feraient, par leurs histoires, une épopée ! Le village était, pour quelques jours, le centre du monde. Une célébrité éphémère et bientôt douloureuse.

Maudits ?

Ce 30 mars 1896 au matin, soit deux jours avant le départ, il tombe quelques flocons et vente une brise glaciale. Séraphine, seule dans sa petite maison d'institutrice, a passé une très mauvaise nuit. Ce n'est pas la première, mais cette fois elle est inquiète.

Deux mois, deux mois qu'elle est enceinte, deux mois qu'elle le tait. Elle sait qui est le père, mais lui ne le sait pas : Louis Barin. Ce n'était pas la première fois qu'ils faisaient l'amour. À force d'être beaucoup ensemble ! Toujours la même pente : lui cajoleries des gestes, elle des mots charmants, tous les deux, tendresse des yeux, caresses des mains, cœurs qui s'emballent, corps qui s'échappent. Louis maîtrisait mal le sien, inexpérience, trop-plein de vigueur. Il y eut donc une fois de trop. Pourquoi cache-t-elle son état ? Louis serait content. Être muet n'est pas un handicap pour être un bon père. Repousse-t-elle le moment où il lui faudra assumer ? A-t-elle peur d'annoncer sa grossesse à ses parents ? Trouve-t-elle le moment inapproprié quand le village s'apprête à partir ? Peut-elle encore refuser cet enfant ? Il a été conçu en même temps que celui d'Agnès, sans

---

1. Alpes démocratiques : article en annexe.

doute au jour près, simple coïncidence ou rendez-vous étrange de la gémellité? Beaucoup trop de questions sans réponse dans sa tête. Séraphine, malheureusement, attend à nouveau que le destin décide pour elle. Elle a vomi plusieurs fois dans la nuit, a eu de violentes douleurs dans le bas-ventre et a dû éponger des saignements utérins, pas très abondants mais d'une noirceur à faire peur. Si la famille Varalin n'avait déjà quitté Chaudun, elle aurait demandé conseil à Mariette. Maintenant, il n'y a plus d'accoucheuse ici. Alors, sans prévenir personne, elle décide d'aller consulter un médecin à Gap. Le chemin ne sera pas une promenade et le temps ne s'y prête pas, mais vu le va-et-vient incessant de charrettes et de carrioles, elle croisera bien quelqu'un pour la remonter. Elle prend un morceau de pain, un bout de fromage, de l'eau et s'en va. Dehors il neigeote, très vite les flocons vont se densifier, les rafales de vent se faire plus violentes, la température baisser fortement. Devant cette tempête imprévue, elle hésite à faire demi-tour. Elle est presque à mi-chemin, à peu près là où Émile avait trouvé les gendarmes. Elle y pense avec un sourire et se défie d'être courageuse comme lui. Et puis maintenant, remonter serait aussi difficile que d'aller au bout. Si une carriole était passée, elle aurait sans doute renoncé et reporté au lendemain sa visite chez le médecin; hélas, chacun se calfeutre chez soi, bien au chaud. Un peu plus loin, elle trébuche sur une racine d'arbre dissimulée sous le tapis neigeux et tombe. Elle reste un moment allongée avant de se relever, se secoue et repart vaillamment, déjà à bout de forces. Le plus difficile est fait, elle n'est plus très loin du col de Gleize. À partir de là, elle trouvera bien âme qui vive. Une douleur fulgurante dans le bas-ventre, plus forte encore que la nuit dernière, la plie en deux et l'oblige à s'asseoir. Elle vomit et grelotte. La fièvre ou le froid?

Un filet de sang entre les jambes. Elle pose ses mains à plat sur son ventre. Pourquoi ne sent-elle plus son bébé sous ses doigts ? Pourquoi ne bouge-t-il plus ? L'angoisse monte. Il faut qu'elle soit secourue. C'est urgent. Pour elle et pour l'enfant. Ils sont en grand danger. Ils peuvent mourir, là, tous les deux, d'un froid glacial. Dieu n'a-t-il mis personne sur son chemin ? Le rideau de flocons est si épais qu'il la cacherait à tout improbable individu qui s'y hasarderait. Elle n'a plus la force de se lever. Son corps se fige, ses lèvres gercées se collent, ses dents claquent sans qu'elle puisse les maîtriser, elle ne sent plus ses mains, son cœur ralentit. Devant ses yeux mi-clos, ciel et terre se confondent dans un même blanc, cette immensité de la neige devient le mouvement éternel des vagues, son âme s'immerge tranquillement, sereinement, dans l'infini de cette mer dont elle rêvait tant. Séraphine s'endort d'une mortelle torpeur, là, à la sortie de Chaudun, à quelques minutes de marche du col de Gleize, d'un possible secours.

Pendant ce temps, Philippe et Julie rangeaient quelques affaires. Elle partirait le surlendemain s'installer près d'Agnès et du bébé annoncé. Lui la rejoindrait plus tard. Il affirmait avoir bien des choses à régler au village et que sa présence était encore utile, même en n'étant plus maire. En réalité, il lui fallait, avant de pouvoir le quitter définitivement, faire le deuil de son village.

Le lendemain, 31 mars, serait historique. Le dernier regroupement avant la dispersion complète. Il y aurait la messe de désacralisation de l'église avec transfert des objets rituels dans la chapelle et bénédiction de celle-ci ainsi que des Chauduniers. Ex-Chauduniers désormais. Le 1er avril serait tout simplement l'évacuation des lieux, le grand départ. Plusieurs familles, déjà installées ailleurs dans la région, allaient venir tout exprès pour participer à cette grave et exceptionnelle cérémonie. Antoine Parini s'aboula la veille. Il revenait en bedeau et n'aurait, pour rien au monde, manqué à l'appel. Malheureux de la disparition de son village, fier d'y servir à cette occasion, solide sur ses jambes. Les Varalin n'arriveraient qu'au dernier moment, comme la plupart. Le curé de Rabou serait là dès l'après-midi de la veille et logerait au presbytère, bien que délabré. Pour une nuit, ça irait bien. Alphonsine partie, madame Mouchet avait mis elle-même quelques bûches dans le poêle pour déchiffonner l'air. Malgré l'insistance de l'abbé Parceline, Philippe avait tenu bon, avec le soutien du conseil municipal, enfin ce qu'il en restait. Les objets rituels seraient installés dans la chapelle, d'ailleurs administrativement rattachée à la commune de Gap, et non pas à Rabou. Le lendemain, l'église n'existerait plus en tant que telle. Cette décision de transfert était donc le dernier acte de souveraineté de Chaudun. Une chapelle vide n'aurait pas été une chapelle ! Après toute une période agitée, les bruits étaient devenus étranges, différents, étouffés ; un silence translucide et discrètement cacophonique envahissait progressivement Chaudun, comme s'il n'était plus Chaudun. Un silence d'attente ou déjà un silence d'oubli ? Il n'y avait plus de bêlements, plus de vagissements, même plus de caquètements de poules ni de chants de coqs. Dans ces cours de fermes muettes résonnaient les roues des dernières charrettes et carrioles allant et venant pour finir de vider les maisons, les aboiements des quelques chiens restés avec leurs maîtres, et les babillements des oiseaux, moins nombreux que d'habitude. Le lendemain, les femmes nettoieraient les carrelages, par fierté de laisser une maison propre ; vide d'accord, porte ouverte soit, mais propre tout de même.

Nous étions donc au milieu de l'après-midi, la tourmente de neige s'était arrêtée aussi brusquement qu'elle avait commencé et quelques flocons retardataires tombaient en voletant, inutiles et insouciants, quand les deux gendarmes qu'Émile avait sauvés arrivèrent au village, l'un d'entre eux portant Séraphine, inerte, dans ses bras. Julie hurle, Philippe se précipite. Dans la maison, ils lui ôtent ses vêtements humides, l'enveloppent de couvertures. L'un pose ses mains sur son visage pour l'aviver, tandis que l'autre veut lui réchauffer les pieds. Ils lui parlent, la supplient, l'implorent de se réveiller. Ils s'obstinent, s'obstinent encore, n'entendant pas le gendarme qui leur souffle doucement que c'est fini. Tous les soins prodigués n'y peuvent plus rien, le cœur s'est arrêté depuis trop longtemps. Séraphine, à peine vingt-trois ans, est partie, avec son bébé et son secret.

Tout ce qui restait de Chaudun s'était rassemblé devant la maison à attendre avec anxiété des nouvelles. Quand les gendarmes ressortirent en faisant non de la tête, les Chauduniers ne furent pas seulement attristés et atterrés par cet accident, certains commencèrent à chuchoter que leur départ était maudit et qu'en vendant leurs terres ils avaient vendu l'âme du village. L'émigration du malheur. Hommes et femmes se signèrent, certains se mirent à genoux et entamèrent spontanément un *Notre-Père*. Quelques longues minutes plus tard, Philippe, ayant entendu la prière, sortit de sa maison, les yeux rougis, le visage défait, la chevelure en désordre. Il regarda tout ce monde rassemblé, comprit leurs murmures, saisit leur peur et se dirigea sans un mot vers sa grange. Quelques coups de scie et de marteau plus tard, il apparut, une grande croix en bois et une pioche dans les mains. Il grogna une instruction et tous les hommes le suivirent en cortège silencieux jusqu'au lieu de l'accident. À l'endroit même où les gendarmes indiquèrent avoir trouvé sa fille, dont la neige avait déjà effacé toute trace, y compris de la perte de sang, il creusa un trou, planta la croix, et en recouvrit la base de gros cailloux. *Non, ni ma fille ni le village ne sont maudits, et par cette croix aucun passant ne jettera de pierre à cet endroit pour conjurer le sort*, gronda-t-il avant de remonter, le dos voûté, tenu à l'épaule par Jean-Pierre. Pendant ce temps, Françoise et Mariette Bonnaril étaient entrés dans la maison Marelier pour soutenir Julie et faire la toilette mortuaire. Les autres femmes s'étaient dirigées vers l'église, malgré l'absence de prêtre, et continuèrent à prier pour l'âme de Séraphine, et peut-être la leur. Huit ans plus tôt, il y avait eu baptême le matin et enterrement l'après-midi pour la famille Bonnaril. Une naissance et un décès. Cette fois il s'agirait de deux disparitions le même jour : une jeune fille et un village.

Pour la nuit, Philippe et Julie voulurent absolument rester seuls à veiller leur fille, acceptant que les Daille s'occupent de l'enterrement, demandant seulement qu'il soit dans une grande simplicité, puisque Séraphine n'aimait pas les cérémonies. Le chagrin avait ressoudé le couple, chacun prêtait assistance à l'autre du mieux qu'il pouvait, s'aidant ainsi lui-même. Séraphine était le dernier enfant resté auprès d'eux et Philippe ruminait qu'il n'avait pas su la protéger, elle non plus. Il n'aurait pas dû la laisser s'installer hors de sa maison quand elle était revenue faire l'institutrice. Il aurait empêché cette sortie qui n'avait pas de sens, cette folie par ce temps. C'était de sa faute à lui. Avait-il tout perdu pour avoir voulu trop donner ?

Dernier rassemblement

Avant la grand-messe solennelle de désacralisation de l'église, il y eut donc, le matin, un dernier enterrement dans le cimetière communal. Jean-Pierre avait fait en sorte que la tombe de Séraphine soit située à côté de celle des grands-parents Marelier, et il avait eu le temps d'y dresser une croix en bois, assez semblable à celle improvisée la veille par Philippe. Pour se conformer au souhait des parents, la cérémonie se limiterait à une bénédiction par le père Parceline. Sans oraison, avait insisté Philippe. Une prière particulière serait dite lors de la messe de l'après-midi. Après tout, il s'agirait aussi d'un deuil et on y prononcerait d'ailleurs les paroles du *De profundis*. Toutes les maisons gardèrent portes et fenêtres fermées pour retenir parmi eux l'âme de l'institutrice. Au moment de la descente du cercueil dans le caveau, Louis Barin sonna le glas qui roula loin dans la vallée. C'est lui qui avait demandé l'autorisation, avec beaucoup d'insistance, de s'en occuper. Il ignorait autant que les parents pourquoi Séraphine voulait ce matin-là se rendre absolument à Gap. Chacun défila pour jeter, dans une émotion particulièrement prenante, de l'eau bénite et une poignée de terre de Chaudun. Tous les hommes avaient revêtu leurs grandes pèlerines noires et les femmes s'étaient enveloppé la tête d'un eschail[1] blanc noué autour du cou. Les Marelier refusant toute adresse de condoléances, le cortège s'est dissous lentement et en silence, après avoir accompagné l'abbé dans le *Miserere*. Contrairement à la coutume, il n'y eut pas de repas après l'enterrement, pas plus qu'il n'y avait eu de messe.

1. Eschail : voile blanc plié en pointe.

Le vicaire général arriva au début de l'après-midi, accompagné non pas du sous-préfet, mais cette fois du directeur régional des Forêts. Mis au courant des événements, il modifia légèrement le cérémonial prévu, en précisant que cette messe des défunts serait donc à l'intention des âmes de tous les disparus de Chaudun et avec une pensée toute particulière pour celle de Séraphine.

Dans l'église, Julie et Philippe se tinrent au premier rang pour une étrange cérémonie des morts sans cercueil. Jamais les paroissiens, qui avaient gardé leurs habits du matin, n'avaient été aussi recueillis, assaillis de mille sombres idées. Julie ne cessait de regretter l'absence d'Agnès. C'est ainsi que dans les moments de grande affliction, le cœur s'arrime sur de petites peines. À Grenoble, ressentait-elle qu'il se passait quelque chose de grave pour sa sœur? Son esprit l'accompagnait-il?

Quand le vicaire prononça ces paroles du *De profundis* : *absous, Seigneur, les âmes de tous les fidèles défunts de tout lien de péché et que, secourus par ta grâce, elles méritent, Seigneur, d'échapper au jugement vengeur et de goûter aux joies de la lumière éternelle*, il y eut dans l'église un soupçon de murmure, un ébrouement protestataire. Chacun de se sentir mal à l'aise face à cette idée de justice vengeresse. Leur départ était-il un si grand péché? La mort de Séraphine était-elle donc un signe de la colère de Dieu? Quelques minutes plus tard, le prêtre, qui avait perçu la réaction, chercha dans son homélie à apaiser leurs craintes. Ne voulant pas prendre pour exemple l'exode d'Égypte puisque les Chauduniers se dispersaient, il puisa dans la création du monde en commençant par citer la genèse, verset 11 : *Dieu dit : que la terre produise de la verdure, de l'herbe portant de la semence, des arbres fruitiers donnant des fruits selon leur espèce et ayant en eux leur semence sur la terre. Et cela fut ainsi.* Puis il enchaîna avec le verset 22 : *après avoir créé l'homme et la femme il leur dit : soyez féconds, multipliez-vous, remplissez la terre et assujettissez-la.*

— Vous voyez, commenta-t-il après un temps de recueillement, que la mission de l'homme n'est pas nécessairement de vivre là où il naît. Il lui a été donné toute la terre pour la développer. Il est donc juste de quitter son village pour *remplir la terre* là où elle « produit de la verdure et de l'herbe portant semence. » Votre départ est le choix de la vie et de la postérité et ne trahit pas Dieu. Dieu a des projets pour chacun de nous et ils constituent notre destinée. Apaisez vos âmes, ne cherchez pas à relier entre eux des événements dont le sens vous échappe. Si nous ne comprenons pas pourquoi il a rappelé si brusquement Séraphine et, bien que notre chagrin soit immense, acceptons humblement ce que nous ne saisissons pas.

Pas un Chaudunier ne communia, Julie et Philippe en premier. C'est là que chacun remarqua que le maire se déplaçait avec difficulté, sa démarche étant un soupçon saccadée, un brin hésitante. Il ne disait pas un mot, muré dans son chagrin, le regard si absent que même celui de sa femme ne parvenait pas à le rencontrer. La messe proprement dite terminée, le vicaire général commença d'accomplir les actes symboliques de l'exécration. Devant l'assemblée des fidèles, il plia calmement la nappe, retira la pierre de l'autel et vida le tabernacle, expliquant d'une voix forte que ces gestes signifiaient que désormais l'eucharistie ne se ferait plus ici et que ce bâtiment ne recevrait plus la présence de Dieu. Puis il compléta sur un ton très solennel et austère :

— Je présente à monsieur et madame Marelier toutes mes condoléances pour le cruel accident qui a provoqué le rappel si brutal de leur fille Séraphine auprès de Dieu. (Et après une courte pause, il ajouta :) et de la part de monseigneur l'évêque, je présente aussi mes condoléances à vous tous pour cette dissolution de votre paroisse.

Dans un silence pesant, il laissa à chacun le soin de comprendre l'importance de cet instant, avant de reprendre d'une voix moins grave :

— Il s'agit là d'un événement très exceptionnel, et puisque vous avez eu la bonne idée de construire une chapelle mémorielle, nous allons nous y rendre et y déposer, comme vous l'avez souhaité, tous les objets rituels, car ils font partie de la mémoire de votre communauté. Ainsi, par cet édifice, l'âme de Chaudun se perpétuera.

Après un dernier regard vers la nef, impudemment déshabillée de ses ornements, tout le monde sortit en procession derrière le cierge pascal, tenu par le curé Pascali. Une fois dehors, on s'arrêta pour voir le vicaire fermer la porte de l'église, s'avancer vers le directeur régional des Forêts et lui en remettre solennellement la clé :

— Ce bâtiment appartient maintenant à l'État français, dont vous êtes ici, monsieur le directeur, le représentant. (Il ajouta, beaucoup plus bas :) je laisse le soin à qui vous désignerez d'ouvrir à nouveau cette porte selon vos propres instructions, mais je suggère que cela soit fait plus tard.

Le cortège n'eut pas loin à aller pour se rendre à la chapelle. Le vicaire en fit trois fois le tour en récitant la litanie des saints, puis s'arrêta devant la porte, cogna ostensiblement avant d'inviter le curé de Rabou à y pénétrer pour déposer le cierge pascal et les autres objets du culte. Sur le parvis, il fit ensuite entamer un *Notre-Père*. Le silence revenu, il eut un geste aussi imprévu que très apprécié : se penchant vers Julie et Philippe, il leur proposa d'aller ensemble se recueillir sur la tombe de Séraphine. Se retournant vers les Chauduniers qui s'apprêtaient à les suivre, il leur demanda de rester rassemblés à l'entrée du cimetière et de prier pour le repos de cette âme rappelée par Dieu.

Julie, effondrée et en larmes, donnant le bras à un Philippe les yeux étonnamment secs et la marche raide, traversèrent l'allée. À peine étaient-ils arrivés devant la tombe que celui-ci murmura, en s'exprimant lentement, la tête inclinée :

— Père, pardonnez-moi. Pardonnez-moi ce que je ne me pardonnerai jamais.

Julie s'empressa de le reprendre en le serrant tendrement :

— Allons, Philippe, ne t'accable pas de ce qui ne dépendait pas de toi !

— Je n'ai même pas réussi à protéger ma propre fille.

— Tu ne pouvais pas surveiller tous les instants de sa vie.

Le vicaire ajouta, avec un regard plein de compassion :

— Ce serait un péché d'orgueil, mon fils, de vous rendre responsable. C'est Dieu qui a décidé, même si nous ne pouvons pas comprendre ses intentions, de cette terrible épreuve à laquelle il vous soumet.

Philippe persista dans une plainte à peine audible :

— Alors, que Dieu et mon père me pardonnent !

Le prêtre préféra ne pas insister, les invitant tous les deux à se recueillir et entama à voix haute : *Seigneur, écoute-nous. Seigneur Jésus, toi qui as pleuré ton ami Lazare, au tombeau, essuie nos larmes, nous t'en prions. Seigneur, écoute-nous. Toi qui as fait revivre les morts, accorde la vie éternelle à notre sœur Séraphine.* Tout Chaudun, de l'autre côté du mur du cimetière, reprit résolument avec lui la fin du verset : *nous t'en prions. Seigneur, écoute-nous.* Quand les Marelier sortirent de l'enceinte, le village se dispersa lentement. Les regards étaient sombres et les yeux humides. Pour tous, le vrai départ avait eu lieu en ce jour-là et beaucoup s'entêtèrent ensuite à penser que cet exode était maudit.

Définitivement

Déjà avant de se coucher, comme un jour ordinaire, Philippe avait indiqué bizarrement vouloir s'éveiller de bonne heure pour aller moissonner avec Cyril. Si Julie avait préféré ne pas relever, mettant ce petit délire sur le compte du choc émotionnel, dans la nuit, elle dut se résoudre à appeler Jean-Pierre à l'aide, l'état de son mari devenant d'heure en heure de plus en plus alarmant. Il tenait à nouveau des propos incompréhensibles, avait des gestes désordonnés et alternait prostration et agitation. Contrairement aux recommandations du docteur, il n'avait guère été ménagé ces derniers temps ! Cette fois et de toute évidence, le simple repos et les infusions ne suffiraient pas. Si bien que lui, le maire de Chaudun, qui avait prévu de se placer au milieu du village pour faire ses adieux à chacun de ses administrés, fut en fait le premier à le quitter, dès l'aube, à demi inconscient, allongé dans la carriole de son ami, Julie à ses côtés, pour être conduit à l'hôpital de Gap. Grinoux, dans la cour, aboya énergiquement au départ de son maître pour lui signaler qu'il l'oubliait. Philippe ne se retourna même pas. Les Chauduniers effondrés chougnaient entre eux. Non, les Marelier ne méritaient pas tant d'épreuves ! C'était injuste et chacun de se sentir responsable de cette punition divine ! Ainsi va la petite machine de l'âme.

Ce matin du 1er avril 1896, seuls quelques nuages puérils jouent à cache-cache avec le soleil. En comptant les amis de la région venus donner un coup de main, il y a une bonne centaine de personnes qui s'activent. Ils commencent à partir les uns après les autres, leurs dernières carrioles, charrettes, charretons et chars à banc pleins de baluchons, de villageois trop âgés et d'enfants trop jeunes pour faire le trajet à pied. Une longue file de plus en plus étirée chemine précautionneusement sur la sente, mi-caillouteuse mi-enneigée, qui les conduira au col de Gleize avant de rejoindre Gap. La colonne de l'exode se met en marche ! Les roues tressautent et craquent, les essieux grincent et crient tant et plus sur les pierres et dans les nids de poule. Louise Bonnaril, du haut de ses treize ans, donne la main à Baptiste, son petit frère. Les Mouchet, avec leurs six enfants dont Camille, toujours convaincue de devenir plus tard meunière, emmènent vaisselle, paillasse, provisions et outils de jardinage. Ils ont tout empilé sur une charrette à ridelles, tirée par un âne, à l'arrière de laquelle les deux plus jeunes de leurs filles sont sagement assises, papotant en balançant leurs jambes. Alphonse Barin va et vient le long de la file pour apporter son aide, tandis que son père, à l'avant de la cohorte, conduit un simple tombereau avec quelques baluchons. La famille part au Canada, un grand voyage pour lequel il ne faut pas s'encombrer de bagages inutiles. Victor Blaix, qui lui aussi émigre léger, ferme la marche, tenant son mulet par le licou. Tous croisent Julie et Jean-Pierre revenant de l'hôpital de Gap où ils ont dû laisser Philippe. Ce sera long. Il se remettra, mais ne sera plus jamais l'homme qu'ils ont connu, celui qui était leur maire.

Les plus jeunes, tournés vers l'avenir, pensent que ce départ est une chance ; les « vautours » leur ont tellement raconté qu'ils iraient à la conquête d'un Nouveau Monde et d'une vie meilleure qu'ils ont fini par le croire. Les plus anciens, envahis par un fort sentiment de désertion, regrettent déjà de montrer les talons. Tous, au début du chemin des Bans, se retournent, comme la mère Angeline un certain jour de 1888, pour enregistrer une dernière image. Image qui s'estompera avec le temps de leur mémoire et ne leur survivra pas. Alors tous, oui tous, hommes et femmes, jeunes et vieux, sanglotent des larmes de deuil. Eux qui ont signé la vente de leurs exploitations pleins d'espoirs et de rêves, débordent aujourd'hui de remords malgré les paroles du vicaire, et dévisagent leur village agonisant avec un sentiment d'irrémédiable trahison. Par l'éparpillement de ses habitants, Chaudun devenait poussière et chacun emmenait son chagrin dans ses bagages, conscient qu'une partie de son histoire se terminait ici et à cet instant. Chacun regardait sa maison et son église, bien détachées sur un fond de ciel bleu azuréen, entourées d'un léger linceul de neige, portes grandes ouvertes et vides. Vides de meubles, vides d'animaux, vides de vie.

Le village était hors de leur vue depuis déjà un bon moment quand ils entendirent distinctement tinter la cloche. Deux fois trois coups, puis une grande volée, deux fois trois coups, puis une grande volée, encore et sans cesse. Une seule note, funèbre. Un glas lugubre qui envahit la vallée et roula le long du lit du petit Buëch, sonné par un Louis Barin fou de désespoir, grimpé à nouveau dans le campanile de l'église… anciennement l'église. Pour lui, le glas de la mort de Séraphine, pour les villageois le glas de l'âme de Chaudun. Le convoi s'arrêta et les Chauduniers se signèrent, le cœur serré, avant de reprendre leur marche.

Peu à peu le soleil disparut derrière la montagne de Barge, et un silence serein enveloppa Chaudun déserté. Le petit Buëch clapotait doucement, les arbres s'ébrouaient des quelques flocons accrochés, le vent chuchotait dans les ruelles, ici et là les dernières plaques de neige crépitaient en s'évanouissant. Le temps arrêté ? Le lendemain n'existait pas encore et sur les branches du mélèze, en face de l'ancienne ferme des Marelier, le couple d'hirondelles était déjà de retour. Leur trissement de plaisir se faufilait joyeusement entre les maisons.

Le temps emporte sur son aile
Et le printemps et l'hirondelle,
Et la vie et les jours perdus ;
Tout s'en va comme la fumée,
L'espérance et la renommée.
Et moi qui vous ai tant aimée
Et toi qui ne t'en souviens plus !
(Alfred de Musset)

Épilogue

Chaudun fut officiellement fondé en 1593 quand les seigneurs du Chapitre louèrent les terres à douze paysans, qui furent ainsi de véritables pionniers. Quand, trois siècles plus tard, le village disparaîtra, leurs descendants penseront le devenir à leur tour. L'Histoire n'est jamais morte.

Par décret du 17 septembre 1896[1], Félix Faure officialisera l'aliénation de Chaudun par Gap, en précisant que l'achat des communaux servirait à payer les dettes

---

1. Voir Annexe.

du village et que le solde serait placé dans un emprunt d'État. La centralisation continuait à œuvrer!

Du village il ne reste que la façade de la chapelle, récemment restaurée, et une croix, supposée commémorer le décès accidentel d'une jeune fille. Les services forestiers se sont installés très vite après le départ des habitants pour entreprendre jusqu'en 1913 la plantation de quatre millions d'arbres sur environ 400 hectares, et le génie civil construisit sentiers et barrage. Les Eaux et Forêts ont, beaucoup plus tard, sans doute dans un souci de réhabilitation, conçu des panneaux explicatifs au col de Gleize, à l'entrée du GR qui permet d'accéder au lieu de Chaudun, par beau temps après deux bonnes heures de marche.

Si des Chauduniers, surtout parmi les jeunes, se sont effectivement installés en Algérie, au Canada, aux États-Unis et y ont prospéré, beaucoup de familles sont restées dans la région.

Un jour, peut-être, un investisseur, découvrant la beauté de l'endroit, décidera d'y construire des résidences touristiques et refera de ce lieu-dit un village. Tant que la terre tourne autour de son orbite, rien n'est fini.

Ce que je voudrais que vous sachiez encore !

Ce livre est un roman et ne prétend donc pas à l'exactitude historique, même si je me suis efforcé de m'en approcher. La plupart des anecdotes que je vous ai racontées sont inspirées d'événements survenus à Chaudun ou dans la région. Ainsi, le curé de Chaudun a bien été rapatrié du Canada, probablement pour la raison invoquée; son successeur est bien décédé dans les circonstances décrites ici; une jeune fille est bien morte la veille du départ, d'où sans doute la croix commémorative, renforçant l'idée que cet exode était maudit; et le projet d'un Chaudun en Algérie a bien existé pendant un temps. Les objets du culte resteront dans la chapelle jusque vers 1903. Les conditions de l'expropriation du 1ᵉʳ avril 1896, à savoir maisons vides et toutes portes ouvertes ont été contractuelles et conçues pour faciliter l'installation des forestiers. Le nombre d'habitants cité est celui des derniers dénombrements de l'époque, consultables aux archives de Gap.

Je me suis intéressé – et rapidement passionné – pour l'histoire de ce village parce que sa disparition a été la volonté des Chauduniers eux-mêmes, alors encore nombreux, et non d'un fait extérieur subi. Un long cheminement collectif, avec ses espoirs et ses désespérances! Dans cette région, des hameaux se sont effacés progressivement, telles les communes de Molines-en-Champsaur ou d'Agnielles, et plus de 5000 personnes ont émigré entre 1845 et 1935. En 1888, pour Chaudun, il s'agissait, et en un jour, du sort de 180 habitants, ce n'est pas rien! Le village allait être ainsi le premier à être officiellement rayé administrativement de la carte de France. Le fait est historique.

Il m'a amusé de constater la permanence du comportement étatique, cette chronique étant en cela contemporaine, mais sans démonstration d'un point de vue personnel. De quoi ont-ils été victimes? D'une révolution industrielle dont ils n'ont pas bénéficié (train, pétrole...), d'une concurrence étrangère (italienne) contre laquelle ils ne pouvaient lutter, de décisions aveugles d'un pouvoir central (reboisement), d'une arrière-pensée politique qui ne disait pas son nom (expropriation pour encourager la colonisation)?

Ce départ était-il inévitable? Était-il souhaitable? Il fut volontaire, et des événements, par eux incontrôlables, ont fait le reste : la destinée? À vous de vous faire votre opinion!

Il existe aujourd'hui, dans les Hautes-Alpes, comme aux États-Unis et au Canada, des descendants de ces familles qui ont joué un rôle essentiel dans l'histoire de Chaudun. J'espère que mon approche romanesque a respecté leur mémoire.

FIN

Chronologie : principales dates

28/10/1888 : Envoi de la pétition

16/02/1889 : Le ministère demande un rapport sur l'état de Chaudun

29/11/1890 : Envoi du rapport de l'inspecteur Billecard

10/03/1891 : Le ministère fait savoir qu'il ne veut acheter que les communaux

24/05/1891 : Le conseil municipal fait savoir sa volonté de tout vendre

18/08/1891 : Accord du ministère

18/11/1891 : Accord du conseil municipal sur le prix sous réserve du partage de la vente des communaux

10/05/1892 : Décision du ministère de l'Agriculture

08/10/1892 : Première relance du maire de Chaudun

19/03/1895 : Le conseil municipal demande le rattachement à Gap

29/08/1895 : Signature de l'accord officiel

23/02/1896 : Le conseil municipal demande le dépôt des objets cultuels dans la chapelle commémorative

01/04/1896 : Départ des Chauduniers

23/08/1896 : Rattachement officiel de Chaudun à la commune de Gap

17/09/1896 : Décret signé de Félix Faure

12/02/1897 : Désaffection des immeubles et aliénation par Gap au profit de l'État pour 2 000 F.

Annexes

a. La pétition

Monsieur le Ministre,

Nous soussignés habitants de la commune de Chaudun, canton d'arrondissement de Gap (Hautes-Alpes) avons l'honneur de vous adresser respectueusement la requête suivante :

Il n'est douteux pour personne qu'un des tristes privilèges conférés par la nature au département des Hautes-Alpes est celui de compter parmi les plus pauvres et parmi ceux où les conditions de l'existence sont les plus rudes et les plus précaires. Les montagnards alpins sans cesse aux prises avec les difficultés les plus lourdes et les plus imprévues disputent péniblement à un sol rebelle et à un ciel peu clément les chétives ressources qui suffiront à peine à nourrir leurs familles. Pour ces déshérités de la nature, le combat de la vie est terrible, continuel et souvent fatal.

La commune de Chaudun (ainsi appelée par euphémisme), qui ne compte que 112 habitants, est une des plus malheureuses parmi les localités de ce malheureux pays. Bâti à une altitude moyenne de 1 900 mètres au-dessus du niveau de la mer, notre village est enfoui sous la neige pendant huit mois de l'année. Privé de toute communication avec les villages environnants, enfoncé dans les replis abrupts de rochers dénudés, Chaudun est éloigné d'environ 19 kilomètres de son centre d'approvisionnement. L'élévation des montagnes, l'extrême déclivité de leurs pentes, le mauvais état des sentiers à peine frayés rendent le parcours du pays excessivement difficile et périlleux. Le mulet est la seule bête que nous puissions employer avec sécurité pour le transport à dos de nos approvisionnements et encore devons-nous faire des provisions durant la saison d'été car il nous serait impossible d'y pourvoir pendant l'hiver. Nous n'avons pas à compter sur le revenu de nos forêts (149 hectares de bois taillés ou futaies) par suite du manque de voies de vidange. Le terrain est stérile et c'est au prix des plus grandes fatigues que nous en retirons un peu de blé. D'ailleurs par sa position géographique, le village ne se trouve protégé par aucun abri naturel. Les intempéries, fréquentes ici, nous font souffrir plus que personne et il est rare que nos maigres récoltes, qui d'ordinaire n'existent qu'à l'état d'espérances, puissent résister aux âpres rigueurs de notre climat. Les terrains incultes s'étendent de jour en jour devant la violence des éléments et, malgré notre persévérance et nos efforts, nous nous voyons obligés de reculer et nous sentons qu'il est impossible de continuer la lutte.

Cette année particulièrement, Monsieur le Ministre, nous avons eu à souffrir de la rigueur de l'hiver qui, nous le répétons, dure à Chaudun au moins huit mois sur douze. Les longues et fortes pluies qui n'ont cessé de tomber ont creusé des ravins, entraînent le sol et avec lui une partie des futures récoltes. Nous vivons presque au jour le jour, Monsieur le Ministre : c'est dire que notre pauvreté ne peut parer aux éventualités et qu'aujourd'hui la plus triste misère règne dans nos maisons. Vaincus par l'indigence nous avons l'honneur de proposer au gouvernement l'achat du territoire de notre commune qui se décompose ainsi qu'il suit.

… Suit un tableau en hectares de la répartition du territoire entre labours, prés, bois…

Nous avons appris que le gouvernement faisait des concessions de terrains en Algérie à ceux qui ont l'intention de coloniser. En présence d'une situation géographique et géologique aussi mauvaise que celle de Chaudun nous n'hésiterons pas, Monsieur le Ministre, à émigrer vers le sol fertile de l'Afrique française. La sollicitude avec laquelle la République s'occupe du sort des malheureux cultivateurs en leur abandonnant des terrains en Algérie nous fait espérer que l'on ne voudra pas nous laisser plus longtemps plongés dans la plus triste indigence. C'est avec la plus grande reconnaissance que nous accepterions quelques hectares sur le sol algérien, attristés assurément par la dure nécessité qui nous contraint à quitter le pays où ont vécu nos pères, mais réconfortés par la pensée que nous trouverons sur la terre africaine une nouvelle France, une seconde patrie plus généreuse et moins désolée que celle qui nous oblige à émigrer.

Dans l'espoir que notre modeste supplique recevra de votre bienveillance un favorable accueil, nous sommes avec le plus profond respect, Monsieur le Ministre, vos très humbles et très obéissants serviteurs.

Tous les habitants de la commune de Chaudun, Hautes-Alpes, soussignés s'engagent par la pièce présente à vendre à l'administration forestière, à un prix raisonnable et respectable, tout ce qu'ils possèdent dans ladite commune, maisons, propriétés, forêts, montagnes.

Suivent 26 signatures représentant en fait 19 familles

Copie intégrale du texte original disponible aux archives départementales à Gap.

b. La relance

Monsieur le Directeur,

Les soussignés Maire, conseillers municipaux et habitants de la commune de Chaudun ont l'honneur d'appeler votre bienveillante attention sur la déplorable situation qui leur est faite par suite de l'ajournement indéfini du projet de vente de leur commune à l'administration des forêts.

Il y a sept ans déjà que ledit projet de vente est arrêté et conclu, sept ans qu'après nous avoir fait signer la promesse de vente on nous promet tant de passer incessamment par-devant notaire l'acte authentique et puis rien n'est encore fait ; à notre grand préjudice nous en sommes toujours au même point. Cette lenteur, que nous ne pouvons nous expliquer, nous a causé, Monsieur le Directeur, un dommage incalculable et nous réduira sous peu, si elle doit se prolonger, à une véritable misère.

Quand ce projet a été arrêté les hommes d'affaires et les représentants des forêts nous ont dit que la vente allait être rapidement terminée, il nous était inutile de nous attacher encore à notre pays et de cultiver nos terres comme par le passé vu que nous ne récolterions probablement pas ce que nous allions semer. Voilà six ans qu'ils nous disent cela chaque printemps et chaque automne et nous sommes toujours à la même place. Nous les avons crus pour notre malheur pensant qu'ils devaient être mieux informés que nous.

Qu'en est-il résulté pour nous ? L'incertitude, le découragement et maintenant la misère pour la plupart d'entre nous. Devant toujours partir au printemps prochain ainsi qu'on nous le disait, nous n'avons pas cultivé nos terres comme nous eussions fait sans ces promesses, nous n'avons pas entretenu comme il eût fallu nos édifices communaux et nos pauvres chaumières, nous avons laissé abattre les quelques arbres qui entouraient nos champs, nous n'avons pas renouvelé nos prairies de sainfoin qui étaient notre seule ressource pour élever quelques moutons : et maintenant nous restons là sans récolte suffisante pour nous nourrir, sans troupeaux pour nous faire quelques revenus, sans argent enfin pour l'heure où il nous faudra acheter du pain.

De plus quelques-uns d'entre nous, trompés par ces belles promesses qu'on ne cessait de nous faire, ont eu le malheur de quitter le pays pour acheter des domaines ailleurs ; ils se sont mis par là aux grosses dettes pour payer une partie de ces domaines, comptant, pour se libérer, sur la vente de ce qu'ils ont ici. Ils n'en ont pas encore vu un centime ; au contraire ils doivent encore payer l'impôt de leurs domaines abandonnés et ce sont les abeilles seules qui en jouissent.

À ceux-là, si la vente traîne encore un peu, leur affaire sera vite faite et ils seront bientôt ruinés.

Voilà encore une fois, Monsieur le Directeur, où nous en sommes réduits avec ce projet de vente qu'on ne peut pas terminer...

Nous venons, Monsieur le Directeur, remettre notre sort entre vos mains et vous supplier de nous tirer de cette affreuse situation.

Dans l'attente.... »

c. Le journal

Les Alpes démocratiques. Gap. Le 03/10/1888

« Un village qui disparaît »

Dans quelques mois, le village de Chaudun, dans la vallée du Buëch, devra être rayé de la carte de France.

Jamais, en effet, misère plus grande n'a régné dans toute une population. Dans cette malheureuse commune, aucune auberge ne subsiste plus depuis longtemps, les étables sont vides, les basses-cours ne renferment plus de volatiles.

Les champs abandonnés, incultes, ne produisent que des herbes sauvages. Les arbres mêmes qui existent dans ces terrains sans cultures commencent à ne plus porter de fruits. Quant aux habitants, leur unique nourriture est un affreux pain noir, rien de plus ! Tout concourt d'ailleurs à semer la ruine et la désolation dans cette contrée ; après les débordements de torrents et les pluies d'orages, ce sont les incendies qui éclatent et dévorent ce que la grêle et la gelée ont laissé debout. Le sol est devenu aride et le peu de terre arable qui restait a été raviné par les avalanches.

En présence d'une pareille situation, de cette absence totale de ressources, d'un avenir plus sombre encore que le présent, un grand conseil des pères de famille a été tenu et il a été décidé qu'on céderait à l'État toutes les propriétés en échange de terrains en Afrique. Le village de Chaudun aura donc bientôt disparu et sera devenu une colonie africaine.

Bibliographie

Livres

Henry Thivot, *La vie privée dans les Hautes-Alpes vers le milieu du XIXe siècle*, éditions des Hautes Alpes

Abbé Allard, *Çà et là dans la vallee du Buëch*, éditions des Hautes Alpes

Faure de Prégentil, *Encyclopédie du Champsaur*, éditions des Hautes Alpes

Jacques Reynaud, *Villages du Buëch*, éditions des Hautes-Alpes

J.C. Bermond, *Châtillon le désert*, éditions des Hautes-Alpes

Francis Escalle, *De Bure à Chaudun, en passant par Rabou*

Principaux blogs

http://glaizil.over-blog.com/
http://champsaur.over-blog.com/
http://www.peiresc.org/
http://www.transenprovence.org/

http://www.onf.fr/
http://www.geneprovence.com/
http://montmaur.voila.net/
http://www.archives05.fr/
http://mmestauner.over-blog.com/
http://moulindelamousquere.pagesperso-orange.fr/
http://www.lagrave-lameije.com/

Décret de Félix Faure

Ministère de l'Intérieur.

Archives.
Enregistré
N°

République Française.

Le Président
de la République Française,

Sur le rapport du Ministre de l'Intérieur ;

Vu la Délibération du Conseil municipal de Chaudun (Hautes-Alpes) en date du 7 Mai 1893 ;

Vu la Délibération du Conseil municipal de Gap en date des 13 juillet 1895 et 23 février 1896 ;

Le plan des lieux ;

La Délibération du Conseil général des Hautes-Alpes du 23 Août 1895 portant réunion de la commune de Chaudun à celle de Gap ;

La loi du 5 Avril 1884 ;

Les articles 1er et 90 du Code forestier ;

L'avis du Ministre de l'Agriculture, celui du Préfet et du Conseil général ;

Monsieur le Conservateur à Gap.

Ensemble les autres pièces de l'affaire ;

La Section de l'Intérieur du Conseil d'État entendue ;

Décrète :

Article 1er

La ville de Gap (Hautes Alpes) est autorisée à aliéner au profit de l'État, moyennant le prix de 12.600 fr, la totalité des propriétés boisées soumises au régime forestier appartenant à l'ancienne commune de Chaudun ; lesdites propriétés d'une contenance de 168 hectares environ. La somme de 12.600 fr ci-dessus servira, jusqu'à due concurrence, au paiement des dettes de l'ancienne commune de Chaudun.

Le surplus sera employé à l'achat de rentes 3% sur l'État au nom de la section de Chaudun.

Article 2.

Le Ministre de l'Intérieur est

chargé de l'exécution du présent décret.

Fait à Angoulême, le 17 Septembre 1896.

Signé : Félix Faure.

Par le Président de la République,
Le Ministre de l'Intérieur,
Signé : Louis Barthou.

Pour ampliation :
Le Directeur du Cabinet, du Personnel et du Secrétariat,
Signé : Painsère.

Pour ampliation
Le Chef de la Division
du Secrétariat et de la Comptabilité

Faites de nouvelles rencontres sur **pocket.fr**

- Toute l'actualité des auteurs : rencontres, dédicaces, conférences...
- Les dernières parutions
- Des 1ers chapitres à télécharger
- Des jeux-concours sur les différentes collections du catalogue pour gagner des livres et des places de cinéma

POCKET
Un livre, une rencontre.

Imprimé en France par

MAURY IMPRIMEUR
à Malesherbes (Loiret)
en mai 2019

Visitez le plus grand musée de l'imprimerie d'Europe

ami atelier-musée
de l'imprimerie
Malesherbes-France

N° d'impression : 236011
S29047/01